CHRONIQUES DE LA DÉBROUILLE

Née en 1980, Titiou Lecoq débute très tôt sa carrière littéraire en réécrivant la fin des romans de la comtesse de Ségur. Après une formation en sémiotique et divers petits boulots, elle devient pigiste pour plusieurs magazines et crée le blog girlsandgeeks.com, qui croise les thèmes de l'Internet, du sexe et… des chatons. Elle est l'auteur d'un premier roman remarqué, *Les Morues* (Au diable vauvert, 2011), et a notamment écrit une *Encyclopédie de la Web cultur*e (Robert Laffont, 2011) avec Diane Lisarelli.

Paru dans Le Livre de Poche :

LES MORUES

TITIOU LECOQ

Chroniques de la débrouille

FAYARD

Cet ouvrage a paru aux éditions Fayard sous le titre *Sans télé, on ressent davantage le froid.*

ISBN : 978-2-253-18263-4 – 1re publication LGF

À David Coach Carzon

18 juillet 2008
Putain de rupture

La première phrase est essentielle. Certaines marquent l'histoire de la littérature : « Aujourd'hui, maman est morte », « Longtemps, je me suis couché de bonne heure » ou « Je suis une pétasse » (deux de ces phrases ne sont pas tirées d'un roman de Lolita Pille). Mais, pour ma part, j'ai abdiqué d'entrée de jeu toute velléité de marquer l'histoire des Lettres par une première phrase transcendante. D'ailleurs, j'ai abandonné l'idée même de première phrase.

Si j'ai décidé de retranscrire au fur et à mesure des bribes de ma vie, c'est pour la pire raison imaginable : je suis dans la mouise. Et ça me réconforte vaguement de transformer la chienlit actuelle de ma vie en objet d'écriture. On fait difficilement pire comme postulat, mais, pourtant, j'ai réussi. Parce que, en plus de l'équation « je vais mal, *donc* je vais écrire », je me suis imposé de tout raconter de façon spontanée. Grossière erreur : si on situait, arbitrairement, hein, la spontanéité à… disons… Los Angeles, j'habiterais à peu près sur Uranus.

Conséquemment, ça fait déjà cinq fois que je réécris ce début.

En prime, ma chienlit n'a rien d'extraordinaire ni d'exotique, c'est celle que connaissent à peu près 78 % des gens de ma tranche d'âge (28 ans).

D'abord, mon coefficient de réussite professionnelle avoisine le zéro absolu. J'occupe un poste d'assistante d'éducation à mi-temps dans un établissement scolaire. (Titre pompeux pour désigner ce qu'on appelle traditionnellement « pions ».) Mais, vu le faible niveau de rémunération de ce boulot – 630 euros mensuels net pour vingt heures hebdomadaires –, j'ai du mal à considérer qu'il s'agit d'un authentique salaire. En outre, comme j'écris des articles pour lesquels on me paye peu ou pas, je suis un peu une journaliste au chômage, mais sans les Assedic. Si on y ajoute ma tentative de roman, on peut également me considérer comme une écrivaine au chômage.

Ensuite, je viens de me séparer.

Une rupture amoureuse, ça s'apparente à une maladie auto-immune. Vous vous retrouvez à lutter contre un élément qui était naturellement constitutif de votre vie – le couple.

Comme lors de toute convalescence de maladie grave, il y a un protocole à suivre. La règle de base pour une rupture réussie, celle qui vient en n° 1 dans les conseils des amis : ne jamais rester seule. Il faut à tout prix fréquenter d'autres êtres humains. Conseil n° 2 : éviter que ces êtres humains soient votre ex, ce qui est très con parce que en pleine rupture la personne qu'on a le plus envie de voir, c'est son ex. Règle n° 3 : boire. Une rupture, si tu ne bois pas, c'est pas une rupture. « Je vais prendre un café. — Ah… T'as pas envie de te détruire par l'alcool ? Vous avez pas vraiment rompu, en fait ? » À titre indicatif (ça peut toujours servir de connaître les us et coutumes en la matière), sachez qu'un café, ça veut dire que vous faites une pause. Vodka-whisky, vous avez rompu et vous en bavez sérieusement. Héroïne-crack, il(elle) s'est barré(e) avec un membre de votre famille.

Pour l'instant, le meilleur conseil qu'on m'ait donné, c'est celui-ci : « N'écoute les conseils de personne, même pas les miens. » Pas fulgurant de pertinence, certes, mais il m'a occupé l'esprit vingt bonnes minutes en me ramenant au paradoxe du menteur. (Un homme déclare « je mens ». Or, si c'est vrai, c'est donc faux. Et si c'est faux, c'est donc vrai.) On est vraiment prêt à penser à n'importe quoi quand on vient de lamentablement foirer sa vie de couple.

Règle n° 4 : voir des gens qui datent de votre vie pré-couple. Il faut effectuer une remontée archéologique des différentes strates de votre existence. Perso, j'ai choisi de revenir jusqu'à l'époque paléolithique de la fac en prenant un verre avec mes anciens potes d'amphi, ceux qui m'ont connue avant. Avant le couple, avant la vie à deux, avant la signature d'un bail portant deux noms, avant le « je ne pourrai pas m'en sortir sans lui ». Ceux qui m'ont connue célibataire dans dix mètres carrés avec une version de latin à finir pour le lendemain. (À peu près l'avenir qui m'attend dans les prochains mois – la version en moins.) Ceux qui se souviennent de mes dix kilos de cheveux rouges, de mon sac tissé de type uruguayen, de ma jupe à fleurs ramassée dans une poubelle, portée par-dessus un pantalon acheté aux Puces (les canons de la sexytude ont beaucoup changé en quelques années). Avec eux, cette relation devient un épisode de ma vie, certes central, fondateur, mais un épisode parmi d'autres. Les événements prennent leur cohérence et s'ordonnent pour former le fil de la vie d'un individu précis : moi.

Étudiants, nous avions en commun d'être exaspérés par le snobisme ambiant, chacun rivalisait de citations rimbaldiennes, keffieh au vent. À l'époque, en DEUG de lettres – oui, en DEUG, je sais, ça n'existe plus, ça doit faire aux jeunes le même effet que pour moi les gens qui parlent du BEPC au lieu du « brevet » –, on trouvait les gens qui n'avaient pas fait hypokhâgne parce que, franchement, le système scolaire, j'en ai fait le tour en trois ans, moi, je veux me nourrir de littérature – ça tombe bien parce que, franchement, les mecs, avec un DEUG de littérature moderne, vous ne risquez pas de manger quoi que ce soit d'autre à l'avenir que du Rimbaud et des pâtes.

Je peux en témoigner.

L'avantage non négligeable de la Sorbonne, c'était de brasser les catégories sociales. Dans notre groupe d'amis, on trouvait aussi bien une militante trotskyste de Garges-lès-Gonesse qu'un activiste à l'Action française directement issu des alentours du parc Monceau. Tous les deux pouvaient s'engueuler pendant une heure au café pour savoir si « je t'aime » était une expression performative. (J'ai donc enfin pu leur donner mon avis définitif : non.)

Rupture : bilan, semaine un

Le plus stupéfiant au lendemain d'une rupture, c'est de découvrir que le monde ne s'est pas effondré. Quelques jours plus tôt, on expliquait à qui avait la patience de nous écouter malgré nos yeux injectés de sang : « Si on se sépare, c'est la fin du monde. Une inversion du champ magnétique terrestre va se produire, puis ce sera l'APOCALYPSE. » Bah oui, puisque, malgré les dénégations de la communauté scientifique, il est évident que c'est la force de notre amour (ou de nos engueulades, au choix) qui servait de centre de gravité à la planète. Donc, il est absolument inéluctable que le sol s'ouvre sous nos pieds et que des centaines de succubes sortent de la bouche de l'enfer pour dévaster le monde, monde qui depuis cinq ans tournait bien sûr autour de notre couple et dont l'équilibre entre forces du bien et du mal va être irrémédiablement foutu en l'air.

Puis, on se dit qu'on en a assez de sacrifier sa vie pour le maintien de l'ordre dans le monde, qu'à un moment faut pas non plus trop abuser, et on se sépare. On attend pendant quelques jours, parce que la bouche de l'enfer met du temps à s'ouvrir. Une semaine plus tard, on doit se rendre à l'évidence : la Terre tourne encore. Vous sortez de chez vous, le visage bouffi de larmes, et là, c'est la stupéfaction : au lieu d'être tapis dans des abris anti-atomiques, les gens continuent leur vie tranquillement, les journaux n'évoquent même pas cet événement pourtant bouleversant. Pas d'interruption dans les programmes télé, pas de banqueroute de l'économie mondiale. Même Tikka, la traîne-poils qui me sert d'animal de compagnie, ose miauler à la mort pour réclamer sa ration quotidienne de croquettes.

La vie continue, c'est d'ailleurs ce que disent les amis, les yeux mouillés et l'air convaincu, et finalement, force m'est de constater la haute pertinence de cette lapalissade. Imaginez-vous, ça va vous paraître incroyable, mais, au supermarché, il n'y a pas de caisses prioritaires pour « clients vivant une rupture amoureuse ». Dans le métro, personne ne se lève pour me laisser une place assise, alors que, au minimum, l'état de mes cheveux, qui ressemblent à un poulpe mort, justifierait qu'on me laisse un strapontin. Et le pire : je reçois *encore* des factures. Comme si j'étais en état de faire des chèques. Comme si j'avais de l'argent sur mon compte – voir remarque précédente sur la nécessaire consommation d'alcool et conséquemment sur les trajets en taxi.

Ça, d'ailleurs, c'est un autre problème. Vous changez de vie, il faut marquer le coup, mais votre budget reste le même – soit, en l'occurrence, 40 centimes d'euro par jour pour vivre (oui, je suis éthiopienne). C'est peut-être cette impression que le quotidien ne porte pas suffisamment les stigmates du changement, qui pousse la plupart des personnes qui se séparent à se couper les cheveux. À défaut d'une invasion de morts-vivants, on opte pour un carré court.

5 septembre 2008
Dans la catégorie « bon plan boulot à la con » : vendre sa force de travail à l'Éducation nationale

C'est la rentrée.

Il est donc grand temps d'expliquer la nature exacte du merveilleux emploi qui me permet, à 28 ans, de manger un jour sur deux.

Je travaille à la vie scolaire d'un lycée professionnel de fils-aiguilles-ciseaux. Je suis obligée de crypter un peu mes propos parce qu'il semblerait que l'Éducation nationale apprécie modérément qu'on expose en public ses rouages intimes.

Dans l'Éducation nationale, l'abréviation « LP » provoque des frissons d'horreur chez la plupart des gens. Mais, assez vite, j'ai compris que les élèves n'étaient pas le réel problème de cet établissement. Certes, elles sont casse-couilles, mais c'est difficile de leur en tenir rigueur. Quand vous avez 15 ans, que vous voulez faire un CAP coiffure ou petite enfance (elles veulent toutes faire ça, c'est dingue, elles veulent toutes être célèbres ou coiffeuses ou esthéticiennes ou gardes d'enfants) et qu'on vous met en CAP chleurs nartificielles, vous avez des raisons de faire chier. Vous avez bien lu : CAP chleurs nartificielles (je me dis que, en rajoutant des lettres, je deviens inattaquable d'un point de vue juridique). Pour ceux qui ne sont pas très forts en rébus, une « chleur », c'est un truc végétal du type rose ou marguerite, et « nartificelles », c'est quand elles sont fabriquées avec du tissu plutôt qu'avec de la chlorophylle. Comme on me l'a souvent répété durant ces trois années, comme je me surprends à l'ânonner moi-même : « On est le seul établissement en France à préparer cet examen. » Tiens, mais tu m'étonnes… Et vous ne vous êtes jamais demandé pourquoi ? Peut-être parce que fabriquer des chleurs nartificielles *à la main* présente un intérêt scolaire très limité de nos jours – à moins d'avoir 8 ans, de vivre dans un pays en « voie de développement » et d'avoir à charge une famille de paysans affamés par le gouvernement totalitaire dudit pays.

La noderie, à la limite, je veux bien. (La « noderie », c'est genre de la dentelle, vous voyez.) Parce que oui, mesdames messieurs, on prépare aussi au CAP noderie. On est comme ça, on est des oufs dans ce lycée, on prend des paris de malade sur l'avenir du textile fait main. La noderie, donc, c'est utile pour la haute couture – encore faut-il être une excellente nodeuse. Mais des chleurs… ça serait une formation chleurs couplée avec nouture ou gapeau (= couvre-chef), pourquoi pas. Mais que des foutues chleurs… Et ces gamines passent huit heures par jour à fabriquer des chleurs avec des outils du XIXe siècle.

Comme on est des sacrés déglingos, on prépare également à un examen de flumes. Ça sert à quoi ? Bah, à devenir flumassière, évidemment. Un boulot d'avenir. Parce que, tant qu'il y aura des choiseaux, il y aura des flumes.

Dans le fond, moi je dis que les chleurs nartificielles, ça pourrait être un complément à une formation, un enseignement en option. Comme le grec ancien.

Évidemment, les élèves affectées chez nous en fin de collège, elles sentent direct l'arnaque. En général, elles ont eu le malheur de dire à leur conseillère d'orientation que, à part les cheveux, les enfants et la célébrité, elles aimaient bien la mode. T'as 14 ans, on te demande ce que t'aimes, tu réponds : « La mode, les fringues », normal, et zou, direction BEP couvre-chef.

Je ne remets évidemment pas en cause le talent des professeurs ni le devoir de transmission de leur savoir-faire. Mais il y a un truc de pourri dans le fonctionnement de l'Éducation nationale et, plus précisément, du rectorat de Paris. D'abord, notre section noderie a été pendant plusieurs années une classe « réservée » – comprendre réservée au pire. Ce qui faisait que, à de bonnes élèves qui étaient motivées par la noderie – ça existe –, on leur déconseillait de venir chez nous, au risque de se faire manger par nos monstres et d'oublier jusqu'à l'existence de la conjugaison des verbes.

En plus, visiblement, au rectorat, ils croient : primo, aux races ; deuzio, au déterminisme ; tertio, au déterminisme par la race. C'est comme ça que toutes les élèves chinoises parlant peu ou pas le français se retrouvent chez nous, parce que vous comprenez, avec leurs parents enfermés dans des ateliers clandestins du 11e arrondissement, le textile, ça les connaît bien.

Bref, notre établissement a connu une dégringolade assez vertigineuse – jusqu'à atteindre l'an passé un magnifique 0 % de réussite à l'examen de noderie. Heureusement, les deux derniers proviseurs ont décidé de gueuler auprès du rectorat pour qu'ils arrêtent de nous affecter des élèves en dépit du bon sens. Le niveau commence donc à remonter petit à petit. Le vrai souci, c'est comment sermonner les élèves dans ce contexte. « Écoute, ça fait deux fois que tu sèches ton atelier de chleurs nartificielles. C'est pas sérieux. Pense à ton avenir, c'est super-important que tu ailles en cours. »

L'ornithorynque d'Umberto Eco

J'ai pour ma part fait des études réservées à une tribu de paranoïaques névrotiques marginaux : *ou* de la sémiotique. L'étude des signes. C'est très chouette. Mais ce que personne ne vous dira sur la sémiotique, c'est que ça rend fou. (En vrai, personne ne vous dira jamais rien sur la sémiotique, parce que personne ne sait vraiment ce que c'est.) C'est une matière qui a réussi à éliminer la notion de réel ou de réalité. Un exploit théorique qui, vous l'admettrez, s'apparente assez à un processus névrotique. Le problème de la sémiotique n'est pas de déterminer l'existence de la réalité ou de chercher à la définir – ce qui est tout de même le but de la plupart des domaines de recherches, peu importe l'angle choisi, historique, sociologique, physique, etc. « Quelles étaient les véritables origines de la Révolution française ? Une particule peut-elle être à deux points différents en même temps ? », etc. Pour nous, paranoïaques névrotiques marginaux, la réalité existe, mais elle est loin, inaccessible et donc tout à fait secondaire. Notre objet d'étude, c'est le décryptage de systèmes de signes que nos congénères, par naïveté totale, prennent pour la réalité, alors qu'il ne s'agit que d'illusions autoréférentielles.

Amis étudiants en psychiatrie, n'hésitez pas à venir discuter avec des étudiants en sémiotique, ça pourrait vous distraire un peu.

Du coup, après des années à me farcir des bouquins sur la relativité de la réalité, c'est assez ironique de découvrir que l'ensemble des signes que j'imaginais connement constituer ma vie avaient été mal interprétés. Et que j'ai donc tout vécu de travers.

Ça veut dire quoi ? Tout simplement que je viens de passer une soirée très instructive avec une fille avec qui, visiblement, l'homme-avec-qui-j'ai-passé-cinq-ans a lui-même-passé-les-derniers-mois-de-notre-relation. Ça fait toujours plaisir à apprendre quand tu commences juste à te remettre de ta rupture. La vie est une chienne. Mais, malgré cette petite rechute, je poursuis mes étapes de deuil amoureux. Pendant ce premier mois, j'ai donc brillamment passé la phase une (se bourrer la gueule et claquer plein de thunes) et la phase deux (rester enfermée chez soi à regarder le plafond). Arrive désormais la phase trois : reprendre ma vie en mains, à deux mains, à pleines mains.

Ce type de grande déclaration assez floue recouvre une réalité beaucoup moins séduisante, à savoir se taper toutes les corvées matérielles qu'on avait reportées sous prétexte de « pas en état, c'est trop tôt, je dois m'occuper de moi en priorité, j'ai un record de *zookeeper* à battre et une saison de "*How I Met Your Mother*" à finir ». Il y avait une corvée en particulier que je remettais de jour en jour : l'envoi du préavis pour quitter « notre » nid d'amour et lieu de tensions ménagères.

Acte hautement symbolique s'il en est. Comme si on couchait noir sur blanc que c'est fini. Comme si le proprio était une sorte d'instance supérieure qui seule pouvait entériner cet état de fait. Bref, la semaine dernière, j'ai décrété qu'il était grand temps de sortir de cette période floue parce que, bordel de zob, je suis une femme indépendante et déterminée. Et accessoirement parce que je ne peux pas continuer à payer le loyer.

Me voilà donc partie pour la poste du 11e arrondissement. Sachant que j'habite à Montreuil, ça demande une explication. Malheureusement, je n'en ai pas en dehors du fait que j'adore ce bureau de poste. Et puis, c'est de là que j'avais envoyé mon précédent préavis – celui qui allait nous permettre d'emménager ensemble. Je ne le dirai qu'une fois, mais, franchement, quelle enculade, la vie à deux.

Évidemment, dans la file d'attente, j'ai commencé à me demander si c'était une bonne idée. Si on ne pouvait pas « se donner une nouvelle chance », « repartir de zéro », « dépasser nos difficultés » et toute autre expression favorite des psys de « Confessions intimes ».

Quand le guichetier guadeloupéen m'adresse un sourire chaleureux pour me faire comprendre que c'est mon tour, je me demande si je ne vais pas me chier dessus en traversant les cinq mètres qui nous séparent, la fameuse distance de sécurité qui est censée protéger les agents de la vindicte populaire. J'arrive devant lui en pensant : « Il faut que je me décide. J'ai pas envie de l'envoyer, mais c'est ce qu'il y a de mieux pour moi. » (D'ailleurs, vous pouvez m'expliquer pourquoi la « bonne chose » n'est jamais celle dont j'ai envie ?) Il me donne le bordereau. « Là, votre adresse, ici, celle du destinataire. » Je commence à le remplir. Première panique, j'ai évidemment oublié de prendre l'adresse de mon proprio. Je le fais de tête. Non, c'est pas ça.

« Heu… Excusez-moi, vous pouvez m'en donner un autre ? J'ai raté. »

Deuxième bordereau : je le remplis, et là, deuxième horreur. J'ai inversé les cases.

« Heu… Je suis vraiment désolée, je me suis encore trompée. »

Troisième bordereau. À ce stade, le guichetier a adressé son fameux sourire à une nouvelle personne, qui vient donc récupérer un colis Chouchou les 3 Suisses contenant à tous les coups un lot de sous-pulls Damart le cinquième à moitié prix et le sixième offert si vous en achetez neuf, pendant que je gribouille nerveusement sur le bord du comptoir, mettant fin à mon histoire d'amour. Vous comprenez bien que la situation me trouble. Rebelote, Cruchonne se replante entre destinataire et adresse de l'envoyeur.

« Heu… Je suis vraiment désolée. Je suis une grosse merde toute nulle. »

Le guichetier me tend un quatrième bordereau en me disant : « Vous avez pas envie de l'envoyer, ce recommandé, dites donc. » Je baisse piteusement la tête.

Résultat de cette action de femme indépendante et déterminée : le 15 novembre, je suis officiellement sans domicile fixe.

Dans la catégorie « bon plan boulot à la con » : voir NTM se reformer gratos

Comme ma vie de mi-journaliste mi-assistante d'éducation est, au-delà de la simple précarité, totalement misérable, il faut bien aller vendre sa force de travail ailleurs pour arrondir les fins de mois – surtout quand on a un déménagement en vue[1].

Il se trouve que ma Meilleure Amie, qui supporte sans ciller mes chouinements depuis un mois, est contrairement à moi une jeune femme énergique et pleine de ressources. Elle nous avait donc trouvé un plan intitulé : « Travaillons plus pour gagner plus et voyons gratuitement le concert de NTM. » Le fameux concert à Bercy de reformation du groupe devait être enregistré et le CD du live vendu dix minutes après la fin du concert. Excellente idée pour se faire plus de thunes, jouer à mort sur l'émotionnel et l'achat compulsif. Nous étions une vingtaine à avoir la chance

1. *Nota bene* : je cherche toujours un appart.
Nota bene 2 : je cherche toujours quelqu'un qui maîtrise suffisamment Photoshop pour me faire de fausses fiches de paye.

de participer à cette merveilleuse opération commerciale. Quel serait notre rôle exact ? On ne le savait pas encore.

15 heures : On croise Kool Shen. La journée commence bien. Je feins un air détaché du genre « bah ouais, c'est Kool Shen, quoi, normal », et puise dans toutes mes réserves, des heures passées à pratiquer les exercices spirituels de saint Ignace de Loyola, pour ne pas me rouler à ses pieds en hululant de plaisir.

15 h 30 : Un rastaman nous explique dans un franglais approximatif que ce concept de CD live instantané est révolutionnaire et qu'on va participer à quelque chose d'exceptionnel. Je crois qu'il a pas bien saisi que la révolution du jour, c'était la reformation du Suprême. Malheureusement pour lui, les gens embauchés pour ce genre d'opération sont généralement des étudiants surdiplômés. Résultat, il se heurte à un mur de scepticisme – « Au fait, on est payés au black ou y'a un contrat ? », « On est payés quand ? », « On finit à quelle heure ? ».

16 h 07 : on est tous avachis dans un couloir de Bercy (qui ressemble étrangement à une piscine municipale des années 70). Cette fois, impossible de me retenir, je glapis d'excitation en voyant passer le matos de Sefyu – qui assure la première partie. Entre-temps, j'ai glissé deux cents jaquettes dans deux cents boîtiers vides. Rappelons que j'ai fait un DEA de sémiotique sur les difficultés d'appréhension du monde *via* la sémiose verbale.

17 h 30 : on recroise Kool Shen qui sort tranquillement de la cantine. J'ai encore envie de lui sauter au

cou, mais, comme tout le monde, je fais semblant que je m'en branle.

17 h 33 : un remous dans le couloir, brusque agitation. Le vigile (3 mètres sur 2) nous saute dessus et nous plaque violemment contre le mur pour laisser passer JoeyStarr. C'est sûr que, avec nos physiques d'adulescents souffrant de malnutrition, on risquait au minimum de lui casser un ongle.

17 h 34 : Joey est passé.

18 heures : on entre dans la salle pour écouter les balances.

18 h 01 : on se fait jeter.

18 h 06 : on se faufile par une autre porte. Moment magique, Bercy vide, immense, les balances de NTM, ils n'ont pas l'air au point, ils sont stressés. Ils mettent du Nirvana.

18 h 07 : en pleine extase, je m'urine dessus.

18 h 30 : on retrouve Rastaman. Il a l'air dépité et nous annonce que « ça va pas être possible, NTM refuse pour l'instant ». Ils préfèrent écouter le CD avant de le vendre. Bref, on est au chômage technique. Pour nous occuper, nos patrons, visiblement assez portés sur l'usage de drogues douces, nous envoient harceler les premiers spectateurs pour récupérer leurs adresses mail – histoire de leur proposer d'acheter le CD plus tard. Moi, j'ai pas envie d'embêter les gens. Surtout que ceux qui donnent leur adresse, c'est toujours de pauvres gens qui se sentent obligés, qui ne comprennent pas du tout qu'on va pourrir leur adresse avec du spam. Des gens défaitistes qui ont toujours la crainte de ne pas être en règle, de ne pas faire comme il faut. En revanche, nos

amis les bourgeois n'ont aucun problème à nous envoyer chier d'un geste de la main, comme s'ils chassaient un moucheron de leur vue.

De toute façon, j'ai horreur quand les chefs nous donnent à faire des choses absurdes pour justifier nos misérables salaires. Ils doivent se dire qu'ils ont acheté notre force de travail et qu'il est hors de question de ne pas l'utiliser.

20 h 30 : sur le planning, on est officiellement en pause. Vous vous doutez que le planning est mensonge. En réalité, on est dans les sous-sols de Bercy, au fond d'un local de neuf mètres carrés. Meilleure Amie a un ordi sur les genoux et peste contre les claviers QWERTY. Je me ronge les ongles à toute vitesse. Putain, on va rater Sefyu, on va rater Sefyu, on va rater Sefyu. Quand je suis sûre qu'il ne me reste plus aucun ongle, je mords directement dans la peau. Les murs se mettent à trembler, je lève une tête affolée. Le concert commence. Du sang plein la bouche, j'attaque ma deuxième phalange. Putain, je suis en train de rater Sefyu. Seule distraction, l'arrivée triomphale d'une de nos zélées collègues. C'est tout juste si elle a pas sorti le microphone pour annoncer : « J'ai rempli dix pages d'adresses mail. » (Au passage, je précise que j'en ai fait deux.) On lui balance que, maintenant, faut qu'elle les entre dans l'ordi et on se barre.

21 h 30 : Nique Ta Mère. Incroyable. Un truc de dingue. Évidemment, c'était un peu plus zouk que cramage de voitures. Mais, de nos jours, quand on s'appelle JoeyStarr, on peut difficilement dire : « On

va tout brûler parce que l'État nous ignore, nous méprise. »

1 h 40 : allongée sur mon lit. Nuit noire. Les yeux écarquillés, je fixe le plafond d'un air ahuri. Mon chat roupille tranquillement sur mon ventre. Putain, faut que je dorme. En apparence, tout a l'air calme. Mais, dans mes oreilles, il y a un vacarme assourdissant à base de pop pop pop pop. Pour le hip-pop. La Seine-Saint-Denis bébé. Merde, je me lève dans cinq heures. J'arriverai jamais à dormir.

Le lendemain, on apprend que NTM a définitivement refusé l'opération CD live. Nos employeurs y perdent pas mal de blé et envisagent de les traîner en justice. Ce qui ne manque pas de piquant, c'est que, nous, on n'a évidemment pas signé de contrat et qu'on s'est tous fait enculer de dix euros sur la paye du jour.

Théorie sur le sexe n° 1 : la masturbation

Vu mon statut de célibataire fraîchement séparée, ça n'étonnera personne que je m'intéresse de près à un sujet : la masturbation.

J'ai découvert un site qui existe depuis 2001 (en temps Web, c'est l'équivalent de la grotte de Lascaux). Rien que son nom emplit mon âme de promesses ineffables : « Masturbation-passion ». Pour les amoureux de la masturbation ? Mieux. C'est « masturbation, passion de femmes », comme ils le sous-titrent. Pour les amoureuses de la branlette.

Après enquête, ce site a connu de beaux jours parce qu'il propose des photos et des vidéos de meufs qui se branlent et que, au début des années 2000, c'était un peu la panacée. Il doit également son succès à la section « Confessions », composée d'une suite de récits érotiques écrits par des meufs prénommées Natacha, mais qui selon toute vraisemblance s'appellent plutôt Jean-Yves, comptable dans le Loir-et-Cher.

Mais, mon vrai sujet de fascination, c'est le forum.

Certains vont ricaner : « Hin hin, les meufs, elles vont sur un forum pour demander comment faire. » D'abord, sachez que des hommes postent aussi sur le forum, notamment parce qu'ils se posent des questions sur la sexualité de leurs copines et qu'ils ont envie d'en parler. Ensuite, c'est le lieu idéal pour aborder des questions anatomiques perturbantes comme : « Mon clitoris est, selon mon gyné, très développé. Je l'ai mesuré en érection, il fait/sort de trois centimètres. » *Godness*... Toi, d'emblée, je te déteste. Trois centimètres... Elle peut presque décapsuler une bière avec. Y'a pas de justice.

Plus sérieusement, même si la masturbation (féminine et masculine) est de moins en moins taboue, elle reste une pratique figée. En masturbation, on n'expérimente pas trop. Si on veut tester de nouveaux trucs, on le fait à deux. Pourtant, même seul(e), il y a énormément de possibilités et donc de plaisirs différents à en tirer parce que :

1°) la technique masturbatoire première qu'on va naturellement adopter ne sera pas forcément la meilleure ;

2°) la sexualité de chacun évolue avec l'âge. On ne baise pas de la même manière à 17 ans et à 35. (Heureusement…) Alors que, bizarrement, je mets ma main à couper que la majorité des gens se masturbent à 50 ans de la même façon que quand ils en avaient 15. Je vous le dis tout de go : je trouve ça un peu méprisant vis-à-vis de la branlette. Enfin, diantre, se branler, ça ne sert pas juste à se déstresser et à mieux dormir. Ce n'est pas un Tranxène naturel. Masturbateurs de tous les pays, améliorons nos techniques, expérimentons – seul – de nouvelles expériences.

Vivre seule

J'ai été élevée dans un système matriarcal. Chouchoutée, devrais-je dire. Il est donc hors de question de me consacrer à certaines tâches que d'autres considèrent comme essentielles. Du genre, faire la bouffe. C'est pour ça que je voue une affection sans bornes à toutes les mamans de substitution capables de me nourrir. Bien sûr, c'est pas évident de trouver chaque jour une nouvelle personne pour se sustenter. Mais, pendant cinq ans, je n'ai plus eu à me préoccuper de ce genre de détails. Le manger sortait tout seul, comme par magie, de la cuisine pendant que je regardais la télé. Le manger que je voulais, préparé comme je l'aime, c'est-à-dire avec un maximum de gras. « Tu veux manger quoi ? — Je sais pas… du gras… de la crème fraîche, ça serait bien. » Bien sûr, parfois, les aléas de la vie et des voyages me forçaient à jeûner quelques jours avant la reprise du miracle. Mais ça finissait toujours par revenir. Finalement, le principal inconvénient de cette expérience hautement ésotérique, c'était d'entendre le cuisinier soupirer : « Mais c'est pas possible, comment tu ferais sans moi ? Tu t'en sortirais pas… » Typiquement le genre de phrases qui vous donne envie d'encastrer la tête de votre interlocuteur dans un mur. De nature pacifiste, je préférais répondre avec un air pincé : « Bah, j'irais au restau. »

Sauf que le restau tous les jours, c'est pas possible. Pour le moment. Vu l'état de mes finances.

Donc l'autre jour, aiguillonnée par la faim, je me suis lancée dans une grande expédition. Comme les plats ne sortent plus tout prêts de la porte magique, j'ai décidé de l'entrouvrir et d'y jeter un coup d'œil, histoire de comprendre ce mystérieux dysfonctionnement.

Bref, j'ai décidé de pénétrer dans la pièce interdite : la cuisine.

Premier constat : les poubelles ne se lèvent plus sur leurs petites jambes pour descendre toutes seules jusqu'au local. Je me demande si elles espèrent vraiment que je vais le faire à leur place. De toute façon, le déménagement est prévu pour le 15 novembre, ça me laisse encore deux mois pour me décider à faire quelque chose.

Deuxième constat : c'est sale. Entendons-nous. Pas sale dans le genre « pas propre ». Plutôt sale dans le genre « une communauté hippie de champignons squatte la vaisselle qui traîne dans l'évier ». Je ne sais pas combien de temps il a fallu pour que le miracle de la vie naisse au fond de mes assiettes, mais j'ai vaguement le souvenir que cet été, prise d'un coup de folie, j'avais décidé de me nourrir seule. J'en conclus logiquement que ces couverts sont là depuis un mois et demi – sauf que, à ce stade de saleté (celui avec les taches vert et blanc), la vraie fainéante se demande vraiment si ça vaut le coup de les laver, s'il ne vaut mieux pas tout jeter. Comme c'est une décision importante, je décide de la remettre à un autre jour.

Troisième constat : y'a que dalle à bouffer. Un vieux pot de crème fraîche périmé. Un reste de fromage desséché et un bout de saucisson tellement dur que je pourrais aussi bien le transvaser dans la boîte à bricolage pour le recycler en marteau.

Mais, le plus grave, c'est sans aucun doute qu'il n'y a plus de café, ni de « pâte à tartiner », comme disent les participants de télé-réalité. Le problème quand t'es au bord de l'inanition et que t'as plus rien à bouffer, c'est que tu n'es physiquement pas en état de te rendre dans un supermarché. Du coup, tu vas au McDo (enfin, dans un « service de restauration rapide ») et, après, t'es tellement repue que t'es un peu écœurée à l'idée d'aller faire des courses. C'est le cercle vicieux dans lequel je me débats depuis dix ans.

Comme je ne suis pas encore bien remise de ma rupture (ne désespérons pas, ça va finir par arriver), j'ai tendance à coller mes amis où qu'ils aillent. Malheureusement, ça donne assez peu de « partons en Bolivie fumer du crack sur le toit d'un bus », mais, plus prosaïquement, « j'ai des courses à faire, viens avec moi ». C'est comme ça que j'ai accompagné Meilleure Amie faire ses achats de rentrée. (Non, elle n'est plus à l'école, mais on a du mal à faire le deuil des rythmes scolaires.) Ça avait l'air anodin, comme proposition. Mais, quand elle m'a dit qu'elle devait passer au BHV, j'aurais dû me méfier. Les Parisiennes, elles ne vont pas au BHV, car elles savent que c'est de l'arnaque. C'était quasiment un des principes éducatifs de ma mère, et ma mère, c'est la Parisienne par excellence (belle, mince et élégante). Bref, cette proposition de BHV, c'était louche. Encore plus louche, le son de sa voix entre exaltation et impatience en me répétant : « Il faut ab-so-lu-ment que j'aille au BHV au-jour-d'hui. »

Arrivée dans le magasin, elle fait une première chose stupéfiante : elle sort une liste. En même temps, elle fait tout le temps des listes. Mais, là, plantée au milieu de la boutique, elle a brandi sa liste avec un regard littéralement illuminé et j'ai assez vite compris que j'allais assister à quelque chose d'aussi extraordinaire que la reproduction des tortues de mer : une fille normale en plein épisode névrotique.

Tout a dégénéré au rayon papeterie. Je sens son

corps se tendre brusquement et vois son regard s'aiguiser comme celui d'une tueuse spécialisée en torture psychologique. Une espèce d'Aussaresses qui n'a même pas besoin d'adresser la parole au vendeur, il suffit qu'elle se dirige vers lui pour que, saisi de terreur, il sorte son coupe-papier et se l'enfonce dans le bide. Ce qu'il lui fallait là tout de suite en urgence, c'était un petit carnet Moleskine. Mais pas Moleskine Madrid, pas Moleskine Porto, pas Moleskine Barcelone (ils ont décliné un nombre de versions assez dingue). En résumé, elle voulait celui qu'ils n'avaient pas. J'ai cru qu'elle allait sauter à la gorge du vendeur pour lui arracher la carotide avec les dents, mais je l'ai félicitée, car elle a fait un gros effort pour prendre sur elle. C'est donc passablement contrariée qu'elle est passée au rayon stylos. Pratique, son détour répondait à une question que je me suis souvent posée le soir en m'endormant : mais qui peut bien encore acheter des stylos ? C'est un peu comme les briquets. On fouille au fond de son sac et on en trouve un sans avoir aucune idée d'où il vient. Eh bien, il vient de votre copine folle qui achète des stylos (ou de votre plombier qui vous en a laissé un). Évidemment, Meilleure Amie, il lui fallait un modèle assez précis : le BPS-Matic fin, encre ultra-soft, cône métal résistant. Miracle, ils en avaient. Cette bonne nouvelle m'a valu un sourire suivi d'un léger gloussement de satisfaction. J'en ai profité pour lui faire remarquer que son comportement était un peu anormal. Pleine d'aplomb, elle m'a répondu : « Je sais, j'ai un problème avec ça. » « Ça » étant donc le rayon papeterie du BHV…

Et, enfin, le clou – dans la Bible, ils appellent ça l'« apocalypse » : l'achat d'un cahier. Là, je commençais à être rodée. J'étais certaine qu'elle avait une prise de position très politique sur spirale ou pas spirale et qu'elle allait nous casser les couilles avec la taille des carreaux. Eh bien, j'étais encore en dessous de la vérité. D'abord, spirale. OK. Ensuite, je lui demande : « Petits ou grands carreaux ? », et, là, je la sens bizarrement évasive. Fuyante. Finalement, elle me lâche : « Lignes horizontales. » Ah ouais… Quand même… Par miracle, j'arrive à lui trouver un grand cahier à spirale et lignes horizontales. Elle y jette un coup d'œil d'experte. « Non, ça va pas. » Mon regard ahuri passe alternativement du cahier à la copine. Bon sang, mais c'est bien sûr, le problème, c'est qu'il y avait des marges *autour* des pages. Et il fallait des lignes horizontales qui aillent *jusqu'au bout* de la feuille. On cherche avec l'aide de deux vendeurs. Ils nous trouvent un *grand cahier avec spirale et des lignes horizontales qui vont jusqu'au bout de la feuille sans marge.* Du bout des doigts, elle prend le cahier. Dans les cinq étages du BHV, les clients ont cessé de respirer. D'un air taciturne, elle le feuillette, peut-être même avec une pointe de dégoût. Je l'encourage d'un « Il est parfait, celui-là, non ? ». Là, vous y croirez ou pas, mais je vous jure que c'est véridique, elle baisse vers moi un regard super-embêté avant de me répondre : « Il a trop de pages. »

Théorie sur la vie n° 1 : les autres filles

Comment les autres filles gèrent-elles leur vie sentimentale ? Question fort intéressante à laquelle je vais tenter d'apporter une réponse aux vagues relents de misogynie – mais, étant une femme, j'en ai *de facto* le droit.

Après des années de réflexion sur le sujet, j'ai élaboré une hypothèse assez convaincante. Je soupçonne les autres filles de se badigeonner le corps avec des litres de miel et des kilos de gelée de rose pour ensuite apparaître devant l'assemblée des hommes en s'exclamant : « Regarde comme je suis fragiiile et douce. » Et de faire quelques entrechats en répétant : « Je suis une *pitite* fleur. »

Après cette opération magique destinée à imprimer dans le cerveau de leur interlocuteur qu'elles ont/sont un petit cœur vibrant d'amour, elles passent à l'étape deux : *elles se transforment en harpie.*

Évidemment, en société, face à leurs congénères, elles avancent masquées. Mais, sitôt la soirée finie et le verrou de la porte fermé, ce ne sont plus que hurlements hystériques et déluge de reproches : « Comment, ô grands dieux, as-tu pu faire çâââ ? ! T'as vu comment t'as réagi au moment où... et quand... Rhâââ... tu me fais tellement souffriiiir. » Mais l'homme se souvient du petit cœur en gelée de miel qui se cache derrière ce monstre fulminant. Qui plus est, ledit monstre a en sa possession l'arme la plus efficace au monde, un truc auquel je suis malheureusement aussi nulle qu'en Twitter : la culpabilisation. La culpabilisation, ça a l'air hyper-efficace pour dicter leur conduite aux hommes. « Fais pas ça ! La regarde pas ! Réponds pas ! » (voir l'intégralité des reportages de « Confessions intimes » sur TF1).

Ça fait presque deux ans que j'ai compris que ce sont toujours les emmerdeuses qui gagnent. Et je ne leur jette pas la pierre.

Mais ces emmerdeuses qui semblent en position de supériorité se leurrent. Elles ne se placent pas sur un pied d'égalité avec leur partenaire. Derrière le : « Je suis irréprochable, et toi, saloperie de phallus érectile, tu merdes » (ah oui, précisons que, quand une fille commence par : « Il y a un problème », il faut *toujours comprendre* : « Toi/tu/homme as un problème »), il y a des heures, des journées entières exclusivement consacrées à décortiquer le fonctionnement de son couple, à traquer les failles. Ce double discours de juge et partie implique une surveillance constante de la relation, en faire sa priorité absolue. Parce que réussir à faire chier à ce point-là, ça demande un gros investissement en temps et en énergie. Et, bordel à foutre, j'ai quand même d'autres trucs plus importants à faire que de tyranniser un homme.

Sauf que je me heurte depuis… allez, une dizaine d'années, au même schéma. On pourrait penser que les êtres-à-corps-spongieux sont soulagés de ne pas avoir de harpie face à eux. Faux. Archi-faux. Ça doit être déstabilisant, et puis, au fond, ils savent bien que la harpitude est le signe d'un dévouement sans bornes.

Pour eux, il semblerait que si vous n'arrivez pas peinturlurée de miel de rose en faisant vos entrechats, ça veut dire que vous n'avez pas de cœur.

Résumons : pas de petite fleur = pas de cœur.

C'est désespérant. Convenons-en.

Là, trois possibilités :

1°) pas vraiment une possibilité, plutôt une étape obligatoire. Sans doute parce que je fais 50 kilos, que j'ai les yeux vaguement verts, l'air fragile et un teint livide d'héroïne romantique, ils se disent systématiquement : « Elle fait semblant, elle feinte, elle se retient juste de faire ses entrechats de harpie. » En général, ils comprennent assez vite leur erreur.

Mais, du coup, ils passent à l'opposé.

2°) le mode « ça le rend fou ». Il grimpe alors sur un char d'assaut avec une kalachnikov entre les dents pour m'en foutre plein la gueule et me prouver que je suis faite de purée de miel, quitte à me réduire en bouillie au passage. Une fois qu'il m'a arraché la peau du visage avec un couteau et que j'ai l'œil gauche qui commence un peu à pleurer, il est satisfait, il m'a prouvé que j'étais sensible.

3°) le mode « génial ce mur qui encaisse tellement bien ». Dans ce cas, le constat « elle est authentiquement pas chiante » entraîne un étrange corollaire dans son esprit : « donc, elle est en béton armé ». (Il faut dire que mon langage de charretier et ma légère propension au sarcasme n'aident pas à mettre en avant mon côté petite fleur des bois.) Bref, trop bien, s'exclame-t-il, moi qui avais besoin d'un mur d'appoint pour faire du basket. (Je sais, ça ne veut rien dire comme comparaison, mais disons que, dans ce cas de figure, l'individu spongieux considère que ça ne sert à rien d'être sympa ou de faire des efforts pour moi, vu que, de toute façon, je suis solide.)

La maxime du jour sera donc : « Entre la harpie et le mur d'appoint pour le basket, pas de salut. »

2 novembre 2008
Le Guinness record du déménagement

Il est temps d'admettre l'évidence : je suis engagée dans le déménagement le plus long de l'histoire de l'humanité depuis sa sédentarisation. Et le plus absurde. Voici la liste des trucs que ça se passe pas comme ça chez les autres :

– ne pas avoir de date précise pour quitter l'appart – parce qu'on n'a pas de nouvelle de son proprio (donc de sa caution…) ;

– ne pas déménager et emménager le même jour, ni la même semaine ;

– déménager ses meubles à pied à travers Montreuil pour les mettre dans une cave (aidée d'amis dévoués qui ont été exceptionnels), pour les récupérer deux semaines plus tard et les transporter dans le 19e arrondissement ;

– déménager tout le reste de ses affaires dans une Twingo pour les apporter dans l'appartement maternel, sachant que l'ascenseur est en panne ce jour-là.

Bref, j'ai finalement changé de lieu de procrastination, après des semaines d'un déménagement qui semblait se dérouler le jour de la Marmotte. Mais Free a été encore plus lent que moi. Du coup, je vis sans Internet ni téléviseur – autant dire coupée du monde/recluse dans une grotte/*back in* préhistoire. Tout juste s'il n'y a pas des ptéranodons qui passent en volant devant mes fenêtres.

En prime, la télé n'était pas à moi. Soyons honnête, je vais récupérer une télévision. Mais pas tout de suite. Mon masochisme n'allant pas jusqu'à m'infliger pareille torture pour rien, il y a un but avoué, qui est de « créer des conditions propices à une semaine de travail intensif » (il y a des guillemets parce que je m'auto-cite pour tenter de me convaincre), et de finir d'écrire ce putain de roman policier que je traîne sur mon ordi depuis presque deux ans.

À l'heure où j'écris, je suis sans télé depuis trois jours.

Constat n° 1 : les programmes de France Inter le dimanche après-midi et les soirs de semaine, c'est un peu de la chiotte.

Constat n° 2 : j'ai l'impression que, sans télé, on ressent davantage le froid.

Constat n° 3 : au bout d'une soirée complète, je souffrais de violents spasmes au ventre. Ça me rappelle les problèmes de sevrage du crack.

Le lendemain, j'ai craqué. Après des heures d'écriture acharnée dans un silence religieux, j'ai couru au restau chinois que Dieu a placé à côté de la porte d'entrée de mon nouvel immeuble et j'ai avalé leurs saloperies le nez collé à cinquante centimètres de leur magnifique écran plasma. Repue d'images, je suis remontée travailler.

Alors bon… au bout de trois jours, j'ai beau penser à tous mes amis qui vivent sans, ces amis dont j'oublie toujours le handicap et à qui je parle télé-réalité et qui m'écoutent poliment, j'ai beau me dire : « Bah, ça va, ils y arrivent, je peux aussi le faire, il paraîtrait même que c'est ça, la vie normale », je suis obligée d'admettre qu'il manque quelque chose dans mon existence. Qu'un appart sans images qui bougent, ce n'est pas tout à fait vivable. Parce que, franchement, quand je lève les yeux de l'écran de l'ordi, bah… y'a rien, quoi. Outre qu'il n'y a pas de meuble (j'ai déménagé, mais ça ne signifie pas que j'aie emménagé, vous noterez la nuance), ma seule distraction, c'est Tikka, aka Vomito, et ses déplacements erratiques dans notre nouvel espace.

Je pense que je ne vais pas tenir encore très longtemps. À chaque heure de la journée, je fais la liste des programmes que je rate. Dans ma tête, il n'est jamais 14 heures : il est l'heure-des-*Feux-de-l'amour*-en-travaillant. Il n'est pas 19 heures : il est l'heure-de-s'avachir-devant-le-« Grand-Journal »-en-envoyant-des-mails.

Dieu est brun

Quand on est gamin, les adultes projettent savamment leurs névroses sur nous, notamment à travers une question foutrement angoissante : « Tu veux faire quoi quand tu seras grand ? » Mais qu'est-ce qu'on a dans la tête pour oser demander ça à des enfants ? C'est affreux comme question et, pourtant, il y a pire. Vu l'absurdité de mon parcours professionnel, il arrive encore qu'on me demande : « Tu veux faire quoi exactement dans la vie ? » Je n'ai que 28 ans – presque 29, OK –, je suis donc beaucoup trop jeune pour choisir un métier. Si demander à un enfant ce qu'il veut faire plus tard, c'est cruel, poser la même question à un pré-trentenaire, c'est carrément une atteinte caractérisée à la convention de Genève et aux droits de l'homme.

D'abord, c'est quoi un métier ?

Quand j'étais en cinquième, tous les jeudis, juste avant les deux heures de cours de français, un petit groupe partait en expédition au kiosque à journaux (véritable expédition puisqu'il fallait sacrément feinter pour réussir à sortir du collège) et revenait victorieux en brandissant notre Bible, notre rayon de soleil, un torchon d'assez mauvaise qualité : *Infos du monde*. Le seul journal français qui faisait sa « une » sur la femme à deux têtes, l'homme carte de crédit ou l'enfant chauve-souris.

Il faut saisir l'ampleur du choc pour une pré-ado dont les seules perspectives professionnelles étaient médecin/avocat/prof quand elle découvre que des adultes sont payés pour écrire des conneries. Ma vision de l'existence en a été irrémédiablement bouleversée. Des années plus tard, la magie d'Internet m'a amenée à rencontrer Dieu, aka Frédéric Royer, le cocréateur d'*Infos du monde*. J'ai enfin pu lui exprimer toute mon admiration pour son œuvre. En échange,

Fred m'a montré qu'il était possible de ne pas choisir un métier précis, mais d'écrire plein de choses différentes sans décoller de son canapé. Il a pointé un doigt au loin et m'a dit : « Regarde cette Terre, elle s'appelle Free-lancia, c'est là que vivent des gens nommés free-lances qui n'aiment pas les horaires ni les bureaux. Ces gens-là n'ont pas un métier, ils travaillent sur des projets. » Je lui ai baisé les pieds et je me suis mise en route vers cette Terre promise.

Le chemin est long et chaotique, émaillé de boulots alimentaires à la con qui rognent sur le temps que je devrais consacrer à apprendre à écrire un roman, mais je continue. D'autres migrants ont réussi à atteindre cette Terre, alors pourquoi pas moi ? (En vrai, il y a plein de réponses à « pourquoi pas moi » dont : « parce que tu ne connais personne ni dans l'édition, ni dans le journalisme, parce que t'as pas une thune, parce que tu as 28 ans et que tu devrais laisser tomber et prendre un vrai travail, parce que t'es nulle et que tu n'y arriveras jamais ».) (J'ai décidé d'ignorer ces objections.)

17 décembre 2008
Fin de la rupture

J'ai commencé à écrire à l'occasion d'une rupture amoureuse. Les premiers jours, ça m'a permis de tenir : raconter mon marasme le tenait à distance. Mais cette rupture s'éloigne. Une rupture en débardeur – c'est dire si ça remonte.

Le deuil amoureux m'a ramenée au temps qui passe. Cinq ans. Quand je regarde les photos, je vois des enfants. Ce que j'en retiens, ce qui a sans doute été le plus difficile, ce n'est pas d'admettre qu'on ne vieillirait pas ensemble – parce qu'on n'a jamais voulu vieillir ensemble, on n'a pas à faire le deuil d'un avenir dans lequel on ne s'est pas projeté. C'est de comprendre qu'en quittant l'autre, c'est avant tout à son passé, à sa jeunesse, à sa vie, à soi-même qu'on dit adieu. À la sécurité aussi. On se quitte et paradoxalement on se retrouve, parce qu'on se perd dans un couple, on se perd dans le regard – ou l'absence de regard – de l'autre. Soulagée de ce poids, on se retrouve loin de la tyrannie de « devoir être » amoureux.

Mais il y a eu des deuils difficiles. Le deuil de ma vie d'étudiante. Le deuil de la cour d'honneur de la fac. Le deuil de la bande de branleurs invétérés qu'on ne sera plus. Le deuil des samedis soir alcoolisés, où l'un d'entre nous mettait son caca au micro-ondes. Le deuil de la découverte des rockeurs parisiens. Le deuil des vacances fauchées à l'autre bout du monde. Le deuil de l'école doctorale « Langage et concept ». Le deuil de la découverte des BD de Trondheim. Des Strokes et des Libertines. Le deuil de *Zoolander*. Le deuil de l'écoute dans un silence religieux des compils des *Inrocks* avant de décréter que tout est de la merde. Le deuil surtout d'un amour qui avait des yeux tellement enfantins pour me regarder que, même du haut de mes 23 ans, j'en étais stupéfiée et renversée.

Privée de l'autre avec qui on a partagé ces différentes périodes, qui a fait le lien entre tous ces instants, le propre du compagnon, on se retrouve seule avec une somme de souvenirs morts à jamais.

Ce qui m'a sauvée dans cette rupture, c'est que je n'ai pas oublié que la partie de moi à qui je faisais mes adieux était recroquevillée sur son canapé en sanglotant, attendant désespérément que la porte de l'appartement se décide à s'ouvrir vers les 6 heures du mat', prête à entendre n'importe quel mensonge en souvenir de ces yeux innocents qui l'avaient regardée quelques années plus tôt.

Je n'aurai plus jamais 23 ans.

Et c'est un soulagement.

31 décembre 2008

Je m'étais dit que je n'écrirais plus jusqu'à la fin de l'année. Je n'ai donc aucune volonté. Je m'étais dit que, si j'écrivais malgré tout, ce serait pour produire un texte dont la qualité d'écriture rivaliserait avec l'originalité du propos. Je n'ai décidément aucune volonté.

En cette fin d'année, deux informations d'importance.

D'abord, les *Inrocks* ont supprimé la rubrique où je pigeais. Bon… Pige, c'est peut-être un grand mot pour des petits encadrés sur les programmes télé, mais il n'empêche, ils ont une manière très personnelle de transmettre l'esprit de Noël à leurs journalistes.

Ensuite, je fais une nouvelle fois le constat que je déteste le Nouvel An. (Alors que j'adore Noël – mon côté Bretonne un peu ringarde sans doute.) J'ai essayé d'apprécier cette fête à la con, j'ai essayé de m'en foutre, y'a rien à faire : ça me déprime. Quand les gens se sautent dessus pour s'embrasser avec leurs mines réjouies et leurs hululements de plaisir, c'est simplement le pire moment de l'année. Je reste pétrifiée de malaise. Je hais cette légèreté hypocrite. C'est pourquoi je m'applique consciencieusement à passer les 31 décembre les plus pourris possible. Qu'est-ce que je peux faire de vraiment bien nul cette année ? Où casser l'ambiance en me répandant en sanglots déchirants ?

– Aller dans un club pseudo-hype. Là, on est au summum du glauque. Rien que pour ça, ça vaudrait le coup. D'abord, j'irai manger seule un McDo, et, après, je débarquerai au Baron pour finir dans les toilettes, hoquetant entre larmes et vomi (j'hésite à mettre « vomi » au pluriel, mais je ne voudrais pas avoir l'air d'en rajouter dans le misérabilisme, c'est pas trop mon genre).

– Rester chez moi. Comme je n'ai toujours pas Internet, je commencerai la soirée en écoutant Radiohead et en mangeant des céréales Leader Price avec du fromage blanc 20 %. Ensuite, je pourrais me louer *Shoah* pour occuper le reste de la soirée et, au passage, culpabiliser de me plaindre de ma petite existence de pigiste parisienne.

– M'allouer exceptionnellement un budget de 30 euros et passer la soirée dans un cyber-café. Mais, comme ce sera le Nouvel An, personne ne sera connecté. Le monsieur du café m'offrira un chocolat, je serai contente jusqu'au moment où je découvrirai qu'il est fourré à l'alcool – sacrilège –, mais je me forcerai à l'avaler pour lui faire plaisir. Et ça constituera ma plus grande anecdote de la soirée.

7 janvier 2009
Les emmerdes (re)commencent

« Bonne année… 162.

— … »

C'était lundi dernier, je me trouvais face au monsieur de la banque et j'ai levé un regard bovin vers son costume-cravate.

« Hein ? Pardon ? »

Cette fois, il a bien articulé pour que les informations puissent être correctement traitées par mon cerveau limité – ce qui, vous allez le constater, n'avait pas été le cas.

« Bonne année. Le solde de votre compte s'élève à 162 euros.

— … *(Ma réaction)*

— … *(Sa réaction)* »

Échange de regards vitreux entre nous, puis large sourire de ma part.

« C'est impossible. »

Face à tant d'aveuglement, il m'a tendu des papiers et j'ai pu constater à mon grand soulagement que le CIC n'embauchait pas des crétins et que le monsieur était parfaitement capable de lire la feuille qui sortait de son imprimante. « Solde de votre compte au 05/01/09 = 162,72 euros. »

Dans les trois minutes qui ont suivi, j'ai élaboré trois hypothèses (une par minute donc, bravo) :

1°) On a piraté mon compte, ça arrive tous les jours, je le sais, ils en parlent souvent dans *Capital*, et ça peut tomber sur n'importe quel honnête citoyen ;

2°) Ces enculés d'Orange m'ont surfacturé trois pauvres mails envoyés hors forfait. Je le sais, j'ai vu un reportage au JT, où des gens affolés agitaient des factures de téléphone de 2 000 euros ;

3°) Il y a eu un problème. Un truc absurde, n'importe quoi. Genre, ils ont prélevé dix fois mon abonnement de ciné (pas entendu parler à la télé, mais peut-être que j'étais exceptionnellement sortie ce jour-là).

Peu importe. Il fallait quelque chose pour expliquer ça.

Et alors ? me direz-vous, haletant d'anxiété devant un suspense pareil.

Bah, rien du tout. Je me suis juste connement autofauchée (impôts locaux + caution nouvel appart + location camion + achat aspirateur + manger dehors, parce que je suis pas capable de me faire des pâtes sans m'empoisonner).

Bref, j'avais dit qu'en 2009 je recommencerais ma vie à zéro. Mais dans mon esprit ça incluait plutôt de me consacrer enfin à ma future brillante carrière littéraire et de faire le tri de mes contacts humains (ce qui consiste à répartir les gens en trois tas : à garder, à jeter, bof). Bah, finalement, je recommence l'année à 162.

Or, il ne vous échappera pas que 1 + 6 + 2 = 9.

9, chiffre hautement maléfique, associé au diable parce qu'il peut se travestir en 6 et que, selon la tradition chrétienne, le travestissement est le propre de Lucifer, qui se déguise pour séduire et tromper (voir condamnation morale des comédiens). Démonstration qui prouve assez que l'année 2009 ne manquera pas d'être faste.

Quelques jours plus tard, soit le vendredi 16 janvier 2009, à 19 h 30, avachie sur mon lit-canapé-bureau, je suis sur le point de plonger dans une phase profonde de « j'ai raté ma vie », quand mon portable sonne.

« Salut Titiou, ça va ? — Non. — Bah, qu'est-ce qui se passe ? — J'ai reçu mon relevé de banque et je suis encore plus ruinée que ruinée, alors que j'ai fait tout plein d'efforts pour ne rien dépenser et comme, au CIC, ils m'ont débloqué un découvert alors que j'en voulais pas, je ne pourrai jamais le rembourser. — Les enculés… T'es à découvert de combien ? — De 155 euros. Et le 30 je vais toucher mes 630 euros du lycée, mais, de toute façon, le 5 du mois suivant, j'ai 590 euros qui repartent. C'est foutu, je ne vais jamais y arriver, et c'est mon anniversaire la semaine prochaine, et je peux même pas m'acheter à dîner, tu sais ce que j'ai acheté à manger pour ce soir ? Une demi-baguette de pain à 44 centimes et il me reste du fromage blanc et… — Le fromage blanc, c'est de la crème fraîche, c'est ça ? — Non. Rien à voir. Tu peux mettre du sucre et ça fait comme un pot de yaourt géant pas cher… En plus, mes fringues, elles puent et il faut que je fasse un lavomatic et je peux même pas, et merde, la semaine prochaine, anniversaire : pas de mec, pas d'argent, pas de chocolat, pas de bras, blablablablablablabla, j'ai envie de pleurer, blablabla. — Tu veux que je te prête de l'argent ? — Oui. — Combien ? — 155 euros. Mais, tu sais, il y a plusieurs magazines qui me doivent des sous. — T'inquiète. J'ai confiance. Un jour tu seras plus riche que moi. Les 155 euros, je te les prête lundi, mais tu veux qu'on se voie demain pour que je te file de quoi tenir le week-end ? — Oh oui, je veux bien… — À demain alors. Tcho. — Tcho. »

C'est quand même pas mal foutu, ce concept d'Ami-Coach.

Oui, j'ai un ami dont j'ai décrété qu'il était mon coach existentiel. Mais ne soyez pas trop jaloux, parce que, quand je lui pose des questions importantes sur le sens que doit prendre ma vie, il me répond toujours : « Ta décision sera forcément la meilleure parce que ce sera la tienne. »

Dans la catégorie « bon plan boulot à la con » : être payée pour prendre le train

On aura compris que ma précarité actuelle m'interdit de refuser les petits boulots alimentaires qu'on me refile. C'est ainsi que, vendredi dernier, après avoir fait mes dix laborieuses heures de « vie scolaire » (implacable oxymore), après m'être levée à 6 h 30 du mat', parce que j'habite exactement à l'opposé de mon lieu de travail (hey ! Salut l'esprit pratique ! On se fait une bouffe un de ces jours ?), après mon chemin de croix quotidien, je me suis retrouvée à la gare de Lyon pour prendre le train de 22 heures. Ma mission : rédiger un texte pour vanter l'incroyable animation culturelle qui règne dans les wagons-bars. Or, il se trouve que la SNCF avait décidé que le Paris-Hendaye de nuit était vraiment le trajet parfait pour ça, dans la mesure où ils avaient embauché un DJ pour animer la *night* ferroviaire. Oui, vous avez bien lu. Amis voyageurs, vous comptiez dormir ? Oubliez, ce soir on enflamme la voiture-bar.

J'ai passé neuf heures dans ce train. Même pas je vous décris le calvaire que j'ai vécu. Je suis sortie de là, il était 7 heures du mat', j'étais à Hendaye, autrement dit à l'étranger, j'avais le dos en compote, j'avais sommeil, j'avais froid – en un mot, j'étais chafouine. Apportons une précision lexicale. Je sais que chafouin signifie sournois, mais mon cerveau a arbitrairement décidé qu'il était en fait l'équivalent de « petite tête de marmotte un peu triste, déçue, contrariée et fatiguée ». Je vais notifier cette modification du dictionnaire à l'Académie française par un courrier avec accusé de réception et hop, le tour sera joué.

Comme je ne repartais qu'à 14 heures, je décide de *trouver* un hôtel, parce que, si je ne m'allonge pas dans la minute, je meurs. Mais le destin, lui, décide que je vais plutôt *chercher* un hôtel. Le gérant du premier établissement où je me présente m'annonce qu'il n'a pas de chambre libre avant 13 heures. Han… Je sens alors au fond de moi mon super-pouvoir se réveiller. Vous voyez Hulk ? Un stimulus extérieur provoque en lui une émotion qui elle-même déclenche son incontrôlable transformation. Moi, c'est pareil. À un détail près, je me métamorphose en l'incroyable Cosette. Soyons clair, ce n'est pas une stratégie de manipulation de mon interlocuteur. Dans ces moments-là, je *suis* Cosette au plus profond de mon âme. Je ressens une espèce de sentiment d'injustice totale et je me dis que les adultes, ces gens qui sont censés s'occuper de moi et prendre soin de mon bien-être, n'ont pas le droit de ne rien faire pour m'aider. Là, je suis crevée, j'ai mal au dos et je suis seule au monde, et j'en ai assez, et de toute façon je pourrais pas faire un pas de plus, regardez, je titube d'épuisement, avec ma faible constitution, et c'est vous, vous, mon interlocuteur du moment qui devez me trouver une solution.

Le point important, c'est que tout ça n'est pas verbalisé, c'est juste ce qu'exprime mon attitude. Ce jour-là, alors que la bienséance aurait voulu que je tourne le dos pour reprendre ma route puisqu'on m'avait clairement signifié un refus de m'aider, je suis restée plantée là. Mais rappelons que je suis Cosette, donc une frêle chose sans défense. Je ne négocie pas, je pratique le pouvoir de l'inertie. Je ne dis pas un mot, je reste juste debout, le regard baissé (une attitude qui n'est pas sans rappeler le jeu d'acteur des enfants qui, dans les téléfilms des années 80, interprétaient des enfants juifs cherchant refuge dans un pays en 1941).

Le gérant, qui ne peut pas fermer sa porte rapport au fait que je suis bêtement plantée dans l'embrasure, est un peu déstabilisé. Je ne dis toujours rien, j'attends qu'il s'occupe de moi.

Je coupe court au suspense : ça n'a pas marché.

Mais il a fini par m'indiquer que je trouverais une chambre au Campanile ou à la pension Europa. Je tourne les talons. Je cherche le Campanile. Je trouve un panneau indiquant que le Campanile est là, juste devant moi, mais je ne le vois pas. J'envisage de passer les sept heures qui me séparent du retour à une terrasse de café, mais c'est impossible. Je traîne mes sacs sur un rond-point. Je suis perdue. J'envisage de simuler un malaise pour que quelqu'un, quitte à ce que ce soit une autorité médicale, me prenne enfin en charge. Je m'engage sur un chemin dont l'ambiance n'est pas sans rappeler le couloir de la mort. Puisqu'on ne veut pas de moi dans ce pays-là, la prétendue patrie des droits de l'homme, je prends une décision irrévocable : je traverse la frontière.

J'arrive en Espagne. J'ai subitement l'impression qu'il fait un peu plus chaud. Je me traîne encore. Si je continue de marcher, je trouverai bien un hôtel, un havre de paix, un refuge, un lit. Ou alors je crèverai. Surtout que mon portable n'a plus de batterie (ce qui signifie avant tout que je n'ai plus d'accès à Internet…). Et voilà que, brusquement, la pension Europa se dresse fièrement devant moi.

Des larmes de bonheur scintillent au coin de mes yeux. On me donne ma clé. Je monte deux étages, à chaque marche, je me rapproche du paradis : une chambre à soi. J'ouvre la porte avec enthousiasme et : ouille, putain, merde, me suis fait mal. Ah oui, c'était le lit. La pension Europa se révèle donc avoir la chambre d'hôtel la plus petite d'Espagne.

Mais peu importe, surtout que les toilettes sont impeccables. Et que la vue sur le parking est tout simplement imprenable. Je pense que c'est la meilleure vue sur parking-et-route-nationale de la région.

Après avoir regardé un épisode de « Pokemon » en espagnol (on a le programme que son niveau de langue mérite), je dors. Deux heures. Me retraîne à l'accueil, rends tristement ma clé, repasse la frontière, reprends le train. Je me dis que j'ai un don pour dénicher des boulots vraiment absurdes – à moins que tout travail salarié ne soit par essence absurde –, mais que ça permettra au moins de payer les croquettes de Tikka.

Théorie sur le sexe n° 2 : les chaussettes

Comme j'ai décidé d'élargir mon activité sexuelle à autre chose qu'un tête-à-tête avec mon ordi en incluant d'autres êtres humains, je suis en mesure de vous faire profiter d'une remarque de la plus haute importance : il y a un tabou de la chaussette.

Prenons les films américains. Au moment de baiser, les héros n'enlèvent jamais leurs chaussettes. (S'ils le font, c'est que vous êtes au festival de Sundance.) Ils arrachent chemises et pantalons, et hop, ils sont à poil, car la vraie baise, elle se fait soit pieds nus, soit en chaussures (mais là, ça nécessite généralement l'appui d'un mur).

J'ai remarqué ça, il y a quelques années, dans un film de cul amateur réalisé par un jeune couple. On en parlait avec un ami qui m'a dit : « Ils sont nus, ils sont beaux, ils niquent… C'est tellement dommage que le mec ait gardé ses chaussettes. » J'avoue que je n'avais pas remarqué ce détail. Mais, à partir du moment où il me l'a dit, j'ai su que c'était foutu, je ne verrais plus que ça. Ses putains de chaussettes. La vidéo est partie dans ma corbeille. (C'était avant l'avènement du *streaming*, une époque où on devait télécharger des films X. Une époque qui demandait une certaine forme d'organisation. « Tiens, je pense que dans trois heures j'aurai envie de me branler, donc je vais dès maintenant lancer le téléchargement d'une vidéo. »)

Dans la vraie vie, ça se passe comment ? Vous commencez par vous embrasser fougueusement, vous enlevez des épaisseurs en haut, puis vous faites valser les chaussures. Un enlèvement rapide des chaussures est crucial – à ce titre, les Converse sont un handicap très net, comme j'ai récemment pu le constater. Surtout quand vous avez 8 ans d'âge mental comme moi et que vous faites des doubles nœuds à vos lacets. Les chaussures envoyées en travers de la pièce, les pantalons ne tardent pas à les rejoindre. Et là, vous vous trouvez donc en chaussettes. Avec un tee-shirt, une culotte, un caleçon, ce que vous voulez, mais l'essentiel, c'est que vous êtes jambes nues en chaussettes. La société moderne occidentale est ainsi faite que la première fois que vous couchez avec quelqu'un, c'est aussi souvent la première fois que vous le voyez en chaussettes, et ça, c'est assez déstabilisant. (Impression de trouble accentuée par des combinaisons contre nature comme string + chaussettes ou sexe en érection + chaussettes.) Il y a quelque chose de terriblement attendrissant à voir un garçon ou une fille en chaussettes. Meilleure Amie adore regarder les gens en train de manger. Son explication est simple : elle trouve que la nourriture rend les humains vulnérables, qu'une personne en train de manger a toujours l'air désarmée, donc désarmante. Ça me fait pareil avec les gens en chaussettes. Je les trouve désarmants, enfantins, attendrissants, donc pas forcément sexy en diable. Au moment où les garçons se retrouvent en chaussettes, ils ont tous l'air d'avoir 8 ans, et ce malgré le fouillis de poils qui dépasse au niveau de l'élastique. (Même s'ils vous ont épargné les chaussettes à motifs rigolos qui faisaient fureur dans les années 90.)

Évidemment, cet instant dure une poignée de secondes presque insaisissables. (Cela étant, grâce à moi, la prochaine fois, vous y penserez.)

Mais le rituel de la chaussette ne s'arrête pas là. Il y a aussi le lendemain de la chaussette. La conséquence logique du bordel à fringues éparpillées la veille dans la pièce. Si, en règle générale, on retrouve assez facilement ses vêtements au pied du lit, ce n'est jamais le cas des chaussettes. Il en manque toujours une des deux (coincée derrière/sous le lit, entre deux épaisseurs de couette ou au-dessus d'une étagère). Et puis, il y a la chaussette noire unisexe. Pour le coup, que la baise soit hétérosexuelle ou homosexuelle, le problème reste le même : « Attends, je crois que c'est ma chaussette, celle-là. — Ah, t'es sûr ? »

Dans le travail, le plus douloureux, ce n'est finalement pas tant le fait de se livrer à une activité salariée que le contexte qui vous est imposé. Et, par contexte, je veux dire gens. Prenons, par exemple, mon boulot au lycée de noture.

Dans l'ensemble, j'apprécie beaucoup mes collègues professeurs. Même si j'aimerais assez qu'on m'explique quelle obscure et antédiluvienne tradition oblige les profs syndiqués à porter des chaussettes avec leurs sandales (ou alors celle qui oblige les gens qui portent des chaussettes avec des sandales à se syndiquer).

Mais il y a les inévitables tensions qui arrivent quand vous enfermez ensemble des individus qui *a priori* n'ont rien en commun. C'est comme ça que, chez nous, on a créé une chaîne de la dépression nerveuse. La secrétaire se plaint de harcèlement moral contre le proviseur, la femme de ménage se plaint de harcèlement moral de la part du cuisinier, les profs se plaignent de harcèlement moral de la part de la vie scolaire. Les élèves se plaignent de racisme.

À noter aussi que, dans notre établissement, il y a un enjeu de pouvoir qui s'est cristallisé autour des téléphones portables. Comme, chez nous, il n'y a pas d'*open space*, il n'y a que des portes ouvertes (ouais, c'est toute une philosophie de la vie qui s'esquisse là), on profite des sonneries de chacun. Une partie de mes attributions consistant à détecter les portables à seule fin de les confisquer pour le plaisir égoïste de voir ramper à mes pieds des adolescentes en pleurs et d'éprouver une sensation de puissance – je suis très forte à ce jeu –, j'ai compris, après de nombreuses heures d'observation, que seules deux personnes avaient le droit de garder leur portable en mode sonnerie : le proviseur (parce que c'est le grand manitou et qu'il n'y a personne au-dessus de lui pour lui en faire le reproche) et la femme de ménage (pour la raison précisément inverse, donc identique, à savoir qu'elle est tout en bas de la hiérarchie et que c'est déjà assez dur comme ça de venir vider nos poubelles de semi-nantis et que personne n'osera jamais la priver de ce droit inaliénable de nous péter les oreilles avec sa sonnerie).

Mais le vrai problème dans ce boulot, c'est pas le portable, c'est mon supérieur hiérarchique : le conseiller principal d'éducation (CPE). Je le hais. La première année, je vomissais toutes les semaines à l'idée de le voir. Ensuite, je suis entrée dans une guerre psychologique avec lui, qui consistait à ne plus lui parler, y compris quand il me posait une question directe.

Je n'ai jamais de ma vie détesté quelqu'un avec une telle force sur une aussi longue période.

Comme souvent dans le cas de ces collègues unanimement haïs par tous, le CPE est spécialiste des remarques à teneur sexuelle et raciste. Officiellement, il ne parle pas de sexualité, il constate juste que :

– les élèves chinoises de 15 ans ont cette douceur docile propre aux Asiatiques ;

– certaines profs célibataires, on sait bien ce qu'il leur manque pour se calmer ;

– elle n'a peut-être que 16 ans, cette petite, mais elle est déjà une femme bien formée, n'est-ce pas ?

– et le tabou de la sexualité dans l'Éducation nationale, c'est vraiment très pesant, hein ?

Vous allez me dire que c'est assez anodin, que ça arrive partout. À une différence près : notre configuration de travail. Nous partageons le même bureau. Pas le bureau = la pièce. Non, le même bureau = le meuble. Nos chaises sont donc collées l'une à l'autre. Le bureau étant prévu pour une seule personne, il y a en dessous un meuble à tiroirs roulant qui est vite devenu l'enjeu d'une guerre permanente, puisque chacun essaye de le foutre du côté de l'autre, ce qui empêche de mettre ses jambes sous ledit bureau. Vous saisissez mieux la gageure que représente un refus total de communication. Notre collaboration est lamentable dans la mesure où un élève entrant dans le bureau pour poser une question obtient une réponse simultanée et contradictoire de la part des deux sièges. Au bout d'un moment, le CPE a fini par abandonner et s'est mis à déserter le lieu dès qu'il m'y voyait.

Au début, j'ai vu ça comme une victoire.

Après, j'ai compris que ça impliquait que je fasse son travail.

16 mars 2009
Comment je me suis retrouvée en pyjama chez une kiné

La première fois qu'on m'a dit d'aller voir un kiné, c'était il y a six, sept, huit, bref, je sais plus. J'avais mal au dos, mais j'étais étudiante = pauvre (donc sans mutuelle), avec les yeux fiévreux de la malnutrition. Ce qui explique en partie qu'à l'époque je me pâmais d'extase en lisant du Trakl.

L'instant culturel, instruisez-vous un peu, les amis :
« Je suis une ombre loin d'obscurs villages.
À la source du bois j'ai bu
Le silence de Dieu.
Sur mon front vient du métal froid.
Des araignées cherchent mon cœur.
Il y a une lumière qui s'éteint dans ma bouche.
De nuit je me trouvai sur une lande,
Roidi d'ordures et de poussières d'étoiles.
Dans les taillis des noisetiers
Bruirent à nouveau des anges de cristal. »
De Profundis, Georg Trakl.

Il y a un an et demi, ma généraliste m'a prescrit douze séances de rééducation du rachis lombaire. À l'époque, je n'étais plus étudiante, mais toujours pauvre, je ne lisais plus Trakl, mais je n'avais toujours pas compris le concept de mutuelle. Hein ? Quoi ? On va me prendre de l'argent tous les mois ? Vous êtes des putains de malades. Vous vous rendez compte que vous vous faites voler depuis des années ? En plus, moi, je ne suis jamais malade. (Rectificatif : je suis tout le temps malade, mais je ne vais jamais chez le médecin.)

Résultat, il y a trois mois, je suis retournée voir ma généraliste piteusement, les ovaires recroquevillés entre les jambes. « Madame, j'ai mal au dos. — Donc, cette fois, vous allez peut-être m'écouter. »

Un autre obstacle à cette foutue rééducation était clairement un problème d'emploi du temps. Mais quand je me suis retrouvée coincée chez moi pendant que les copines enflammaient tous les *dance floors* de la place, j'ai pris rendez-vous. Il se trouve qu'il y a une kiné dans mon immeuble. Donc, j'y vais en pyjama deux matins par semaine.

Au début, ça m'a fait peur. Elle a sorti des fils électriques qu'elle a placés sur mon dos, elle s'est approchée d'une grosse machine et elle m'a dit : « Je balance le jus et je reviens tout à l'heure, criez si vous avez mal. »

Je n'ai pas crié.

J'ai eu la confirmation d'un trait de mon caractère : j'aime bien la douleur.

Ensuite, c'était chouette parce qu'elle me massait. Sauf qu'elle me parlait tout le temps, et ça, c'est un peu angoissant. Ses vacances, son mec (pas de chance pour moi, ils se sont séparés pendant ma rééducation), sa famille, ses études (« J'ai beaucoup hésité entre kiné et avocate »), comment on lui a proposé le rôle principal dans un film de cinéma, mais elle pouvait pas fermer le cabinet pendant trois mois, mais elle fait des spectacles de danse toujours, et puis elle écrit aussi.

Après, elle a découvert Radio Latina et elle a mis très fort la musique des gens du soleil et elle m'a parlé encore plus fort pour couvrir le bruit. Récemment, elle m'a annoncé : « On passe à la muscu. » J'aime bien la muscu – c'est mon côté bonne élève. Mais, en m'observant faire mes exercices, son front s'est creusé d'une ride verticale. « Mmmm... Je crois que, la prochaine fois, on va travailler la souplesse. »

La prochaine fois, c'était ce matin. Ça a commencé par : « Attrapez vos pieds. » Pfff... fastoche. J'attrape mes pieds et je fais même des nœuds avec et je la regarde d'un air narquois. Elle a dit : « Bien. » Après quoi, elle m'a collé les genoux contre le tapis et elle m'a balancé : « Recommencez maintenant. — Heu... Bah non, si vous me tenez les genoux, c'est pas possible. Faut me lâcher, là. — Essayez. »

J'ai tenté, mais je n'ai pas avancé d'un pouce. La suite des exercices, c'était pas mieux, puisque je ne comprenais même pas ce qu'elle me disait de faire. Ça impliquait de faire bouger des parties de mon corps (ça s'appelle peut-être des muscles, je n'en suis pas certaine) qui, clairement, chez moi, avaient dû fondre à une époque antérieure à la mort de Bérégovoy, peut-être même que Krasucki était encore secrétaire général de la CGT (amis jeunes, ne cherchez pas à comprendre, c'est juste des références de vieux). La torture a continué. Cette salope m'a niqué le derrière des genoux. J'ai commencé à paniquer : « Heu, madame, pourquoi j'ai l'impression d'avoir des genoux en bois ? C'est pas normal, je dois avoir un truc hyper-grave en fait ? » Et là, elle a eu cette sublime réponse (la psychologie, c'est définitivement pas son truc) : « C'est normal – partie rassurante de la phrase –, ça arrive fréquemment aux mecs. »

Retranscription rédigée en temps réel d'une journée de travail au lycée

2 h 30 (ce matin) : allongée dans mon lit. Putain… mais qu'est-ce que j'ai pas envie d'aller au boulot demain… Je sais pas… Je le sens pas…

4 h 30 : réveil en sueur. HAAANNNnnn… Je viens de faire un cauchemar atroce. J'étais au travail (ce qui en soi est une raison suffisante pour *bader* – comme si c'était pas déjà assez chiant comme ça, il faut qu'on se pourrisse les nuits avec). J'étais seule en atelier (lycée pro oblige) avec les infâmes monstres de CAP. Ces hyènes me sautaient dessus, m'obligeaient à allonger la main pour la poser sur le rebord de la table, l'une d'entre elles sortait un marteau et fracassait mes phalanges une par une. Quand on vous dit qu'il y a un problème à l'Éducation nationale…

4 h 45 : si je me rendors, je vais rêver que mes élèves me saignent pour festoyer entre goules…

6 h 30 : vraisemblablement, je me suis rendormie…

7 h 50 : arrivée au travail. Je suis en avance. Je m'en veux à mort. J'espère que personne ne m'a vue. Ma réputation est en jeu.

7 h 55 : satisfaite, je contemple la succession des onglets sur l'ordi. Facebook, Yahoo, Gmail, Netvibes. Tout va bien. Je devrais pouvoir survivre.

8 h 10 : je vais voir ma copine l'intendante. « Salut, ça va ? » Sourire crispé de sa part. « Super... Sur les deux agents d'entretien, on est à 100 % d'absents. Ria parce que son vol a été annulé et qu'elle a pas trouvé de place avant samedi prochain... Sans commentaire... Et Patrick, bah... il a appelé pour dire qu'il ne voulait plus venir. Sandra est absente pour la semaine. La secrétaire a prolongé son arrêt de travail. Voilà... super, super. » Comme quoi, les problèmes d'absentéisme dans l'Éducation nationale ne touchent pas seulement les profs.

8 h 30 : il est temps de prendre ma première pause clope. Je suis d'une bonne humeur suspecte à mes propres yeux.

8 h 40 : je vais pisser, ça fera passer le temps. Je me ramasse méchamment la gueule en voulant m'asseoir sur les toilettes. Après enquête, je suis clairement victime d'un attentat. Quelqu'un a dévissé le siège en plastique des chiottes... Cons d'élèves...

8 h 45 : le CPE se cale dans son fauteuil et sort *20 minutes*. (Je ne me fais pas d'illusion sur ces quelques minutes de répit, je sais pertinemment que sa capacité de concentration est de sept minutes.)

8 h 52 : le CPE saute sur l'infirmière, qui a eu le malheur de passer devant le bureau et entreprend de lui raconter ses vacances en Éthiopie. Je me demande si, un mercredi matin, elle peut décemment être intéressée par le fait que les pèlerins ont été interdits de voyage à Jérusalem à partir de 1170. (Là, vous sentez

toute l'authenticité de mon témoignage, un truc comme ça, *ça ne peut pas* s'inventer.) Je note au passage que, trente-cinq minutes après son arrivée, il a réussi à prononcer deux fois le mot « race ».

9 h 13 : « C'est ce que j'appelle la communautarisation rampante. » Mon supérieur, il est producteur officiel de concepts merdiques.

9 h 16 : le téléphone sonne. L'infirmière en profite pour se faire la malle.

9 h 21 : Supérieur s'ennuie. Il sort du bureau, puisque, de façon évidente, la petite garce que je suis refuse de deviser géopolitique avec lui.

9 h 30 : la chef des travaux me demande si je suis occupée. J'hésite. Elle a l'air désespérée et je me sens d'humeur généreuse. Je me dis que, après une heure trente de présence, il est envisageable de travailler un peu.

12 h 45 : c'est l'heure glauque. Celle où la fatigue me gagne.

13 heures : je croise l'élève qui m'a mutilée dans la nuit. En signe de représailles, je décide de ne pas lui dire bonjour. Elle me regarde d'un air étonné. Elle ne saisit pas qu'elle et moi, désormais, on a un clash. Au premier faux pas, je la lapiderai méchamment. Je prends immédiatement la décision de la suivre tout l'après-midi, une traque sans relâche, jusqu'à l'instant, inéluctable, où elle fera une connerie. Parce qu'elles finissent toujours par en faire. Le quota moyen est d'au moins une connerie par jour et par élève. Précisons cette notion. J'ai envie de dire que peut être raisonnablement qualifiée de connerie absolument toute idée prenant

naissance dans la tête d'un individu de moins de 18 ans.

Par exemple :

– Jeter un marteau contre la vitre du wagon d'un métro. (Surtout quand le marteau a été piqué dans l'établissement, sinon on s'en fout, ça n'est pas notre problème.)

– Pourchasser une camarade de classe au milieu de la cantine avec un couteau. (Le rectorat avait omis de nous signaler que l'élève en question avait un dossier psychiatrique que nous qualifierons pudiquement de « lourd ».)

– Aller faucher des fringues chez H&M pendant une heure de trou.

– Répondre « non ».

– Utiliser un fer à lisser dans le préau. J'ai toute une collection de fers à lisser confisqués.

– Justifier une absence par « raison personnelle ». Ha, ha, ha… Il vaut encore mieux faire comme un de nos élèves, qui, pour justifier une absence d'une semaine, avait écrit « ne trouvait pas sa chaussure ».

– En général : vomir. En particulier : vomir dans le bureau de la vie scolaire.

– Avoir sa première relation sexuelle dans les toilettes de la cour.

14 heures : mon supérieur s'est tiré avec quarante-cinq minutes d'avance. Et c'est parti pour quatre heures de glande absolue. Allez, les enfants, on lève les mains bien haut. Wouaiiis !!! Parce que, sachez que, le mercredi après-midi et le vendredi, je suis la

seule responsable de la vie scolaire. Et pourquoi ? Parce que mon divin CPE est aux 35 heures et que, vu l'étendue de son incompétence, le proviseur insiste lourdement pour qu'il ne fasse pas une minute de plus que ces trente-cinq heures-là.

14 h 02 : je m'ennuie. J'actualise mon statut Facebook. « Ça a somme toute vraiment l'allure d'une journée de merde. » Je devrais mettre à profit ces quatre heures pour rédiger un article qui me sera payé dans deux mois avec trois cailloux, mais mes quatre heures de sommeil m'en empêchent. Je préfère me livrer à de l'espionnage informatique sur mes proches.

14 h 20 : notre stagiaire de 40 ans, dont quinze passés dans l'armée de l'air, autant dire une femme d'action, vient de se traîner dans mon bureau comme une âme en peine. Elle m'a dit : « C'est calme là, quand même, non ? » Je lui ai demandé depuis quand elle bossait chez nous. « Lundi. » J'ai répondu : « Bah, voilà… tu vas t'y faire. On s'y est tous faits. » Comme elle est sympa, j'ai failli lui suggérer d'ouvrir un blog – genre « j'te refile un bon moyen de ne pas mourir d'ennui au boulot » –, mais j'ai la sensation qu'elle n'est pas prête à entendre ça.

16 heures : je suis en plein travail. Soyons franche, quand j'ai beaucoup de travail, c'est toujours mauvais signe, parce que beaucoup de travail à la vie scolaire, ça signifie crise d'hypoglycémie, tentative de suicide, fausse couche d'une élève, intervention des pompiers, etc. Bref. Là, je m'occupe simplement des absences, quand le téléphone sonne. Je réponds. « C'est Véro, Mme Nil a trouvé un iPhone dans les toilettes. Si un

élève le réclame, c'est chez moi. » Je réponds « OK ! ». Je raccroche. Je continue de travailler en me disant : « Un iPhone, tiens, c'est bizarre, c'est pas le genre de nos élèves… Tiens, d'ailleurs, il est où, le mien… Ah… il est plus là… il est plus là… il est plus là. »

Je me précipite sur le téléphone.

« Allô ? Véro ? Je crois que c'est mon téléphone.

— Attends, je le déverrouille pour vérifier. »

Je parle d'une voix calme et hypnotisante.

« Non, Véro, ne fais pas ça. Ne lis pas mes messages. Vraiment. Je crois que ça vaut mieux.

— Ha, ha, ha !… » (Éclat de rire démoniaque de Véro avant de raccrocher.)

Je vole jusqu'au deuxième étage et lui arrache mon téléphone des mains. Ouf… Juste à temps. Je redescends tranquillement. Arrivée au rez-de-chaussée, je croise Mme Nil qui me demande :

« Véro t'a prévenue pour l'iPhone que j'ai trouvé ? » (La circulation des informations, c'est primordial dans notre métier.)

« Oui, pas de problème.

— J'ai regardé dedans pour savoir à qui c'était, mais j'ai pas trouvé…

— Ah… En fait, c'est le mien. »

Le regard de Mme Nil se fige brusquement, elle tourne les talons et s'en va d'un pas précipité.

J'ai l'impression qu'elle me voit sous un jour différent.

Théorie sur le sexe n° 3 : les lendemains matin

Étant une pure et innocente vieille dame, je tiens rarement des propos susceptibles de choquer la bienséance. Pourtant, pendant des années, j'ai répété un truc qui faisait systématiquement bondir tout le monde, garçon comme fille, un truc qui me donnait l'impression d'être un monstre. Ma conviction était que, le sexe le matin, c'était blasphème.

Le sexe l'après-midi, un peu aussi, d'ailleurs. (Sauf si on est en vacances dans un pays ensoleillé.)

Le sexe, c'était la nuit. Un point, c'est tout.

Nan, je ne suis pas une personne psychorigide. C'est juste une question de bon sens. Visiblement pas du tout partagée par la plupart de mes amis, qui s'exclamaient : « T'es folle ? ! Faire l'amour le matin, c'est génial !! »

Ah…

Je me suis demandé si un problème hormonal pouvait n'apparaître qu'à certains moments de la journée. Parce que, le matin, ma sensibilité était à peu près équivalente à celle d'un gigot sous cellophane. En gros, vous pouviez m'enfoncer des clous dans les poignets ou me faire dévorer les mollets par des rats, ça ne provoquait aucune réaction au fond de mon œil vide – hormis un léger grognement de mécontentement. Puis, je me suis rendu compte que le problème était plus vaste.

En fait, le matin, il y a peu de choses que je trouve supportables. Après m'être levée, il me faut une heure, un litre de thé, à manger, une émission complète de France Inter pour que, vaguement, je commence à sortir de ma torpeur et à devenir à peu près opérationnelle. Donc autant dire que les acrobaties sexuelles au réveil, ça ne pouvait pas être mon truc. Ce n'était pas lié à un problème hormonal, c'était quasi existentiel.

Mais ce n'était pas seulement le sexe au réveil, le problème, c'était plus généralement le réveil avec quelqu'un. Et là, c'était un drame cornélien, puisque : « s'endormir avec quelqu'un = paradis », « se réveiller avec quelqu'un = Guantanamo », « se lever et devoir entrer en communication avec un autre être humain = Klaus Barbie ». Malheureusement, j'ai assez tôt découvert que, à moins de pécho un vampire, les gens ne disparaissent pas avec le lever du soleil. Le seul être vivant admis à assister à mon réveil, c'était Tikka. Ma chatte. (Merci de ne pas insérer de blague ici.)

D'où l'intérêt de ne jamais ramener personne chez soi. Règle de base. Aller chez l'autre permet de partir vite. Dans ce domaine, j'ai battu des records assez exceptionnels. (Votre partenaire tente d'ouvrir son deuxième œil, alors que vous êtes en train de composter votre ticket de métro.) En conséquence, j'ai inventé le « combo » : « Sortir du lit, s'habiller, se casser et envoyer un texto d'excuse. »

Je serais un mec, je passerais pour un gros connard. Comme j'ai l'immense chance d'être pourvue d'une chatte, ça me donne juste l'air d'un animal sauvage. Après, évidemment, on peut se demander si, dans le fond, je ne suis pas quand même un gros connard.

Avec l'expérience, j'ai découvert qu'il était possible de prévenir la veille que je risquais de m'enfuir le lendemain : « Sans offense, hein, faut pas y voir un truc personnel. » Du coup, vous comprenez bien que, pendant des années, ma préoccupation première le matin ait été « comment je vais faire pour me casser discrètement et surtout SANS avoir à prononcer un mot », plutôt que de pratiquer une activité sexuelle.

Cela étant, j'ai l'impression que c'est en train de s'estomper. Je me ramollis un peu. Là, ça fait quand même trois matins que je reste chez le même individu qui, du coup, considère qu'on est ensemble. Conclusion qui n'est pas tout à fait la mienne, mais, comme c'est assez confortable et qu'il me prépare un bol de Chocapic au réveil, je ne dis rien. Ne me jugez pas. Certes, il n'aime pas trop Internet, ni la télé, ni rester inactif, mais si ça se trouve, on va se découvrir plein de points communs.

5 juillet 2009
La canicule

Dans la vie, quelques rares petits trucs me procurent un plaisir suffisant pour me maintenir l'envie de sourire. Des actes qui allègent le poids d'une existence privée de toute transcendance. Des sortes de doudous existentiels sans lesquels je sombrerais dans une profonde dépression.

1°) Dormir.

J'adore ça. Je ne vois pas du tout pourquoi je me priverais de ce bonheur simple, alors que mon mode de vie précaire et flexible m'autorise à roupiller jusqu'à des heures indues. Pauvre mais reposée – c'est mon slogan. Ainsi, on me demande parfois : « Mais t'as rien fait hier ? — Bah, si, j'ai dormi. » J'ai un besoin vital de décompresser de votre horrible principe de réalité. Ce dernier inclut quatre éléments fondamentaux : travailler, communiquer avec d'autres êtres humains, sortir de chez soi, ne pas avoir de pouvoir magique. On peut considérer que, selon certaines normes purement sociétales, je ne suis pas précisément ce qu'on nomme une hyperactive.

2°) Manger des trucs gras.

De la crème fraîche, des lardons (cuits dans la crème fraîche), de la reblochonnade, de la sauce béarnaise. Le gras, c'est bon. Un avantage indéniable du gras, c'est qu'il se reconnaît à sa couleur sans même qu'on ait à y goûter. Un truc vert, par exemple, est rarement gras. Donc rarement un aliment comestible. Le gras se distingue par une large palette de jaunes (pouvant tirer jusqu'au rouge). Si ça n'est ni jaune ni rouge, je vous le dis tout de go, ça ne se mange pas.

3°) M'oindre de crème.

Aucun rapport avec le gras, bien que je me sois déjà ointe d'huile d'olive comestible, mais c'est une autre histoire. Ce que je kiffe grave, c'est les vraies crèmes de beauté synthétique, au parfum synthétique, aux bienfaits synthétiques. Tous les gens qui me téléphonent en sont témoins, peu importe l'heure (midi, 15 heures, 18 heures, 23 heures), ils obtiennent la même réponse : « Non, tu me déranges pas, je me mets de la crème. » Pour les crèmes, le critère de sélection est assez simple. La couleur n'a rien à y voir. On peut tirer le même plaisir d'une crème blanche comme la neige ou d'une crème rose Malabar. Le plaisir procuré par la crème ne dépend que d'un facteur : son prix. Plus la crème est chère, plus je kiffe.

4°) Boire du thé.

Entendons-nous : du thé chaud. Pas de la merdasse de Ice Tea. Du vrai thé en vrac qui infuse et brûle presque le palais à la première gorgée.

Quel est le point commun entre ces quatre plaisirs simples ? Ils sont impraticables en période de grosse chaleur et/ou perdent beaucoup de leur charme.

Conséquence 1 : cette semaine, j'ai pratiqué une sorte de retraite spirituelle entre mes quatre murs orange (oui, vous avez bien lu, orange, ce qui, me direz-vous, est fort bien assorti à la moquette marron), puisque, sans manger ni dormir et en étant complètement déprimée par ces températures, il était impossible d'aller à la rencontre du monde extérieur.

Conséquence 2 : j'ai un teint couleur craie, alors qu'on dirait que vous revenez tous de trois semaines aux Baléares.

Vous pouvez noter l'intérêt de ces remarques sur une échelle de 1 à 2 : 2, signifiant « pas du tout intéressant », et 1, « j'ai envie de manger un bol de Chocapic ».

12 juillet 2009
Quitter son travail, est-ce devenir adulte ?

Je lève tout de suite un malentendu. D'ailleurs non, c'est même pas un malentendu, parce que, pour qu'il y ait malentendu, il faut être deux, or nous ne sommes pas deux, les enfants. Alors non, je ne suis pas en vacances, en fait je me livre à mon activité favorite : travailler pour ne pas être payée. Un art de vivre. Une philosophie. Un sacerdoce. Une belle enculade. Sachez quand même que j'attends encore les sous du travail où on m'a fait prendre le train pour prendre le train – en même temps, présenté comme ça, j'eusse dû me douter que c'était une arnaque.

Bref.

L'autre jour, au lieu de bosser, j'ai nettoyé ma page Facebook et je me suis rappelé que, dans un moment de lucidité particulièrement touchant, j'avais adhéré au groupe : « J'ai un problème de motivation jusqu'à ce que j'aie un problème de temps. » Un genre de vérité, certes, mais insuffisante à expliquer l'état de ma vie. Pour ce faire, j'envisage de créer un groupe complémentaire : « J'ai un problème de temps jusqu'à ce que j'aie un problème d'argent. » Ce qui suppose que, si je ne devais pas payer pour la location de mes quatre murs orange, je ne travaillerais pas. Mais il va falloir que ça change. Il va falloir que je travaille d'arrache-main (je n'écris pas mes articles avec mes pieds) parce que j'ai décidé de ne vivre que de mon clavier. J'ai décidé de faire confiance à la vie, et aux comptables des journaux pour qui je pige. Le nombre d'articles qu'on me commande augmente, or avec mon mi-travail au lycée, ça devient compliqué de tout faire. Je vais donc abandonner ma zone de confort et mon mirifique salaire de 630 euros mensuels. Freelancia, me voilà.

En cette fin d'année scolaire, quand le proviseur a voulu me faire signer mon contrat pour l'an prochain, j'ai compris que, si je rempilais, j'allais inéluctablement abandonner mes ambitions personnelles et finir par passer un concours de l'Éducation nationale. (L'intendante m'avait déjà glissé dans une poche la liste des épreuves des concours de catégorie A.)

J'ai dit non. Je suis la Charles de Gaulle de la précarité.

Cette semaine était donc ma dernière semaine au travail, qui m'a permis de manger des tortellinis pendant trois ans et demi. Merci l'Éducation nationale, *Thanks* Leader Price.

Comment s'est passé ce dernier jour ? s'interroge fiévreusement la France entière, qui, grâce à un élégant système d'imposition, m'a grassement payé mes trois ans et demi de pâtes premier prix.

8 heures : je suis encore chez moi. Je m'en fous, je suis libre, ils peuvent pas me virer le dernier jour si/puisque je suis en retard. J'ai rêvé que je devais interviewer Étienne Mougeotte. Mais j'étais en gros stress, parce que c'était une interview avec une dizaine de journalistes politiques triés sur le volet, genre entretien du 14-Juillet avec le chef de l'État. J'étais clairement en situation d'imposture. Michèle Cotta et Jean-Michel Aphatie étaient dans un escalier en train

de plaisanter tranquille, avant qu'on nous fasse entrer. Je jette un discret coup d'œil à la fiche que Cotta tient à la main, et là, stupéfaction, ses questions sont complètement merdiques, ras des pâquerettes. Ce qui implique que les miennes sont éminemment pertinentes et impertinentes. Interprétation facile : je quitte le lycée et j'ai trop la confiance pour l'année prochaine.

8 h 12 : je me lève d'un bond. Non mais là quand même, ça le fait pas, il y a tous les nouveaux élèves qui vont défiler aujourd'hui au lycée, il faut que je sois là pour les accueillir. « Saloperie de conscience professionnelle. »

9 heures : arrivée au travail. Je m'arrête devant la porte d'entrée. Séquence émotion.

9 h 08 : je virevolte dans l'intendance comme si j'étais une petite fleur des bois, les bras en arrondi au-dessus de ma tête. Je suis légère, tellement légère. Je fais des sauts qui me maintiennent pendant plusieurs secondes en l'air. Non, encore mieux, je fais des sauts qui suspendent le temps.

10 heures : j'ai fini d'archiver tous les dossiers de l'année. Tout est en ordre.

10 h 02 : le CPE me demande de faire des étiquettes avec le nom des élèves de l'année prochaine. Je me tourne vers lui et le fixe d'un œil résolument vitreux. Il me regarde aussi. J'attends. Rien ne se passe. Il me réitère sa demande. Je mesure le vide entre lui et moi. Il n'a toujours pas l'air de comprendre. Outre que « faire les étiquettes » est la chose la plus chiante de toute l'année scolaire, il n'a pas l'air de piger que les-élèves-de-l'année-prochaine, ça ne me regarde pas.

C'est du boulot de pré-rentrée, or je ne ferai pas la pré-rentrée, car, à partir de 16 heures aujourd'hui, je serai libre.

11 h 21 : j'attrape d'une main ferme le tube de colle UHU, je m'enduis la paume des mains et je les pose contre le mur d'entrée du bureau du CPE. Après mûre réflexion, je ne peux pas arrêter ce travail, sinon je vais mourir – de faim, de soif, de froid en hiver. En plus, EDF veut augmenter de 20 % ses tarifs, est-ce que c'est vraiment le moment de quitter mon taf ?

12 heures : je fais des recherches sur Google pour avoir une estimation du temps que ça prend pour finir totalement marginalisé sous un pont.

15 h 45 : je dis *au revoir* à tous mes anciens collègues. Je suis mal à l'aise. Ils sont dans la galerie et agitent leurs mains. J'ai l'impression de les abandonner.

15 h 50 : je fais une dernière fois le tour de l'établissement pour dire *au revoir* à la machine à café, à la barrière où je posais mon cul pour boire ledit café et fumer une clope et téléphoner à des amis pour dire du mal de mon supérieur. *Au revoir* l'Éducation nationale et tes charmants prospectus à l'intention des élèves (« Agressions sexuelles, parlons-en »), collés à côté de la machine à café pour qu'on les voie dès le matin.

Mais, avant ces adieux définitifs, reste à redire une dernière fois du mal de mon supérieur hiérarchique.

Le CPE, c'était typiquement le mec qui se dit de gauche, mais qui ne peut pas s'empêcher de répéter à tous les Noirs qu'il croise combien il adôôre l'Afrique (parce qu'un Noir, il peut pas être vraiment français, ce qui posait quelques problèmes de communication avec nos élèves noirs pourtant nés en France). Pour l'anecdote, au début, nous avions un seul Noir dans le personnel, le monsieur de la loge. Le CPE a jugé de très bon goût de l'appeler « Oncle Bens » pendant deux ans. Puis est arrivé un second Noir. Là, c'était la panique. Quelle blague allait trouver le CPE pour être certain de nouer une vraie complicité avec ce Noir ? (Oui, parce qu'il est persuadé que le monsieur de la loge était ravi de son surnom.) Il lui a fallu deux jours. Un matin, il est arrivé trépignant d'impatience devant son bon mot, il a attendu l'homme de ménage pour pouvoir lui crier : « Hé, salut S.A.V. !! », et il s'est retourné vers moi pour me dire : « Ha, ha, ha ! S.A.V… C'est vrai, hein ? Il ressemble beaucoup à Omar. » Bien entendu, la personne en question ne présente aucune ressemblance avec Omar Sy, à part sa couleur de peau. Mais le CPE ne s'arrêtait pas aux Noirs. C'est aussi le gars qui disait :

– que les femmes sont des êtres d'un romantisme charmant, sauf quand elles ont leurs règles ou la ménopause : « La prof d'histoire-géo, je la trouve un peu agressive avec moi en ce moment… Mais bon, les femmes de cet âge, on sait ce qui les travaille… »

– que les Juives sont quand même très envahissantes : « Tu trouves pas que cette mère d'élève est dans la redondance de l'expression de son judaïsme vis-à-vis de sa fille ? »

– qu'il aimerait bien une petite Asiatique comme infirmière pour ses vieux jours, parce qu'elles sont douces comme des poupées (phrase prononcée telle quelle) ;

– que les Noires ont quand même de belles formes (il parlait de nos élèves), mais que c'était dommage qu'en général elles soient aussi vulgaires. (Contrairement aux Asiatiques, qui sont tellement gracieuses, mais plus plates.)

Je nourrissais également un dégoût physique pour lui. Alors, certes, tout me hérissait chez lui, mais j'avais fini par me focaliser sur sa manière d'étaler ses jambes de travers, comme s'il avait la cheville cassée. Quand il faisait ça, j'avais envie de lui agrafer l'artère fémorale.

Penser que je ne reverrai jamais cet être infâme suffit à éclipser mes craintes de finir sous un pont à me ronger les ongles des doigts de pied pour me nourrir.

P-S : mon élève préférée a eu son bac exactement le jour de mon départ. J'ai failli pleurer.

18 août 2009
Le Chat

Une chaleur écrasante noyait Paris dans un silence de plomb où ne résonnait que le cliquetis des touches de mon PC. Des gouttes de sueur parfumées à la rose coulaient le long de mes aisselles fraîchement épilées.

Je décidai alors de me resservir un whisky en matant un porno.

Non, pas du tout. Je raconte n'importe quoi.

J'étais effectivement en train de bosser au cœur de la nuit, parce que, dans la journée, il fait trop chaud pour agiter mes petits doigts sur le clavier. À l'heure actuelle, le travail recouvre pour moi une réalité assez diverse, qui va de faire un article sur la politique numérique du gouvernement (un travail aussi intéressant que mal payé) à rédiger une fiche de vie pour les assistantes d'EDF sur le sujet « Vaincre le trac » (un travail aussi chiant que mal payé).

Alors que j'en étais à expliquer la respiration par le ventre aux susdites assistantes, je sentis que Tikka tentait désespérément d'attirer mon attention. Au bout de dix minutes de miaulements, je finis par me retourner et, au beau milieu de la pièce, qui, à cette heure-là, est considérée comme un salon, je vois Tikka tenant une pose de princesse et à ses pattes une souris morte déchiquetée. Je m'engage donc à ne plus jamais dire que mon chat est une grosse mollasse uniquement pourvue de poils et d'intestin. Parfois, elle a un sursaut de vie.

Ce qu'il y a d'intéressant, c'est qu'elle a posé son trophée à l'endroit exact où elle avait vomi la veille. Faut-il y voir une manière de se racheter ? Je ne vous raconte pas la crise de nerfs de Tikka quand j'ai balancé à la poubelle son cadeau d'amour.

Sinon, j'ai réalisé un truc terrible. Étant de nature plutôt inquiète, j'ai souvent peur d'être privée du peu que j'ai par une catastrophe. Par exemple, un incendie. (Dans le même état d'esprit joyeux, j'aime bien m'imaginer soit la mort de mes proches, soit que j'ai un grave accident – ça me procure une certaine délectation, mais c'est un autre sujet.) Bref. Tous les objets de mon appart ont été passés au crible du « s'il me reste trois minutes avant de quitter l'immeuble en feu, j'emporte quoi ? ». Aux gens pétris d'optimisme qui se seraient visiblement trompés de société, il peut paraître ridicule de perdre son temps à ça. Sauf que, le jour où je serai confrontée à un incendie, je saurai précisément quoi emporter puisque mon cerveau a pris l'habitude de peser l'intérêt de chaque chose.

Par exemple, si j'avais le choix entre sauver mon chat ou mon ordi, je choisirais l'ordi. C'est mon outil de travail et, n'étant pas rentière, si je travaille pas, je gagne pas d'argent, et si je gagne pas d'argent, je finis à la rue.

Vous noterez que je suis toujours légèrement angoissée par ma décision de vivre sans parachute. (Le parachute, c'est l'Éducation nationale.)

Septembre 2009
Voyage n° 1 : l'Inde

Je vais incessamment sous peu partir en vacances, et ce départ imminent est l'objet de plusieurs réflexions.

Sachez que le partenaire des Chocapic du matin m'a convaincue de partir à l'autre bout du monde avec lui. C'est pour le moins téméraire, ce qui, en soi, selon ma logique de joueuse de poker, est une raison suffisante pour accepter. Soit ça se passe bien, soit on s'égorge mais, au moins, on aura avancé dans notre relation. Nous partons en Inde. (Inutile de me dire qu'il y a des pauvres là-bas, je le sais. Pire, c'est même précisément pour ça que j'y vais, ~~pour faire une série de photos d'enfants unijambistes allongés dans des poubelles,~~ parce que c'est pas cher et que, pour une fois, j'aurais le plaisir d'être la reine du pétrole qui bâfre dans un restau au lieu de la miséreuse qui regarde les riches manger à Saint-Germain-des-Prés.)

Sachez que, pour la demande de visa, il fallait deux photos d'identité, le passeport, la photocopie du passeport, de l'argent, et remplir une fiche de renseignements. Comme je ne suis pas la moitié d'une conne, à la question « profession ? », je n'ai pas mis journaliste. De toute façon, je ne suis pas vraiment journaliste. Ce n'est pas parce que je ne suis plus assistante d'éducation que je suis complètement journaliste. Certes, je vis de choses écrites pour différents journaux, mais un journalisme pratiqué depuis son lit en position allongée est-il vraiment du journalisme ?

Pour en revenir à ma demande de visa, j'ai pensé que « journaliste », ça pouvait ne pas être bien vu – surtout avec les articles hautement subversifs que j'écris. Alors j'ai écrit « rédactrice ». C'est bien, ça, ça veut rien dire. Eh bien, au service des visas, ils sont finauds. Ils ont compris que rédactrice, c'était journaliste : il a fallu remplir un papier en plus (parce qu'une rédactrice qui demande un visa touriste, c'est quand même sacrément louche), mais surtout, alors que le visa touriste coûte 64 euros, moi, avec mon putain de job de rédactrice, je paye 110 euros. Parce que je n'ai pas le droit à un visa touriste, mais forcément à un visa journaliste, parce que moi, j'ai pas le droit de partir en vacances. Vous le croyez, ça ? Je vous le dis tout de go : je suis outrée. Je ne saisis pas bien le but de la démarche. Parce que si c'est censé être dissuasif, sur moi, ça produit l'effet exactement inverse. Ça me donne une putain d'envie de faire un reportage sur le traitement des prisonniers politiques, alors qu'à la base je voulais surtout voir le Taj Mahal et aller au ciné ~~et photographier des mendiants unijambistes.~~

Je me suis également fait charcuter les bras pour mettre à jour mes vaccins, parce que Inde = problèmes de santé. Tout ça pour apprendre, dans un grand moment de relativisme culturel, que la France étant touchée par la grippe A, les autorités indiennes sont particulièrement méfiantes vis-à-vis des ressortissants français, cette vermine qui pourrait ramener de la maladie dans leur grand pays si salubre et que, du coup, à l'arrivée, on était susceptibles de subir un examen médical ~~(en même temps, si l'examen consiste à vérifier combien on a de jambes, ça devrait aller).~~

Alors, comment c'était, l'Inde ? Vous n'échapperez pas au récit de mon périple – ça évitera à mes amis d'en supporter la narration *in extenso de visu* (j'ai fait latin en quatrième). D'abord, avec Partenaire Chocapic, on ne s'est pas entretués. C'est un excellent signe. Ensuite, de ces quelques jours de pseudo-repos, je tire une première conclusion : il est possible de vivre sans Internet.

Je tire une deuxième conclusion : il est possible de vivre sans Internet dans des poubelles.

Je tire une troisième conclusion : il existe au moins un pays où les notions de dignité humaine, de respect de l'autre, d'hygiène et de haut débit sont totalement caduques.

Ce pays, c'est l'Inde – qui devrait me demander de rédiger ses brochures touristiques.

Sur l'Inde, y'a deux discours dominants.

Le discours : j'ai eu une illumination mystique (accessoirement, je suis le géniteur de Titiou Lecoq et j'ai énormément apprécié la diversité et la puissance des drogues que me propose ce pays magique aux mille léproseries).

Le discours : la misère, c'est quand même terrible-terrible.

Autant dire que je ne plussoie pas plus à l'un qu'à l'autre. De révélation mystique : nulle. Oui, j'ai vu des cadavres brûler sur le bord du Gange, oui, les cheveux humains pendant la crémation, ça fait des flammes chelous (qui piquent beaucoup les yeux – là, vous devinez que ces vacances, c'était le comble du romantisme, « Viens, chéri, allons regarder un cadavre cramer en se tenant la main »). Mais ça n'a pas élevé d'un iota (j'ai aussi fait grec ancien au lycée) mon taux de spiritualité. Pourtant, une religion faite à base de Pokemon dégénérés pouvait potentiellement me séduire.

En revanche, en apprentie politologue, j'ai été fascinée par l'intériorisation par les sujets de leur nature de sous-humains. Si, jusqu'alors, le principe des castes m'était connu comme une curiosité exotique, j'ai pu constater ses applications concrètes.

D'abord, force est de remarquer que les individus des castes inférieures sont de couleur foncée, tandis que les castes supérieures s'approchent de la blancheur. De là à déduire que le système des castes recouvre un système racial, il n'y a qu'un pas que je ne franchirai pas dans la mesure où la notion de race telle que nous l'entendons n'a pas de sens là-bas. Dans un système racial, l'appartenance à une prétendue race (fondée sur des traits physiques extérieurs) détermine une infériorité génétique, tandis que dans le système des castes indien, si l'infériorité est également liée à la naissance, elle est d'ordre spirituel et non plus génétique. Si vous naissez dans la caste des serviteurs, c'est qu'au cours de vos vies antérieures, vous n'avez pas atteint un degré de pureté spirituelle suffisant. (Donc vous êtes noir, vous êtes impur – marrant comme certaines prémisses raciales fonctionnent partout dans le monde.) Évidemment, si vous ne croyez pas aux vies antérieures, ce système apparaît simplement comme une absurdité inique qu'on peut traduire par : si t'es l'enfant de tes parents, t'es une merde.

Cette logique est non seulement admise par les parents (si mon enfant est mon enfant, c'est qu'il a dû sacrément déconner avec son karma antérieurement), mais par les enfants eux-mêmes (mais là, ça prend un peu plus de temps : quand ils sont petits, ils ont encore des velléités de survie). Donc, nous voici face à un système politique frôlant un genre de perfection, si la perfection politique consiste à maintenir chaque citoyen à sa place selon le principe de la soumission volontaire.

Ce système m'intéresse parce qu'il trouve un écho avec mes propres préoccupations sur la détermination d'un destin individuel. Attention : toute proportion gardée évidemment. Je viens d'un milieu, toute petite bourgeoisie, dans lequel on lit des livres mais où on n'en écrit pas. La principale ambition familiale est d'intégrer l'Éducation nationale, parce qu'il vaut mieux privilégier la sécurité de l'emploi sur tout le reste – y compris les envies personnelles. Je ne sais pas pourquoi, dans le fond, je refuse de suivre cette voie. L'intériorisation du refus de la prise de risque n'a pas fonctionné sur moi. Et parfois, je me dis que je le regretterai peut-être, que je fais une énorme erreur. Mais bon, au moins, ça sera mon erreur, déterminée par mon choix conscient.

Revenons à l'Inde et au deuxième choc que j'y ai vécu. En France, tous les hivers, on regarde les reportages sur les SDF qui meurent dans la rue et on se dit avec une mauvaise conscience de privilégié qui profite du chauffage que c'est terrible, mais qu'est-ce qu'on peut faire à part appeler le SAMU quand un clodo gît inanimé dans la rue. On est admiratif et reconnaissant à l'égard des équipes du SAMU social qui les prennent en charge, on se dit qu'il y a quelque chose qui ne tourne pas rond dans notre vilaine société néolibérale. Bref, on ne fait rien et pourtant on considère que cette situation est anormale. D'ordinaire, on se flagelle de cette contradiction entre nos discours humanistes et notre absence d'action. Mais, tout compte fait, je préfère vivre dans une société tiraillée par ces contradictions que dans celle qui considère comme normal que des gens vivent dans le dénuement le plus total. À Calcutta, sur la chaussée, une jeune maman (dans les 19 ans) gisait, à moitié évanouie, son bébé accroché à son sein. Il essayait de téter un sein stérile et flétri, et appuyait avec ses deux mains sur la poitrine de sa mère mourante. C'était dans le quartier des affaires. Il était 15 heures et des centaines d'hommes avec des centaines d'attachés-cases passaient et contournaient la jeune femme pour pouvoir traverser. Évidemment, personne ne s'est arrêté, évidemment, personne n'a hésité une seconde à s'arrêter, et la seule réaction générale a été le regard de dégoût que portent habituellement les Parisiens sur les pigeons écrasés.

Back to Paris : mes amis

Mes amis ont toujours eu un point commun : appartenir à cette catégorie de personnes pour qui les choses ne vont pas d'elles-mêmes. Les choses étant en premier lieu la vie. Pour certains, la vie, ça va de soi. Certes, tout le monde rencontre des emmerdes plus ou moins douloureuses ou graves. Mais certains, en dehors des périodes d'emmerdes, ils vont bien. Enfin… Si ça va, c'est que ça va. Pour d'autres, pour mes amis, c'est différent. Être en vie n'est pas une chose naturelle qui se vivrait avec une facilité innée. Cette facilité-là, ils ne l'ont pas reçue à la naissance. On les a floués à un moment très lointain, tellement lointain qu'ils ne s'en souviendront jamais. Face à ça, chacun réagit différemment. Certains aspirent à l'acquérir, même si ça leur demandera des années de travail sur soi. D'autres espèrent ne jamais l'avoir, toujours vivre l'existence comme un mystère difficile, et même douloureux, parce que ça leur semble plus beau, ou plus juste, ou plus eux-mêmes, ou plus inspirant. Avec Meilleure Amie, on voulait juste trouver notre équilibre dans ce déséquilibre total. Trouver une voie médiane qui nous permettrait de vivre sans être totalement les victimes de ces grands 8 existentiels. S'accorder un peu, de temps à autre, avec le monde. Parfois être encore suffoqué par son intensité. Parce qu'il ne s'agit pas d'être déprimé par un faisceau de causes structurelles et conjoncturelles précises – il fait moche, je suis seul, j'ai pas de thune, je me suis engueulé avec mes parents. C'est autre chose. C'est un sentiment d'absurdité qui peut étouffer. Mes amis, j'en ai vu s'effondrer. S'écrouler. Tomber dans des gouffres de souffrances. Vibrer comme personne. Avoir la chair de poule pour la magie d'un instant. Être prêts à rechuter cent fois pour cet instant-là. Et tous ceux qui paraissaient ainsi totalement inaptes à l'existence sociale qu'on exigeait d'eux sont également ceux qui vivaient les jours avec le plus de puissance. Certains en rêve, préférant s'imaginer des vies différentes et des super-pouvoirs. D'autres restaient enfermés chez eux à écouter toute la musique existante ou à regarder tous les films du monde. Et puis ceux qui y allaient quand même, qui pensaient que leur fragilité, c'était leur force poétique et qu'il fallait l'éprouver face au monde. Aucun n'avait de solution définitive, tous étant trop bien placés pour savoir que le problème, c'était précisément qu'il n'existait pas de solution, mais chacun a fait son choix. Et forgé une vie différente.

Mes amis auront toujours quelque chose de l'adolescence, quoi qu'ils en disent, quoi qu'ils fassent. Mais la plupart s'en sortent bien. Pas tous. Certains sont restés coincés quelque part sur le bord du chemin, sans aucune aide possible.

Celle qui m'a fait lire *La Modification* de Michel Butor vit dans la rue depuis dix ans. En gros, depuis qu'on a quitté le lycée. Elle est devenue SDF avec sa mère. Quand je la croise, on discute un peu. Évidemment, on est plusieurs à lui avoir proposé un logement et un travail, mais, la rue, on ne la quitte pas comme ça. Elle vous avale. Elle vous dit que la réinsertion, ce n'est pas pour vous. Quand je lis ça dans les yeux de ma copine, je suis prise d'une brusque envie de la gifler, de l'assommer, de l'emmener de force. Mais je sais aussi qu'on ne sauve pas les gens malgré eux et que, même dans la rue, je dois la laisser faire ses choix.

Si vous vous promenez dans Paris, vous la croiserez peut-être. Elle est habillée tout en noir, elle a les cheveux courts et elle est toujours belle. Dans ma tête, c'est ma religieuse folle de Diderot. Dans *La Religieuse*, l'héroïne, qui est enfermée de force dans un couvent, croise un soir, dans un couloir, une religieuse qu'on a attachée et qu'on traîne par les cheveux. Elle comprend alors que c'est son double, une potentialité d'elle. La religieuse folle, c'est ce qui aurait pu nous arriver.

C'est cette silhouette noire longiligne qui me parle parfois sur un trottoir et me remercie de ne pas la traiter comme une enfant perdue. Elle est la preuve qu'entre dormir chez soi et dormir dans la rue, la frontière n'est pas aussi étanche que ce que pense la plupart des gens. Le monde des SDF n'est pas un univers parallèle au nôtre, il en est la continuité. Elle, l'intensité de la vie et les grandes phrases sur l'existence, elle n'en a plus rien à foutre. Pourtant, s'il y en a une qui supporte l'absurdité au jour le jour, c'est elle.

17 octobre 2009
« Je vous déclare unis par les liens du code du travail »

J'ai fait un truc dément. J'ai accepté un contrat de travail. Qu'on se rassure, c'est un CDD. Mais, quand même, j'ai signé un bout de papier par lequel je m'engage à me lever tous les matins pour me rendre dans un *open space* peuplé d'autres humains avec qui travailler, tout ça parce que dans le journal pour lequel je bosse occasionnellement, après m'avoir exploitée comme pigiste, ils ont eu envie de m'exploiter comme salariée.

Mon intégration dans l'entreprise est pour l'instant… compliquée. D'abord, je suis persuadée que les stagiaires se moquent de moi. Je n'ai aucun argument pour étayer cette affirmation, mais je le sais. Ça se voit à la manière dont ils ne me regardent pas. Mais il faut aussi avouer que je n'y mets pas du mien. Ce matin, ma voisine d'*open space* m'a demandé :

« Mais tu mets un casque pour écouter de la musique ou pour pas nous entendre ? » Je l'ai regardée en silence avant de répondre : « Pour pas vous entendre. »

En plus, je ne vais pas déjeuner avec mes collègues. Mais je n'y peux rien. Je ne mange avec eux à la cantine qu'une fois par semaine pour la simple raison que je ne mange qu'une fois par semaine.

Et puis, je vis des moments particulièrement humiliants. Par exemple, à la dernière conférence de rédaction, tout le monde a dit : « Faut qu'on insuffle un peu de lol dans nos articles, qu'on ait des angles *funky*. » (Ouais, c'est ce que notre Big Boss a dit. Exactement. Mot pour mot. Presque.) Ça s'annonçait donc bien pour le papier que je comptais présenter. Ensuite, on a parlé pendant une heure et demie de la crise économique, des flux financiers, de la main invisible du marché, de dévaluation monétaire, de choix de secteur d'activité, de fonds monétaire commun, de plan de relance, de « la question, c'est pas comment, mais quoi », de rupture des pactes si Cameron était Premier ministre, de Merkel et les libéraux, de G20.

Vous me direz, l'avantage avec les conf' de rédac', c'est que j'ai plus besoin de lire les journaux.

Ensuite, on a fait un tour de table pour savoir qui travaillait sur quel article. Quand ça a été mon tour, j'ai annoncé : « Bah, moi, j'ai fini mon papier sur les poils. »

Bizarrement, Big Boss ne m'a pas demandé plus de détails sur mon article.

Comme j'avais besoin de me plaindre de mes journées, cette semaine, j'ai mené une expérience inédite : une semaine sans une seule soirée passée seule chez moi. Il faut savoir que le goût de l'aventure, la socialisation avec le tout-venant, le principe de réalité, l'altérité, c'est pas trop mon truc. Mon truc, c'est couette + chat + télé + ordi + clopes + chocolat + pyjama.

Il faut aussi savoir que, quand j'étais très petite, j'allais à la Maison verte. La Maison verte, pour ceux qui n'ont pas fait un master de sciences et d'histoire de la pédagogie, c'était un établissement monté et animé par Françoise Dolto pour appliquer ses beaux préceptes éducatifs, du genre « socialisons les enfants en douceur ». Je devais avoir 2 ans et j'ai eu l'immense fierté d'incarner l'échec total de Françoise. La socialisation en douceur, sur moi, ça a donné que je préférais aller jouer avec les robinets (j'étais fascinée par l'eau), plutôt qu'avec les autres enfants. Quand ils s'approchaient de mon robinet, je leur jetais un regard mauvais. Pire, quand j'arrivais là-bas le matin avec ma mère, si je voyais un enfant à ma « place de robinet », j'étais prise d'une brusque envie de me jeter par la fenêtre, ce qui, vous l'avouerez, est plutôt rare pour un gamin, qui est à peine doté de la conscience de soi.

Là, alors que déjà le fait de travailler quarante heures par semaine dans un *open space* réduit considérablement ma marge de glandouille en solitaire, j'ai décidé de tester mes limites en cumulant journées de dix heures de taf puis sorties. Une crise de ~~schizophrénie~~ témérité du genre « voyons ce qu'aurait été ma vie si j'avais réussi à supporter la compagnie des gens plus de trois heures par jour ». Eh bien, ma vie aurait juste été fatigante.

Résultat, la semaine prochaine, j'aurai une vie sociale réduite au néant le plus absolu. (Principe de décompression.) La perspective d'aller dans un bar avec des gens qui font du bruit me rappelle étrangement le bureau. Parce que j'ai eu une révélation. En réalité, un bar, c'est un *open space* de l'amusement. Vous êtes enfermé dans un endroit avec des gens dont vous subissez les discussions, vous devez sortir pour fumer, vous n'avez pas le droit de vous allonger si vous êtes fatigué et vous buvez de l'alcool (à mon travail, on boit pour oublier). Pire, des fois, il y a des gens à la table d'à côté qui vous regardent pour *vérifier* que vous vous amusez. Quand c'est pas le cas, vous êtes étreint d'un sentiment fort désagréable de honte, et ils chuchotent entre eux : « Oh… bah, dis donc, ça rigole pas trop là-bas. » Bref, ça ne vous rappelle pas le collègue qui glisse un coup d'œil à votre ordinateur en passant ?

Retenez bien cette morale, les enfants : on vous dit : « Cet endroit-là, il est pour le travail, et celui-ci, il est pour s'amuser. » Mais, en vrai, *c'est le même endroit.*

Donc, après mes dix heures d'*open space* de travail, mon petit corps (qui a passé la journée à me hurler : « Sors-moi d'ici ! Pars loin ! ») est habité par une envie irrépressible de rester à la maison et de s'écrouler devant la télé. Bien sûr, ce n'est pas mon cerveau qui me demande ça. À ce moment-là, mon cerveau est off depuis bien longtemps, depuis précisément 16 h 30 – je sais pas si c'est moi qui suis restée bloquée sur l'horloge biologique d'une écolière ou si c'est l'école qui a trouvé les horaires parfaits, mais, passé 16 h 30, y'a plus moyen de reconnecter les synapses.

Je ne veux plus jamais en entendre un me dire : « Vraiment, je comprends pas les chiffres d'audience de TF1. » Moi, si. Je comprends. D'ailleurs, j'ai regardé « Tournez manège ». Mais ce n'est pas le sujet.

Théorie sur la vie n° 2 : les enfants

Suite à un dîner de famille, j'ai un truc terrifiant à vous apprendre : les enfants sont de droite.

Ce qui tendrait à prouver que les notions de partage et de solidarité sont complètement artificielles.

Prenez mon neveu. Bien qu'élevé dans une famille de gauche, voire très à gauche, il pense spontanément comme Nicolas Sarkozy – ce qui n'est pas rassurant quant aux capacités cognitives du président. Il se trouve que ma sœur bien-aimée chérie et merveilleusement belle (coucou, ma sœur !) a toujours tenu à donner la parole aux enfants. Quand j'étais petite, à table, elle me demandait mon avis sur les sujets de société ou sur la politique *comme à une adulte*. Ce qui était tout à fait louable et eût pu être intéressant si j'avais été en avance sur mon âge, mais il se trouve que non. (Enfant idiot, rassure-toi, tout n'est donc pas perdu, au pire tu pourras un jour écrire un livre.)

À 10 ans, je pensais comme une enfant de 10 ans, c'est-à-dire bêtement, parce que mon cerveau n'était pas fini et que je ne saisissais pas les enjeux théoriques des débats. Par exemple, j'étais pour le port du foulard à l'école, parce que « tout le monde a le droit de choisir ». Grosse niaise + argument foireux.

Mon neveu est un peu comme moi au même âge. En plus réactionnaire. Par exemple, il est pour la peine de mort. Et ça ne le gêne pas de dire ça devant sa grand-mère qui a voté Mitterrand en 1981. Pire, il est pour l'incarcération des mineurs. En fait, il est pour que des enfants de son âge (12 ans) aillent en taule. C'est normal. Il est aussi pour la suppression des allocations familiales pour les parents défaillants.

Parler politique avec lui, c'est un délice.

Mais, en cela, mon neveu n'est pas extraordinaire. (Heureusement, il a d'autres qualités qui le rendent totalement merveilleux. Si tu me lis un jour, mon neveu, sache que, oui, tu es bourré de qualités et que sûrement, plus tard, on regrettera tes discours sarkozystes, parce que ça animait bien les repas de famille.) En l'occurrence, il est comme tous les enfants. Jamais, au grand jamais, un enfant ne prête spontanément sa pelle à un autre enfant. Ne rêvez pas. Son instinct le poussera plutôt à garder sa pelle et à fortement s'intéresser à celle du voisin si elle est plus belle et à la lui prendre s'il est plus petit. S'il prête sa pelle, c'est soit parce que ses parents lui disent : « Prête-la-lui », soit parce que cette petite saloperie calculatrice feint de le faire naturellement (toujours sous les cris émerveillés des parents devant tant d'altruisme). Mais, en réalité, il n'agit ainsi que pour tirer profit de l'admiration des adultes. Il ne prête pas parce que prêter lui paraît naturel (et je vous parle même pas de donner). Il prête parce qu'il espère en retirer un bénéfice quelconque, ce gros pervers polymorphe.

En outre, les gamins ont un rapport pervers au fric. Moi, petite, j'aimais l'argent pour l'argent. Je n'aimais pas le dépenser. Je gardais jalousement les pièces de mon argent de poche, je thésaurisais un max. (C'était avant de découvrir que l'argent pouvait se transformer en vêtements.) Parfois j'ouvrais ma tirelire et je contemplais amoureusement mes sous. Si Picsou est tellement apprécié par les mômes, c'est simplement parce qu'ils se reconnaissent en lui. Personne ne se reconnaît dans cet abruti de Donald, avec ses valeurs de gros con toujours fauché.

16 novembre 2009
Condoléances

En ce moment, j'ai l'énergie d'une crevette morte après s'être débattue dans du mazout. Mais, quand je suis arrivée au boulot ce matin, j'ai compris que j'allais me secouer un peu pour écrire. J'ai compris ça quand l'une des stagiaires a balancé : « Tiens, Jocelyn Quivrin est mort. »

Han…

J'ai eu une longue histoire avec Jocelyn Quivrin. (Pour ceux qui ne le connaissent pas, il était acteur.)

J'ai longtemps cru que j'allais finir ma vie avec lui.

Ou alors que j'allais passer une année avec lui. Ou bien une nuit. Enfin, un truc, quoi.

Je l'avais découvert dans le téléfilm *Rastignac*, et autant dire que j'avais été très convaincue par son interprétation d'un Rastignac moderne qui serait animateur de radio et pratiquerait la sodomie dans un ascenseur (avec la marquise d'Espard, je crois, mais je n'en suis pas certaine).

J'avais donc assez vite compris qu'on avait un machin à vivre ensemble. *Together.* C'était même devenu une espèce de *running gag* avec mes amis. Au fond de moi, je savais bien qu'un jour le destin ferait naître la possibilité pour notre idylle de s'épanouir sous les feux de Cupidon. (J'ai aussi pensé ça longtemps pour Brad Pitt et, jusqu'à nouvel ordre, la preuve du contraire n'a pas été apportée, nonobstant le fait que nous soyons chacun « *in a relationship* » *but not together.*) (Oui, j'ai fini par admettre que petit-déjeuner avec quelqu'un et partir en Inde ensemble pouvait être considéré comme une relation suivie.) Bref, figurez-vous qu'un dimanche de septembre, il y a de cela de nombreuses années, alors que je sortais de chez moi en pyjama après deux jours de chiale, le visage bouffi, les cheveux gras, je me suis dit : « Tiens, si j'allais manger au McDo. » Je vais donc au McDo de Parmentier. Je prends mon menu sur place. Je m'assois, je commence à engloutir mon Big Mac et, comme je pleure en même temps, j'écarte mes cheveux et mes larmes avec mes mains pleines de gras. C'est probable que je me sois essuyée sur mon sweat… Quand on se sent comme une poubelle, on se traite comme une poubelle, tous les psys le disent – d'ailleurs, c'est sûrement le titre d'un bouquin de Cyrulnik. Je renifle encore un coup le filet de morvouille qui coule et je me sens tellement malheureuse de me sentir aussi malheureuse. (J'ai énormément d'empathie pour moi-même, et me voir malheureuse me rend encore plus triste.) Puis, je relève la tête, et là, tel un ange miraculeux, à la table en face de moi, je vois… Jocelyn Quivrin dans toute sa blondeur, en train de manger des frites. Vous ne pouvez pas comprendre ce qui s'est alors passé dans mon cerveau. Moi non plus, des années plus tard, je ne le comprends pas. Une conjonction de facteurs, je crois. D'abord, j'étais sentimentalement dans un marasme total. Je finis par sortir de chez moi pour me sustenter et je tombe sur lui, lui avec qui je me voyais assez bien pousser un landau ou prendre un ascenseur, le champ des possibles était vaste, lui donc dans *mon* McDo, mangeant aussi sur place, et seul. Scotché à son téléphone certes, mais seul. J'ai alors été traversée par ce qui sur le moment me parut être une inspiration divine. Je devais aller lui parler. Le hasard était trop énorme, le scénario trop romanesque pour que je passe à côté. J'ai un peu hésité, mais, fichtre, pensai-je, ne suis-je donc pas une femme libre, forte et indépendante ?

Bon… je vous le dis tout de go, hein : je suis effectivement allée lui parler. Je ne tiens pas à m'appesantir sur cet épisode et ce malgré mon goût certain pour l'auto-mortification. Je vous dirai juste que c'était lamentable. Lui a été parfait, mais, pour ma part, j'ai chié dans les grandes largeurs de mon jogging informe. Je lui ai adressé deux phrases à peu près claires avant de tomber dans une bouillie verbale incompréhensible sur la vie et le hasard et la contingence et le nécessaire. Puis mon corps a dû refuser de poursuivre cette humiliation et ma voix s'est éteinte. Sauf que mon esprit, ce petit traître, était toujours fixé sur son objectif « landau + ascenseur ». Du coup, je suis restée plantée devant lui en silence, en me balançant d'une jambe sur l'autre, ce qui lui a permis d'observer l'incroyable variété des taches qui maculaient ledit jogging de déprime. Cet instant-là a duré longtemps. Longtemps. Suffisamment longtemps pour inquiéter tout individu sain d'esprit. Mais il a continué à me sourire gentiment, tandis que je continuais à faire passer mon poids d'une jambe sur l'autre. Et il a attendu patiemment que je me décide à partir.

Ironie du sort, quelques mois plus tard, je me suis retrouvée à fréquenter un ami à lui et j'ai alors dû m'escrimer pour éviter une soirée poker avec eux, de peur que Jocelyn ne reconnaisse le tas de boue en jogging qui s'était allongé à ses pieds dans un McDo, quelques mois auparavant.

Alors, ce matin, quand ma collègue a dit : « Tiens, Jocelyn Quivrin est mort », j'ai pris un petit uppercut. J'ai pensé que je pouvais rayer une chose sur la liste des trucs à faire avant de mourir. Ce n'était plus coucher avec Jocelyn Quivrin, c'était juste lui raconter un jour cette histoire.

19 décembre 2009
Trauma

Il ne m'est arrivé qu'une seule chose marquante la semaine passée, et encore, quelqu'un m'a fait remarquer que cette histoire ne présentait strictement aucun intérêt. Mais je m'en fous. « Tout trauma mérite narration » (Robert McKee, 1987, San Francisco, 8 h 23, alors que Spielberg venait de se brûler la main avec un gobelet de café trop chaud).

Donc, j'étais en plein travail chez moi, c'est-à-dire en train de lire une BD. (Oui, petit enfant, tu peux trouver un semblant de travail où on te demande de lire des BD, pour ensuite écrire ce que tu en as pensé. Fonctionne aussi avec le cinéma, la télé, la musique, les jeux vidéo. Ça s'appelle être critique.) (En plus de mon CDD au journal, je continue de faire des piges ailleurs, histoire d'assurer mon brillant avenir professionnel dont pour l'instant je ne sais pas où il va, mais notez que j'ai déjà accompli un miracle : je vis de mon clavier.) Quand, soudain, alors que j'ouvrais la bouche pour bâiller, une énorme chose venue du tréfonds de ma bouche est tombée, mais genre un gros truc tellement lourd qu'il a rebondi sur la page de ladite BD, avant d'atterrir sur la moquette (marron, la moquette, les lecteurs attentifs le savent, marron, puisque les murs sont orange).

J'ai eu une réaction assez saine puisque je me suis levée, j'ai couru en rond dans le studio, les deux mains sur la bouche en griant (*grier*, verbe du 1er groupe, définition : « crier de la gorge ») : « Ai berbu une bent, ai berbu une bent. » En face de moi, l'homme des petits déjeuners, Partenaire Chocapic, a ramassé la chose, qui s'est révélée être le plus gros plombage de l'histoire de l'odontologie moderne. En toute simplicité. Quelques jours plus tard, le dentiste lui-même, épaté par son travail d'il y a une dizaine d'années, du temps où il avait encore foi dans sa vocation, a textuellement dit : « C'est un énorme plombage. »

J'ai eu très peur. Et j'ai senti à ma réaction légèrement excessive (parce que, oui, je vous le dis, j'ai passé le reste de l'après-midi à chouiner comme s'il m'était arrivé une chose véritablement grave), j'ai donc senti que ça avait une forte résonance dans mon psychisme. Qu'il y avait symbolique. Par curiosité, je suis allée voir Google au fond de sa grotte.

Déjà, apprenez que pour « perte des dents rêve », y'a quand même 369 000 résultats. Ensuite, je me suis confrontée à toutes les symboliques proposées et, après étude, je suis en mesure de vous annoncer que de deux choses l'une :

– soit les dents représentent les racines, les choses du passé que mon subconscient a peur de perdre, même s'il décide tout de même de tourner la page ;

– soit ça marque un changement dans ma vie sexuelle. Plausible, sachant que j'approche de la maturité sexuelle (pfff… putain, qu'est-ce que ça aura été long, ça a intérêt à valoir le coup).

Janvier 2010
30 ans

Bientôt, je serai ~~vieille et défraîchie et bonne pour la rubrique mature de Pornhub~~ mûre et riche d'expériences à l'orée d'une nouvelle décennie.

Je vais avoir 30 ans.

Je pourrais écrire un texte déprimant.

Je pourrais écrire un texte célébrant l'ivresse de l'existence.

Ou ni l'un ni l'autre.

Pour cet anniversaire, il y avait deux scénarios de vie possibles.

A/ j'étais seule dans mon studio suprêmement pourri du fin fond du 19e arrondissement, sans une thune. Ce studio orange et son ingénieux placard-cuisine (là tu peux ranger ton pull et faire cuire tes pâtes). Je me serais bien réfugiée devant l'écran de mon latop, mais comme il atteignait les 6 ans d'âge, il aurait ramé comme ta grand-mère traversant l'Atlantique. Au final, tous mes efforts auraient été inutiles, je n'aurais pas avancé d'un iota de pouce de main de nain. J'aurais peut-être même encore été assistante d'éducation.

B/ j'ai emménagé dans l'appart de mes rêves avec Partenaire Chocapic, qui a fini par me convaincre qu'il serait plus efficace de mettre en commun nos paquets de céréales. On m'offre un nouvel ordi. Certes, je travaille dans un *open space*, mais c'est provisoire. D'après mes calculs, il me sera bientôt possible (à la fin de mon CDD) de bosser en pyjama de chez moi et de faire une sieste quotidienne. Une certaine idée du bonheur donc. Je fais un bilan (j'aime les bilans et les listes parce que j'ai des ovaires. Si tant est qu'il existe une nature féminine, elle ne réside pas dans l'instinct maternel, l'affectif, la paix, l'amour, mais dans la passion fascisante pour les listes). Dans ce bilan donc, je vois que j'ai atteint tous les objectifs que je m'étais fixés un an auparavant (*parce que*, oui, l'année précédente, je faisais déjà des listes *puisque* j'étais déjà une fille).

Un scénario hautement romanesque à la fin duquel l'héroïne trouve enfin le bonheur. Pourtant, elle se plaint encore. Pourquoi ?

Réponse 1 : elle est parisienne.

Réponse 2 : 30 ans, c'est dur. D'abord, ça veut dire qu'on aura 40 ans un jour. Ensuite, même si on savait que ça arriverait, c'était très abstrait. Et la concrétisation a comme un goût d'arnaque. On sait qu'on ne sera pas toujours jeune, et pourtant, au fond, on n'y croit absolument pas. On vit pendant des années dans un cadre sociétal figé. Celui des générations. Nous, on est les jeunes. En dessous, y'a les enfants, aucun intérêt. Au-dessus, y'a les un peu plus vieux qui ont l'air cool, mais qu'on ne connaît pas trop. Ensuite, les plus vieux qui dirigent le monde. Et puis les âgés. Quand on se rend compte un jour que tout le monde a sauté d'une case, qu'on s'est tous décalés, bah, c'est le choc. Les enfants sont devenus les jeunes. Les très vieux sont morts. Les baby-boomers sont à la retraite.

Réponse 3 : « Un étudiant, c'est l'infini, l'indéfini », préface de Sartre à *Aden Arabie*, page 20. Le fait d'obtenir ce qu'on voulait ne procure évidemment pas le sentiment de plénitude attendu. Dans le cadre du scénario 1, je n'avais pas avancé, mais tout restait à faire. Tout n'était que projection dans un futur hypothétique. Le champ des possibles était ouvert à l'infini (ou presque). C'est l'avantage de la non-réalisation et du rêve. Une fois que vous faites les choses, même si vous obtenez ce que vous voulez, même si tout se passe encore mieux que ce que vous aviez imaginé, vous n'êtes plus dans la fantasmagorie mais dans le réel. Or, le réel, c'est la restriction du possible. Les choses ont été faites, elles ne sont plus à refaire. Vous n'êtes plus dans le prospectif. Il faut donc se fixer de nouveaux objectifs et pour cela faire une nouvelle liste.

Prochainement : l'héroïne, après avoir acquis le bonheur individuel, tentera de conquérir le monde universel.

Je tiens à rassurer les lecteurs jeunes : 30 ans, c'est dur, mais c'est infiniment mieux que 20. 20, c'était vraiment pourri. « J'avais 20 ans. Je ne laisserai personne dire que c'est le plus bel âge de la vie », Paul Nizan in *Aden Arabie*.

Il faut quand même que je raconte le premier courrier que j'ai reçu dans ma nouvelle maison. C'était le lendemain de mon anniversaire et, je ne mens pas, c'était une enveloppe de la marque de cosmétiques ROC, avec écrit sur l'enveloppe un mystérieux : « Arrêtez de regarder vos rides. » Certes, ce n'est pas nominatif, certes ma voisine du dessous avec ses 50 ans et sa ménopause a reçu la même. Mais quand même…

Ensuite, on peut s'interroger sur la puissance intellectuelle et le pognon du mec qui a pondu ce courrier.

Parce que, évidemment, vous aurez compris qu'« Arrêtez de regarder vos rides » impliquait une suite au message. Quelque chose comme « Regardez plutôt votre bien-être, votre ventre, votre féminité », que sais-je. La bonne réponse était au dos de l'enveloppe : « … Regardez plutôt à l'intérieur. »

Donc, si on reprend la syntaxe, ça donne : « Arrêtez de regarder vos rides… Regardez plutôt à l'intérieur. » Comme c'est pas précisé « à l'intérieur de cette enveloppe qui a tué des arbres », ça donne : « Regardez à l'intérieur de vos rides »… D'abord, je tiens à dire au monsieur qui a rédigé cette daube que c'est l'un des messages publicitaires les plus anxiogènes que j'aie vus et qu'à mon humble avis il devrait se recycler dans les campagnes pour la prévention routière, ça irait beaucoup mieux à son esprit torturé. Ensuite, j'aimerais lui rappeler que la ride est un creux, donc un vide, et donc n'a pas d'intérieur (ni d'extérieur). Regarder l'intérieur d'une ride, ça ne veut rien dire – à part si on se prend pour le Rimbaud de la pub. Bon… en un sens, on peut s'extasier devant l'audace philosophique de cette marque qui nous incite à contempler l'absence, à se pencher au-dessus du vide et à penser à l'instar de Sartre au début de *L'Être et le Néant* : « C'est la possibilité permanente du non-être, hors de nous et en nous, qui conditionne nos questions sur l'être. » Ainsi, le pubard de chez ROC pourrait-il écrire : « C'est la possibilité permanente de la ride, hors de nous et en nous, qui conditionne nos besoins de cosmétiques. » On pourrait même pousser plus loin cette sublime comparaison, en se demandant si Sartre parlait de la crème anti-rides quand il écrivait plus loin : « L'histoire d'une vie, quelle qu'elle soit, est l'histoire d'un échec. Le coefficient d'adversité des choses est tel qu'il faut des années de patience pour obtenir le plus infime résultat. »

Théorie sur le sexe n° 4 : le désir féminin

Abordons le grand mystère du désir féminin. Dans les grosses conneries qu'on entend rabâcher à longueur de temps, il y en a une qui m'exaspère particulièrement : l'idée que le désir des femmes soit plus cérébral que celui des hommes. C'est biologiquement faux. La femme a autant de pulsions sexuelles que l'homme (ne serait-ce que parce qu'elle a autant besoin de se reproduire que lui). Mais ces instincts sont refoulés par des codes sociaux. La construction de l'identité sexuelle de la femme (*j'ai envie de niquer*) se faisant dans notre société *via* le regard de l'Autre (*je te trouve bonne, j'ai envie de te niquer*), une majorité de nanas a besoin de sentir le désir chez l'Autre pour qu'il naisse chez elles (*tu me trouves bonne, j'ai envie de te niquer*). Ça aboutit à une sexualité profondément masturbatoire. Parce qu'on ne désire pas l'autre, on ne désire pas son corps, on désire son regard sur notre corps à nous. Ça crée une situation paradoxale.

1°) à la fois, la femme se réifie. N'étant pas un corps désirant l'autre, elle fait d'elle le seul corps désirable.

L'homme est celui qui doit désirer. Elle doit être celle qui est désirée. Elle se place alors elle-même en position d'objet. Et un objet n'a pas de sens seul, il n'existe que pour l'utilisation qu'on en fait.

2°) à la fois, elle s'infantilise. Elle vit une sexualité profondément enfantine dans laquelle l'Autre n'existe pas vraiment, puisqu'il n'est là que pour lui renvoyer un reflet d'elle positif. Le partenaire sexuel devient alors le miroir de la reine dans *Blanche-Neige*. Il n'est là que pour dire : « Vous êtes la plus belle » (de préférence, il le dit avec une belle érection).

Ce schéma, c'est celui de la majorité des nanas hétérosexuelles, mais j'ai l'impression qu'il évolue un peu. Je ne parle même pas de moi, vu que je suis en pleine maturité sexuelle. Ça me rappelle surtout ma sexualité adolescente. Pendant longtemps, je n'imaginais même pas qu'il était possible pour une femme, que ce soit moi ou la moitié de l'humanité, d'avoir du désir pour l'Autre en tant que tel. Sans jeu de regard, donc de miroir. Quelle adolescente se masturbe devant des photos de mecs à poil ? Un mec qui veut une meuf devient séduisant parce qu'il se positionne comme mâle. Avec le temps, on sort de ce schéma d'onanisme aliénant pour se connecter à quelque chose de plus primaire, le très simple « putain… ce mec… je le veux. J'en ferais bien mon quatre-heures ». En tout cas, on est dans quelque chose de plus instinctif. C'est peut-être ce retour au pulsionnel qui fait que les nanas sont de plus en plus en position de chasseuse.

Il y a peu, le journal qui m'emploie fêtait son premier anniversaire, l'occasion pour moi de vous révéler les coulisses de cette grande rédaction : les toilettes. Il faut savoir que le site ~~loue une pièce en forme de couloir au deuxième étage d'un immeuble d'un truc genre GDF, étage partagé avec une société qui emploie plein de commerciaux qu'on croise à la machine à café et aux toilettes. Justement~~ possède un superbe immeuble dans un quartier chic.

Alors que nous partageons nos lieux d'aisances, force est de constater qu'ils sont d'une propreté impeccable. C'est simple, ce sont les chiottes les plus incroyablement propres que j'aie vues de ma vie. On pourrait facile y faire une transplantation cardiaque. D'ailleurs, le docteur Delajoux loue parfois ces toilettes pour y opérer. Je peux vous dire que c'est pas ici que Guillaume Depardieu aurait attrapé une infection nosocomiale à la jambe. (Y'a un délai de prescription pour les blagues sur les personnes non vivantes, on a officiellement de nouveau le droit de plaisanter sur le fils Depardieu.)

Et pourtant, cette scintillante perfection est trompeuse.

Nous femmes, nous disposons de quatre lieux d'aisances. Cruel dilemme ? Pas vraiment. Faisons la liste de nos toilettes. (Comme le disaient Laval, Bousquet et Schindler : « On a la liste qu'on mérite. »)

1°) les chiottes à gauche en entrant. Le problème, c'est qu'elles sont mitoyennes avec le couloir, en gros on a l'impression d'être en train de pisser sur la photocopieuse. Personne ne semble attiré par ce jeu érotique. Elles ne sont jamais occupées.

2°) on se dit que la solution, c'est les chiottes tout au bout. Tranquillité et isolement. Que nenni. Ou plutôt si, pour l'isolement, c'est parfait : le verrou déconne. On court le risque de rester enfermée toute la nuit.

3°) celles juste avant. Ce sont des chiottes pour handicapés. À notre étage, les seules handicapées notoires sont des femmes enceintes. (Y'a un très fort taux de fertilité parmi nos camarades commerciales. Sur le frigo de la cuisine commune, y'a un nouveau faire-part de naissance toutes les semaines.) Bref, ces chiottes font la taille de la galerie des Glaces de Versailles et scintillent tout autant. Sauf que le capot des toilettes est cassé.

4°) il ne reste donc plus que les deuxièmes en entrant. De quatre cabines, nous passons donc à une avec une conséquence terrible : dès 14 heures, les rouleaux de PQ sont finis.

Le deuxième échec cuisant de ce lieu, c'est qu'un abruti a mis la chasse d'eau derrière le couvercle des toilettes, au lieu de la placer en hauteur. Ce qui signifie que, pour tirer la chasse, il faut forcément refermer le couvercle – et, d'après mes constatations empiriques, cela demande trop d'efforts à certaines personnes.

Ce détail m'a permis de prendre conscience de l'intelligence que requérait la construction de lieux d'aisances de qualité. Ça ne s'improvise pas.

Ce qui m'amène à un article récemment lu qui exposait une nouvelle méthode pour garder ses toilettes propres quand vous avez/êtes un homme qui ne pisse pas encore assis. (J'ai une théorie comme quoi les hommes qui pissent assis sont à un stade supérieur de l'évolution de l'humanité. Je pense que, dans cinquante ans, on hallucinera de savoir que certains hommes pissaient debout.) Il suffit de dessiner une mouche au fond de la cuvette. L'homme s'amusera instinctivement à la viser. L'homme serait-il bête ? En tout cas, toutes les études prouvent que le stratagème fonctionne. Du coup, les patrons d'un aéroport américain ont peint des mouches au fond des pissotières. L'article nous apprend également que la technique fonctionne avec les individus âgés de moins de 10 ans. Des mères ingénieuses mettent des Cheerios (oui, les céréales) au fond des toilettes pour êtes certaines que leurs garçons vont les viser pour les couler. Mais comment une idée aussi tordue qu'ingénieuse peut-elle naître dans la tête d'une mère ?

Mais parlons un peu boulot puisque, quand je suis au travail, entre deux pauses pipi, il m'arrive de bosser un peu. Depuis trois semaines, mon équilibre psychique est dangereusement ébranlé par mon obligation de suivre la campagne des élections régionales. Obligation que je me suis auto-infligée. J'ignore quel excès de zèle m'a prise quand j'ai proposé de couvrir ces élections. Je dois faire un papier par semaine de décryptage du traitement de la campagne par les médias. Je pensais que ça pouvait être assez fun (ma définition du fun étant, vous l'aurez compris, en grande partie déterminée par mon année de naissance, 1935). Sauf que, cette semaine, je me suis retrouvée dans l'incapacité totale d'écrire un article où l'humour le disputerait à la légèreté. Ces élections sont trop lamentables. Non seulement cette campagne me donne envie d'avaler des chaussettes pour ensuite les vomir (et vomir une chaussette doit être la seule chose au monde pire qu'avaler une chaussette), mais en plus j'ai la sensation d'être la seule sur terre à m'énerver. J'ai beau agiter les bras très vite, mon indignation trouve assez peu d'écho. Tout le monde s'en contrefout. En même temps, sachant que ces élections régionales se résument à des polémiques aux relents racistes, je suis rassurée que ça emmerde les électeurs.

Cette campagne désertée par tout le monde est l'occasion idéale pour le FN de tester sa nouvelle stratégie électorale. (C'est là que je commence à agiter les bras en répétant : « Coucou, regardez, il se passe quelque chose avec le FN, quelqu'un veut-il m'écouter ? ») Là où Jean-Marie Le Pen se contentait de vociférer pour perturber les élections, Marine Le Pen construit un discours pour gagner les élections. Un discours dans lequel elle place son parti comme le seul défenseur de la République française qui serait menacée par la mondialisation et l'islam. Mais, visiblement, ça n'intéresse personne.

C'est d'ailleurs l'occasion de raconter comment, à la dernière conférence de rédaction, de vieux journalistes ont gloussé quand j'ai osé dire que Marine Le Pen était beaucoup plus forte et dangereuse que son père. Pour eux, c'est juste une pâle imitation. Je soupçonne que le fait qu'elle soit une femme (je vous passe les blagues que j'ai entendues sur son physique) et, à leurs yeux, jeune la discrédite. En prime, comme c'est moi (une femme jeune) qui abordais le sujet, ça n'aidait pas. Du coup, je me suis énervée et ça m'a foutue dans une situation à la con où je me suis retrouvée à la défendre en expliquant qu'ils la sous-estimaient.

Enfer et damnation… Jean-Paul Sartre, viens à moi et envolons-nous vers d'autres cieux plus cléments au pays des Popples, parce que « tout le monde aime les Popples » et que « les Popples sont là pour sourire », ce qui, au passage, en fait des êtres exceptionnels, uniques exemples dans le règne vivant de créatures dont la seule justification existentielle est de sourire.

(Tu ne connais pas le dessin animé *Les Popples* ? Ta date de naissance est peut-être antérieure ou postérieure au premier septennat de Mitterrand. Dans ce cas, je t'éclaire vite fait. Les Popples étaient la version matriarcale des Télétubbies. Alors que les Télétubbies étaient symboliquement une bande de phallus en érection, les Popples étaient un groupe de ventres matriciels.)

Pour rétablir mes chakras malmenés, heureusement, Dieu a inventé le biathlon. Étant à un degré de stress qui doit être l'équivalent du dernier boss du dernier niveau dans « Zelda », je ne dors pas. Et, quand je ne dors pas, je regarde la télé. Et comme « Post-mortem » est quand même la série la plus déprimante du monde, je préfère encore regarder les

JO d'hiver de Vancouver. C'est comme ça que je me retrouve à passer mes nuits devant des épreuves aussi irréelles que lénifiantes et à mater le cul des frères Fourcade.

Théorie sur le sexe n° 5 :
le porno et ses dérives

À mes heures perdues, je mène une grande étude anthropologique sur le porno, car il pose des questions essentielles à la société. Est-on complètement libre de disposer de son corps ? A-t-on le droit de le vendre ? La dignité humaine est-elle un devoir ou un droit ? Autrement dit, la société autorise-t-elle qu'un de ses membres décide de perdre ce que la majorité considère comme « sa dignité » ?

J'ai remarqué depuis quelque temps l'apparition de nouveaux sites X qu'on pourrait qualifier de « niches », spécialisés dans certaines pratiques. En gros, ils organisent des gang-bangs. Pour l'instant, vous allez me dire que c'est aussi classique que du Molière. (Sauf qu'il écrivait : « Cachez de ma vue ce sein que je ne saurais voir. ») La nouveauté, c'est qu'il suffit de s'inscrire sur le site pour participer au tournage. La nana est payée, mais les mecs sont des volontaires, des n'importe qui tant que tu es un homme. (En l'occurrence, pas mal de jeunes du 77, du 92 ou du 93 qui crient avec beaucoup de bon goût pendant l'acte : « 77 représente !! ») La scène est filmée et le site vit de sa fréquentation et de l'abonnement pour mater les vidéos. Présenté comme ça, ça n'a pas l'air horrible. En réalité, c'est atroce.

Ce qui m'intéresse, ce n'est pas de me demander si en soi des pratiques comme le gang-bang ou autres sont mauvaises, mais d'étudier les conditions économiques. Or, là, on assiste à un changement de régime qui va de pair avec un changement de mentalité. On est dans un système qui n'est ni du X, ni de la prostitution. Ou alors les deux à la fois. Une prostitution dans laquelle les clients ne paieraient rien. Si, en psychanalyse, on insiste sur la nécessité de payer, c'est pareil pour le cul censément tarifé. Les mecs qui participent à ces séances ne sont pas payés, ils ne sont pas des acteurs, ils ne connaissent pas cet univers, ce n'est pas leur travail. Conséquemment, ils n'ont pas de rapport professionnel avec les actrices. Ils les baisent. C'est tout. Cette absence de finance instaure un flou quant au rôle de chacun, car l'argent clarifie les rapports entre les agents économiques.

La fille ne choisit pas de tourner une scène avec tel acteur qu'elle a déjà croisé. On la jette en pâture à une assemblée d'inconnus convaincus qu'elle adore ça. Pire, avant d'entrer dans la pièce, elle ne sait pas exactement combien d'hommes participeront (en général entre trente et cinquante).

En définitive, le seul qui maîtrise tout, c'est le producteur (l'abruti capitaliste donc), qui se place dans la position du maître esclavagiste de la fille. Pour connaître les limites à ne pas franchir, les mecs ne regardent pas la fille, ils se tournent vers le maître du jeu. Elle n'est donc qu'un pion.

Quoi qu'on en pense, dans le porno, on sait qu'il s'agit d'acteurs, que c'est pour de faux. Il y a une forme de respect entre acteurs, la conscience commune d'être là pour travailler, et si certains sont des pervers qui profitent de la situation, en général ça reste clean entre eux. (Évidemment, je parle du porno traditionnel, pas de gonzo.) Ce nouveau type de vidéo joue précisément sur la situation inverse, le « pour de vrai ». Le porno évolue donc vers du plus trash et en même temps, il cherche à effacer les distinctions entre son univers et la vie *in real life* (IRL). Ça participe d'un mouvement général.

D'un côté, des pratiques qui étaient en général plutôt réservées au domaine du X se démocratisent. Il peut s'agir des *sex tapes* que les couples font tranquillement chez eux, du *sexting* en général, de pratiques qui tendent à se généraliser (sodomie, éjac' diverses et variées, bondage, partouze, tout jeu de domination). Dans ce sens, la sexualité tend à copier le porno, à jouer avec ses codes (y compris en reprenant son langage), avec l'idée que c'est licencieux et interdit (donc excitant), puisque le porno, c'est sale. Évidemment, la sexualité fonctionne grâce à des jeux de domination, la recherche de limites et de tabous, la transgression. Mais, sans le porno actuel et son accessibilité, la tendance serait peut-être moins générale, limitée à des individus qui cherchent réellement cette transgression pour en jouir. Le X offre à toute la société un modèle de transgression, des fantasmes pré-fabriqués que les individus reproduisent sans vraiment s'interroger sur leurs limites personnelles, leurs fantasmes propres.

Dans le même temps, le porno tend à se faire passer pour du sexe authentique. C'est une évolution qui commence avec l'apparition du gonzo. Dans le gonzo, pas de scénario, de dialogues écrits, pas d'arrivée du plombier pendant que les deux colocataires sont en train de se toucher. Le gonzo se résume à un objet : le canapé. Le gonzo pourrait être financé par Ikea. Une caméra portative, un canapé, une chatte, des bites. On trouve de plus en plus de catégories de vidéos X qui cherchent à mimer le réel, à abolir les frontières entre les deux sphères : la sphère du cinéma X et celle de la sexualité quotidienne (quotidienne, c'est pas le bon mot, mais vous aurez compris).

Il ne s'agit pas de filmer une nana, qui pourrait être notre voisine, en train de baiser, mais de faire croire que notre voisine en réalité est chaude comme une professionnelle du X.

Un double mouvement donc puisque votre voisine va avoir tendance, dans sa vraie sexualité, à mimer les codes du X.

31 mars 2010
Ouin-Ouin, mon voisin

Je suis donc locataire d'un nouvel appart dans lequel je vis avec Partenaire Chocapic – ma vie est comme un merveilleux feuilleton dans lequel il se passerait un événement essentiel tous les six mois, ce qui, à l'échelle d'une existence, est énorme. Avant, j'habitais dans un bouge insalubre. Je n'avais pas de voisin au-dessus de chez moi, parce que j'étais au dernier étage. Je n'avais pas de voisin en dessous de chez moi, parce que j'habitais au premier étage. J'habitais donc dans un cube d'un seul étage. Un cube orange et marron, composé de la reproduction de dix fois le même studio, l'un à côté de l'autre. Ma santé mentale était chancelante, mais mes voisins étaient d'une discrétion absolue. Il y avait la famille juive, avec la maman en perruque, et son bébé. Il y avait le jeune Asiatique qui ne voulait pas me prêter son code Wi-Fi. Il y avait un Roumain dépressif qui écoutait Rem. Une mère africaine qui sortait téléphoner dans le couloir pour ne pas réveiller ses trois enfants.

Puis sont arrivés la richesse et le couple. J'ai donc emménagé dans un très chouette appartement. Désormais, je gravis lestement cinq étages pour rentrer dans mes pénates (nonobstant l'impression qu'un jour la police va sonner et me dire qu'il y a eu erreur et que je dois rendre l'appartement, maintenant, s'il vous plaît, mademoiselle, retournez sous un pont). Évidemment, il y avait eu la lettre désespérée de la voisine du dessous suite à la crémaillère-anniversaire. Mais, ça, je pouvais m'y faire. Le vrai problème s'est révélé quand j'ai rencontré Ouin-Ouin et que mon appartement s'est transformé en maison en pain d'épices. Or, qui dit pain d'épices, dit sorcière.

La première entrevue Ouin-Ouin-Titiou s'est faite un vendredi soir où j'étais seule dans mon palace, révisant des théories de physique quantique pour me détendre de ma journée de labeur. On sonne. Je pousse un soupir las et me lève, rabattant les pans de mon peignoir en soie sur mes cuisses frissonnantes, mes seins d'albâtre pointant sous le frêle tissu (j'envisage de me lancer dans le récit érotique). J'ouvre la porte, et là, je me retrouve nez à groin avec Ouin-Ouin.

Ouin-Ouin est petit. Ouin-Ouin a un âge indéterminé, qui se situe entre 35 et 55 ans. Ouin-Ouin n'est pas le fiancé de Mimi Cracra puisque Mimi Cracra, l'eau, elle aime ça. Ouin-Ouin cultive un brin d'excentricité qui se symbolise par le port d'un bonnet péruvien. Ouin-Ouin n'aime pas trop les choses compliquées pour le dedans du cerveau. Par contre, Ouin-Ouin apprécie grandement les bienfaits du crack.

J'ouvre donc et je découvre Ouin-Ouin. Ouin-Ouin dodeline de la tête, faisant doucement bouger son charmant couvre-chef. J'attends, vaguement hypnotisée par l'ondulation des deux bouts de ficelle qui pendent du bonnet péruvien. Ouin-Ouin ne dit rien.

Titiou : « Oui ? »

Ouin-Ouin me demande avec un sourire timide : « Iiiddjjjaaaiiiinnnngue ? »

Je dis à Ouin-Ouin que je ne comprends pas le péruvien.

« Iiiiidddjjjamisiidddjjjjjjseringue ?

— Quoi ?

— Iiiidddjjjamischezmoisoirée », purée de syllabes au milieu de laquelle, soudainement, j'entrentends (du verbe bien connu *entrentendre*, formé sur la même construction que *entrapercevoir*). « Est-ce que vous avez une seringue ? »

Je vous résume : Ouin-Ouin organise donc une soirée avec ses amis et me demande de lui prêter une seringue. Il prend la peine de me préciser que c'est pour un de ses amis. Effectivement, c'est vachement plus rassurant. J'ai quand même pris la peine de répondre non avant de fermer la porte devant un Ouin-Ouin souriant.

Le dimanche matin suivant, on sonne à la porte. J'étais alors plongée dans la lecture des *Prolégomènes à toute métaphysique future qui pourra se présenter comme science*. J'ôte mes boules de geisha avant d'aller ouvrir la porte – un reste de mon éducation dans un collège puritain. J'ouvre donc. C'est Ouin-Ouin. Ouin-Ouin a toujours son bonnet péruvien, mais un nouvel accessoire. Au bout de son bras tendu, il agite une bouilloire. Ouin-Ouin sourit timidement et me tend sa bouilloire avec un air satisfait, comme si ce geste devait provoquer des ondes de bonheur dans mon cerveau à moi.

« Quoi ?

— Iiiiijjjjddddiiiipaslegazpourfairecafé. Me faire chauffer eau ? »

OOOOHHHH… C'est un putain de miracle de ouf. Le déchet péruvien accro au crack qui vit au-dessus de mon très joli appartement n'a pas le gaz. *God, you rock my life*. Mais bon. Je me défile quand même.

« Ouin-ouin, tu veux pas demander au voisin du palier d'en face ?

— Iiiijjjjdddéjàdemandé. Miiiii il est pas là. »

Ouin-Ouin esquisse un sourire pourri d'autosatisfaction qui me fait comprendre que ce mec a beau ressembler à un écureuil dégénéré, c'est avant tout une véritable plaie envoyée par le Seigneur pour obtenir je ne sais quoi de moi. Je réfléchis à toute vitesse pour peaufiner une stratégie. Je ne veux pas lui prêter ma seringue en or, je ne veux pas faire chauffer son eau, je ne veux pas qu'il descende me voir tous les matins, je ne veux pas qu'il s'installe dans mon salon pour les dix prochaines années, je ne veux pas qu'il prenne Tikka en otage et l'envoie se prostituer en Ukraine. Mais j'ai un problème, j'aime pas dire non aux gens dans le besoin. J'attends donc des gens qu'ils comprennent d'eux-mêmes mon refus sans avoir à le verbaliser. Du coup, j'opte pour ma meilleure tactique, celle qui marche à tous les coups : la force de l'inertie, également appelée statue de sel d'un enfant juif poursuivi par des hordes de SS à Varsovie en 1940 et qui demande asile et nourriture. L'Incroyable Cosette is back. Donc je me fige totalement avec un air triste. J'arrête même de respirer. Je me dis que, si je reste comme ça sans rien faire, il va sentir que je ne veux pas de sa bouilloire qui pue chez moi. Il va donc se sentir gêné et me dire de laisser tomber.

Sauf que ma stratégie fonctionne quand je suis à la place de Ouin-Ouin, quand je veux qu'on me donne quelque chose. Ça marche beaucoup moins bien quand on est celui qui dit non. D'ailleurs, Ouin-Ouin l'a très bien compris, car je remarque assez vite qu'il m'imite. Il s'est également figé avec un air triste d'enfant péruvien poursuivi par des hordes de militaires de Pinochet (c'est pas le même pays, merci, je sais, mais c'est le même continent, donc c'est pareil).

On est face à face sans bouger. Enfant juif *versus* enfant péruvien. On se regarde en silence. Pinochet *versus* SS. Se joue une compétition mondiale de regards Cosette de part et d'autre. Au bout de cinq minutes, je dois me rendre à l'évidence, Ouin-Ouin est dénué de tout sentiment d'empathie ou de gêne. Comme il n'a pas de travail, il peut rester là, comme ça, pendant des semaines. Je lui arrache sa bouilloire des mains avec rage, il ouvre sa bouche pleine d'absence de dents pour sourire et remonte chez lui, victorieux.

Je fais chauffer l'eau. Je fulmine. C'est la première fois que le pouvoir de l'inertie perd. Mon système de valeurs, mon rapport aux autres, tout s'écroule. Là, Partenaire Chocapic arrive et me demande ce que je fais.

« À ton avis ? JE FAIS CHAUFFER DE L'EAU POUR CET ABRUTI DE OUIN-OUIN DE MERDE PARCE QU'IL A PAS LE GAZ ET QU'IL VEUT SON CAFÉ DU MATIN.

— Pfff… T'aurais dû lui dire non. Maintenant, il a compris, il va plus te lâcher. »

Ça sonne à la porte. Je file la bouilloire à Partenaire. « Bah, vas-y, toi. Fais-le. » Il prend la bouilloire, ouvre la porte l'air dur, les muscles bandés, et voit Ouin-Ouin. (Une première rencontre avec Ouin-Ouin, c'est toujours émouvant.) Je le sens chanceler. Ouin-Ouin lui sourit en agitant son bonnet péruvien sur sa tête comme une adorable petite chose qui ne se serait pas lavée depuis vingt ans. (Ça va, moi, je le connais maintenant, son petit numéro de charme du zoo de Vincennes.) Partenaire sourit à Ouin-Ouin et lui donne la bouilloire. Là, je comprends qu'il est même prêt à lui lâcher son numéro de carte bancaire. (L'inertie fragile, c'est ce qui fait que j'obtiens ce que je veux de cet individu. Je peux rester prostrée et triste sur le canapé tant qu'il ne m'a pas nourrie.)

Conclusion de cette passionnante anecdote qui dégage « Lost » au rang de récit aussi terne qu'un roman de Robbe-Grillet : depuis, Ouin-Ouin n'est plus venu demander de l'eau. Ce qui n'est en aucun cas un soulagement, puisque ça signifie qu'il a désormais le gaz et que mon bel appartement va finir désintégré dans une explosion.

En effet, l'autre hypothèse était qu'il soit décédé. Or, j'entends son pas léger au-dessus de ma tête la nuit, ainsi que des pas plus lourds et joyeux que je suppose être ceux de ses animaux de compagnie, Ijiji et Nijiji, les deux lamas avec lesquels il fait des farandoles nocturnes.

20 avril 2010
Au-delà de la fatigue, il y a ça…

Le week-end dernier, j'ai battu un record du monde qui mérite bien que je le mentionne (malheureusement, c'est pas le record de Goobox Elementz) : j'ai dormi vingt-neuf heures en une journée et demie. La veille, j'avais visité le nouvel appartement de Meilleure Amie. « Oh… c'est joli chez toi, c'est grand, c'est beau, et ça, c'est les toilettes ? Tu permets que j'y gerbe un coup ? » Heureusement, elle a dit oui. En revanche, Partenaire Chocapic n'a pas été très compatissant. Il m'a dit : « Putain, t'es pas sympa, ta copine te fait des lasagnes et toi tu gerbes. »

Comment en suis-je arrivée à dégueuler mes tripes dans le nouvel appart tout beau et propre de ma copine avant de plonger dans un coma cérébral hautement inquiétant ? Il faut que je raconte les choses dans l'ordre.

D'abord, il y a eu l'apparition d'une vieille amie de lycée. (Je précise que cette phrase n'est pas anodine. Au lycée j'avais peu d'amis, pas par manque de sociabilité, mais parce que je lisais des livres et que les ados sont incultes.) Qui dit retrouvailles, dit boire. J'ai bu = j'ai avalé un litre de vodka.

Conséquence logique, vendredi matin, je me suis réveillée avec une mare de pétrole dans l'estomac. Ça tombait fort mal, puisque dans l'après-midi je devais participer à une émission de télé. Mes sacrifices financiers et mes nuits passées à bosser portent leurs fruits. Je suis désormais invitée à la télé en tant qu'experte. Malheureusement, je n'étais pas conviée sur le plateau d'une grande chaîne pour parler politique, mais sur une petite chaîne pour parler de sexe avec un rabbin, un prêtre et Brigitte Lahaie. Ça ressemble à une grosse blague, mais c'est pour de vrai. J'ai donc traîné ma gueule de bois là-bas en pensant que, si je vomissais à la télé sur un curé, je deviendrais aussi connue que la pauvre animatrice qui avait vomi devant les caméras et que tout le monde a oubliée.

Faisons une pause littéraire avec Lamartine :

> « Ainsi, toujours poussés vers de nouveaux rivages,
> Dans la nuit éternelle emportés sans retour,

Ne pourrons-nous jamais sur l'océan des âges
Jeter l'ancre un seul jour ? »

Je n'ai pas vomi, mais j'ai passé l'émission affalée sur la table avec un sourire crispé. Je me suis juste redressée quand les lumières se sont solennellement baissées et que l'animateur a annoncé : « C'est le moment du quiz. » Du quiz ? WTF ? Comme la première question était : « Quel est le meilleur amant de la Bible ? », j'ai flippé ma race. La seule réponse qui me venait, c'était Moundir, et j'étais pas certaine à 100 % que c'était bien le nom d'un apôtre. L'Évangile selon Moundir… ? Heureusement, l'animateur ne m'a pas demandé mon avis. (En même temps, je serais peut-être passée au zapping.)

En sortant du plateau, je me promène dans les couloirs de la télé avec le rabbin qui me racontait des histoires juives de sodomie (véridique) pendant que j'essayais de calmer la grenouille qui faisait du trampoline sur mon estomac. La scène était déjà hautement improbable, et voilà que je tombe sur un individu que je fréquentais de 1998 à environ 2004 et jamais revu depuis. Dingue, non ? La main sur son sac à dos, l'ami retrouvé m'annonce alors qu'il revient tout juste d'un reportage dans le Berry sur des moines qui soignent des toxicomanes. À ce stade, j'ai pensé très fort que ma raison vacillait. Je crois qu'il est temps que je parte en vacances.

Mai 2010
Voyage n° 2 : la Grèce

Les vacances, c'est quand même un putain de bon concept… Enfin, ça serait un concept parfait s'il n'impliquait pas intrinsèquement son opposé.

Avec Partenaire Chocapic, nous avons décidé de partir en vacances pour fêter la fin de mon CDD au journal et mes retrouvailles avec mon lit-bureau.

C'était aussi pour fêter ma prise de décision. En effet, au journal, malgré mes difficultés d'adaptation socialisante, ils étaient assez satisfaits de moi pour proposer de m'embaucher. Je ne vous raconte pas la catastrophe quand ils m'ont annoncé cette nouvelle. J'allais devoir faire un choix = la fin du monde. Ce poste, ça voulait dire être payée pour écrire. Sauf que… Bah sauf que, dans ce cas-là, je ne finirai jamais mon roman, je le sais. Et puis, aller tous les matins, à heure fixe, dans un bureau, même si c'est pour faire un travail intéressant, ce n'est pas ce que je voulais. Je n'ai pas galéré depuis deux ans pour abdiquer maintenant et sacrifier mon présent par peur de l'avenir.

Ça sert à quoi de vivre si c'est pour jouer la carte de la sécurité et, au final, passer son tour ? Évidemment, tout cela part du principe que la vie est une partie de poker – ce qui n'a jamais été prouvé pour le moment.

Ai-je pris la bonne décision ? L'avenir, mon banquier et ma mère trancheront.

Donc pour me remettre de cette décision suicidaire/courageuse, Partenaire Chocapic et moi sommes partis en Grèce.

Il est important de savoir que j'aime pas la Grèce. Ça fait longtemps et je n'ai aucunement l'intention de changer d'avis sur la question. Je suis quand même repartie là-bas parce que je suis bonté, compassion, don de soi, et que j'ai senti que j'allais m'en manger une si je refusais encore une destination de vacances.

Pourtant, entre la Grèce et moi, c'était bien parti.

D'abord, j'ai fait quatre ans de grec ancien, dont deux en intensif à raison de cinq heures par semaine. On ne m'avait pas mis un flingue sur la tempe. À l'époque, j'étais complètement enthousiasmée à l'idée de lire Sophocle dans le texte. D'ailleurs, j'ai eu 19 au bac, sachez-le. (J'aime assez égrener de-ci de-là mes excellentes notes au baccalauréat.) Au final, tout ce qu'il me reste de ces centaines d'heures, c'est évidemment « *ó kallos ippos* » (avec un esprit rude sur le o).

Ça veut dire : « le beau cheval ».

Ça peut être assez utile, quand tu vas en Grèce à cheval.

Moi, j'ai pris l'avion.

Autre point qui aurait dû m'amener à aimer ce pays : j'aime pas les riches. Ça n'a rien de politique. Juste, les riches sentent mauvais parce qu'ils mettent trop de parfum. Et aussi, ils s'habillent comme des putes.

Dernière chose : j'adore la moussaka et le yaourt au miel.

Sauf que, quand je suis allée en Grèce, avec Meilleure Amie, du temps de la fac, j'ai pas aimé. D'abord, j'ai pas aimé faire cinq kilomètres à pied pour aller voir un temple d'Athéna, m'arrêter devant un caillou somme toute fort banal et à côté d'une pancarte : « ICI se dressait le temple d'Athéna, avec ses 52 colonnes doriques, son fronton représentant la bataille de Troie. L'intérieur était orné de peintures rouges représentant les dieux de l'Olympe. »

Ensuite, j'ai pas aimé les Grecs. Mais, là, j'ai pas trop d'arguments pour développer. Enfin, si. J'ai une anecdote. L'anecdote qui fait que je suis assez connue à Naxos. Je crois même qu'ils ont érigé un caillou à ma gloire.

À Naxos, j'étais donc partie contempler un vestige de temple. (J'avais pas encore compris l'arnaque.) Pour prendre des forces – fallait quand même marcher vingt minutes au soleil (en sport, je vous le dis tout de suite, j'ai pas eu 19 au bac) –, j'avais mangé une bonne moussaka. Après, on a vu le caillou en question. Ensuite, on a voulu rentrer. On a pris le bus. Je ne me sentais pas très bien, je voulais m'asseoir, je me suis donc installée à côté d'une grosse Allemande en short. J'étais accompagnée de Meilleure Amie, qui, au vu de mon teint livide, est restée debout à côté de moi. On était hyper-serrés, le bus était blindé. Je dodelinais de la tête sur mon siège, le bus roulait dans les montagnes, on allait de zigzag en zigzag. À un moment, j'ai compris que la moussaka, elle passait pas du tout. Mon ventre avait clairement décidé qu'il n'en voulait pas. Comme, à l'époque, je ne m'étais pas encore fait greffer d'autre organe où stocker ce que mon ventre refuse, j'ai senti que j'allais vomir. Là, tout de suite. Dans la seconde. J'ai alors levé une tête affolée. Meilleure Amie m'a regardée et m'a dit : « Non, *tu ne vas pas* faire ça. » Ce qui était absurde, vous l'avouerez. En l'espace de quelques nanosecondes, j'ai alors dû évaluer la situation. Un peu à la manière d'une Jack Bauer du vomi. L'option n° 1 consistait à vomir sur Meilleure Amie, qui se trouvait debout à côté de moi. Mais elle portait un pantalon blanc. L'option n° 2, c'était de me vomir sur les genoux. Ce qui, franchement, est humainement impossible. C'est un peu comme essayer de s'auto-étouffer à mains nues. L'organisme refuse. J'ai donc opté pour l'option n° 3, qui a consisté à me tourner vers ma voisine, la grosse Allemande, et à sciemment lui dégueuler sur les cuisses. Cuisses qu'elle avait dénudées, rapport à son short trop petit et trop court.

C'était horrible.

Surtout pour moi, parce que c'était un gros vomi assez douloureux à cause des morceaux d'aubergine.

L'Allemande, elle a crié. On aurait dit que j'étais en train de la violer. (La nuit, parfois, j'entends encore son hurlement de dégoût.) Elle a essayé de s'enfuir, mais elle était bloquée – notamment par moi qui occupais le siège côté couloir. En plus, elle était trop grosse, et l'espace, tout petit. Du coup, elle a été obligée de rester assise. Le bus s'est arrêté. Je suis descendue finir mon gerbouillis tranquille sur le bord de la route, et là, vous ne devinerez jamais, LE BUS A REDÉMARRÉ. Sans moi.

Putains d'enculés de Grecs.

Mais donc, malgré toutes les promesses que je m'étais faites à moi-même, je suis retournée en Grèce pour faire plaisir à Partenaire Chocapic. Le premier avantage, c'est que je risquais pas d'être déçue. C'est un peu comme si je me décidais à manger des épinards. Le second, c'est que j'aime bien aller dans les pays frappés par une terrible crise économique. En 2002, j'étais en Argentine. C'était chouette. C'était la première (et unique) fois de ma vie où j'avais l'impression d'être une Rothschild, alors que j'avais juste bossé deux mois au SMIC comme gardienne d'immeuble pour l'OPAC, mais c'est une autre histoire.

Sauf que, cette fois, les pauvres habitants qui vont se payer un méchant plan de rigueur, ils avaient l'air de s'en battre les couilles sévère. (Exception faite des fonctionnaires.) Soyons claire, j'ai une affection particulière pour les gens qui n'aiment pas travailler. En la matière, je me considérais un peu comme une championne. Jusqu'à la Grèce. Parce que là, mes amis, on est face à des sortes de champions du monde de l'inefficacité paresseuse et de l'amateurisme.

Même au restau, le serveur, on a l'impression qu'il est là par erreur. Il remplace son cousin qui est malade, mais, en vrai, il est plombier, pas du tout serveur. Donc quand il vous apporte à boire, il s'arrête solennellement devant votre table. Il s'apprête à poser la carafe d'eau. Et là, il hésite. Il se ravise. Remet la carafe sur son plateau et regarde longuement votre table et son plateau. Par quoi doit-il commencer ? Finalement, il se décide pour un verre. (Je sais pas trop pourquoi, dans son esprit, il vaut mieux commencer par le verre que par la carafe.) Il pose un verre devant Partenaire Chocapic. Il va pour poser le deuxième verre, mais s'arrête brusquement. Il reprend le verre et finalement le place devant moi.

À ce stade, il fait une pause réflexive. Doit-il me servir de l'eau avant de poser le deuxième verre ? Finalement non. Il pose le deuxième verre. (Là, ça fait deux minutes qu'on ne parle plus, fascinés.) Ensuite, c'est facile, il ne reste plus que la carafe d'eau. Mais Partenaire lui demande un cendrier. Panique à bord. Apporter tout de suite le cendrier ou finir ce qu'il a commencé ?

Alors autant dire que notre pognon, avec ses 5 % d'intérêt, on n'est pas prêts de le revoir, mes enfants.

Du coup, j'en profite pour passer un message à M. Strauss-Kahn, et ainsi accomplir mon devoir de délation républicaine. Cher monsieur, je tiens à vous signaler que les Grecs, ils ne nous rembourseront jamais notre pognon. Parce que les Grecs, monsieur Strauss-Kahn, ils passent tout au black.

Sinon, si on résume, en Grèce, y'a rien à foutre, à part aller à la plage. Dommage qu'elle soit jonchée d'aérosols.

Je sais pas pourquoi, ça a complètement déprimé Partenaire. Il a commencé à angoisser, à transpirer, à secouer la tête. « Non mais là, ça va pas, c'est pas du tout paradisiaque… »

Évidemment, au lieu de le rassurer, je me suis dit que c'était le bon moment pour l'enfoncer un peu.

« Oui, c'est la Grèce, quoi. C'est toi qui as choisi cette destination. »

Pour lui remonter le moral, on est allés manger. (J'ai une vision assez simple de la psychologie masculine.) Sauf que, dès qu'on entrait dans un restau et qu'il entendait parler français à toutes les tables, il devenait tout pâle et recommençait à transpirer. (En même temps, j'avais acheté le *Guide du routard* pour choisir les restaus...)

Au bout de deux jours d'apathie, Partenaire est tombé dans une sorte de *delirium tremens*. Il s'est levé un matin d'excellente humeur : il avait décidé qu'on serait seuls en Grèce. (Me posez pas de question, je sais pas, peut-être que c'est l'effet du poulpe grillé.) À compter de ce jour, il a mis un soin particulier à éviter tout endroit touristique, ce qui, en Crète, est une gageure à peu près équivalente à celle de trouver un dauphin dans la Seine. D'abord, il a fallu se déplacer uniquement en taxi. Parce qu'il ne supportait pas que, dans les bus, il y ait plus d'Allemands que de Grecs. Moi, je m'en foutais, j'aime ni les uns ni les autres. On restait de longues heures terrés dans la chambre, les sacs à portée de main, le blouson sur le dos. Partenaire était tapi derrière la fenêtre à observer la rue. Brusquement, il levait la tête et hurlait : « ON Y VA ! GO, GO, GO ! » Il fallait alors se précipiter dehors en courant, comme si on allait sauter en parachute. Sauf que c'était pour « aller se balader », parce que c'était le créneau horaire où les autres touristes étaient rentrés dans leur hôtel.

Du coup, on s'est levés tous les matins à 8 heures pour faire semblant d'être seuls sur l'île. On allait se baigner à midi pile, quand il faisait trop chaud et que tout le monde était à l'ombre, au restau. On vivait en parallèle du reste du monde.

J'avais l'impression d'être une enfant juive en vacances d'été 1944 à Berchtesgaden (nid d'amour d'Adolf et Eva).

Quand il n'y avait plus ni *Libé* ni *Le Monde* au kiosque à journaux, il fallait surtout pas dire que c'était à cause des trois cent quatre-vingts Français qui étaient passés une heure avant nous sur le port, mais « ah, c'est l'aéroplane de Crocodile Dundee qui a dû tomber en rade ».

Grâce à ces subterfuges, Partenaire était heureux. On a alors pu se livrer à la seule activité vacancière qui vaille le coup : un concours de bronzage (comme j'ai pas de pénis, on peut pas faire de concours de bite, alors on remplace). Je bronze très vite (comprendre = j'ai un énorme sexe). J'en tire une grande fierté (= je suis la plus forte). Au bout de quatre jours, je paradais : « Regarde comme je suis plus bronzée que toi. » Partenaire a dû l'admettre. Il a ajouté : « Mais tu bronzes bizarre. » J'ai levé un sourcil de mépris. Puis j'ai mieux regardé ma peau tannée, et là, horreur.

J'ai découvert que je bronzais Jennifer Aniston.

Je bronze orange.

Je bronze moche.

Du coup, maintenant, j'attends de débronzer.

Une des choses que j'aime le plus, après Internet

Désormais, je ne suis plus seulement une journaliste qui tente de saisir une infime parcelle de la réalité de notre pays, je suis également une femme brisée.

Aujourd'hui, point de gaudriole, mais tristesse infinie.

Il m'est arrivé un terrible drame. Tellement grave que, pendant deux semaines, je n'arrivais plus à écrire. Je sais, vous imaginez que c'est encore de la blague, mais non, vous allez voir, vous aussi vous allez chialer. C'est juste un pan de l'Internet tout entier qui s'effondre.

Il y a cinq jours, une chose terrible s'est produite chez moi. Tout le monde a disparu. À l'exception de deux personnes. Nous sommes trois à vivre dans cet appart.

Il manquait Tikka.

Cette grosse truffe s'est faufilée par la porte de l'appart pour explorer le vaste monde. (Visiblement, elle n'avait pas compris que le vaste monde était plus beau sur Internet.) Mondieumaisquecechatestcon. On a sonné chez tous les voisins, ce qui a été l'occasion d'échanger quelques mots fort agréables avec Ouin-Ouin.

« MMMMMMMMpitichatalalalala…

— Mais est-ce que tu l'as vu, Ouin-Ouin ?

— OUIOULALALAOUIiiiijjjjskdiiimmmaajjiii… Premierétage. Piti chat terrorisé. Pas pu le caresser. Terrorisé.

— Donc, tu ne l'as pas mangé, c'est ça ?

— Non. (Là, Ouin-Ouin a fait un grand sourire avant d'ajouter :) Pas pu l'attraper. »

Le voisin de Ouin-Ouin, qui fait cent kilos pour deux mètres, le tout tatoué de dragons, m'a également dit avoir vu Tikka, mais qu'il ne l'avait pas attrapée parce qu'il a peur des chats. « Ça aurait été un chien, j'aurais pu. Mais un chat, ça griffe. » Heureusement que j'ai pas perdu un hamster, le mec aurait plus jamais pu s'endormir tranquille avec cet être de l'enfer en liberté dans le quartier.

En attendant, je me berce d'histoires incroyables de chats qui retrouvent leur maison. Elle va revenir, bien sûr. Un soir, je vais la trouver sur le palier. Mais je me demande vraiment comment elle va faire le code (c'est vachement haut, un digicode). Comme elle a pas la clé, il faut qu'elle pense à sonner à l'interphone des voisins si je suis pas là.

On a donc sacrifié l'esthétique du quartier en mettant des affiches partout. On ne parlera jamais assez du traumatisme de coller une affiche « disparue » ou « recherchée ». J'aurais tout aussi bien pu mettre : « Lamentable être humain qui mériterait de pourrir dans un marécage avec les jambes et les bras coupés en mangeant des chaussettes a perdu son chat qui était tellement malheureux et maltraité qu'il préfère encore vivre dans une poubelle. » Pour l'anecdote, j'ai été confrontée à un dilemme. J'allais mettre une affiche sur une vitrine de magasin qui était vraiment idéalement bien placée, et puis je me suis rendu compte qu'il y en avait déjà une de la petite Estelle Mouzin. J'ai un peu hésité. Mais j'ai pas osé.

Comme, les affiches, ça suffisait pas, j'ai eu une idée de génie. Mettre un bout d'un de mes vieux tee-shirts sales sous la porte cochère de l'immeuble. Pourquoi ? Mais c'est évident ! Quand Tikka va se promener dans le quartier en cherchant la maison, c'est pour lui indiquer à l'odeur que, chez elle, c'est ici et qu'elle doit attendre qu'on lui ouvre. (Rapport à la hauteur du digicode, hein.) J'étais passablement fière de mon idée. D'abord, j'ai pas trop compris quand Partenaire m'a regardée avec des larmes au bord des yeux. J'ai insisté : « Non mais, c'est génial, comme idée, tu trouves pas ? ! » Il m'a juste dit, la voix étranglée : « Oui, oui. Fais-le, ça te fera du bien. »

Comme j'étais un peu frustrée qu'il ne s'incline pas devant tant d'esprit d'entreprise, je l'ai raconté à une amie qui a une faculté particulière pour l'optimisme et l'enthousiasme. Sauf que, là, elle a fondu en larmes et elle s'est contentée de me dire : « C'est le truc le plus triste que j'aie entendu de ma vie. »

Je l'ai quand même fait.

Pour l'instant, ça n'a pas trop bien marché. Mais peut-être qu'elle est enrhumée en ce moment.

C'est l'occasion pour moi de répondre à une interrogation : que se passe-t-il quand on met des affiches avec un numéro de téléphone ? Eh bien, les gens appellent.

« Allô ? Vous avez perdu votre chat ? Moi, je retrouve tout le temps plein de chats sous les voitures. Vous devriez regarder. » Le conseil qui sert à rien.

« Allô ? T'as perdu ton chat ? Ouais… j'l'ai p't'être. C'est koi, la récompense ? Hein ? Attends, j'vais réfléchir. » Le racaillou qui sert à rien.

« Allôôô ? Parlez plus fort, j'ai 88 ans, vous savez. C'est terrible pour ce petit chat. Terrible. Il est pas tatoué en plus ? ! Oh là là !… C'est vraiment terrible… Je vais prier très fort. » La vieille qui sert pas à grand-chose à part me faire culpabiliser.

Et mon préféré, un nombre démentiel d'appels pour me dire :

« Allô ? J'ai vu un chat sur un toit hier. »

Super. Merci.

Mais, après, c'est pire. Parce que les gens arrêtent d'appeler. Et les affiches disparaissent une à une.

Heureusement, ce matin, quelqu'un dit l'avoir peut-être vue, mais pas sûr, rue de Paradis. Alors, aujourd'hui, je vais aller faire le tour de la rue en agitant une boîte de croquettes et un tee-shirt.

J'ai aussi testé l'Internet des gens qui perdent ou trouvent des chats. Sur chat-perdu.org, ils ont carrément fait une carte des chats de France. Ce qui m'a rassurée, c'est de voir le nombre de gens nuls comme moi qui devraient être déchus de leurs droits de citoyens parce qu'ils ont perdu leur chat. J'ai aussi bien aimé la rubrique témoignages (parce que évidemment, c'est jamais les gens qui ont pas retrouvé leur chat qui viennent témoigner). À part ce témoignage-là, les gens auraient mieux fait de s'abstenir : « Nous venons de retrouver notre chat Mattéo, disparu depuis le 24 janvier 2009. Après plus d'un mois et demi dans la nature, il a été retrouvé dans la cour du service de voirie de notre commune. Il est en très mauvais état, il ne peut pas marcher et il a énormément maigri. Il m'a reconnu de suite et a rampé jusqu'à moi, puis il a ronronné de toutes ses forces. Je l'ai aussitôt amené chez le vétérinaire, qui fait tout son possible pour le remettre sur pattes. Nous gardons espoir, il recommence doucement à manger. »

Si c'est pour récupérer un chat cul-de-jatte qui se déplace en rampant, c'est pas top. Surtout que déjà, avant, Tikka était quand même chelou, alors après deux semaines à fumer du crack dans la rue, j'ose pas imaginer ce que je vais récupérer.

La coiffeuse

En premier lieu, je n'ai point retrouvé Tikka.

Comme j'étais malheureuse, j'ai décidé que j'étais moche. Du coup, j'ai longuement traîné sur des forums de moches. (Parce que évidemment, sur les forums beauté, c'est pas des meufs trop belles qui viennent poster, parce que les meufs trop belles, ce temps précieux, elles le consacrent à niquer et elles ont bien raison.) Ça a été une grosse révélation pour moi et j'ai enfin compris mon erreur. Moi qui pensais naïvement que Doctissimo faisait la loi sur le Web français, je rectifie mon appréciation : Auféminin règne en maître. Si j'étais un prédateur sexuel, j'irais chasser sur… Auféminin.

Finalement, j'ai décidé d'aller chez le coiffeur. Ça prouve que j'étais vraiment désespérée. Je suis nulle en deux choses dans la vie : en chaussures et en cheveux. Du coup, j'en achète jamais (ni des chaussures ni des cheveux, vous avez bien compris). Je suis nulle en cheveux parce que, profondément, c'est un domaine qui ne m'intéresse pas. Comme j'ai horreur de me confronter à ma nullité dans un domaine, je ne vais jamais chez le coiffeur.

Ça existe vraiment, les individus qui entrent dans un salon de coiffure en disant des trucs précis ?

« Alors je voudrais un effilage derrière, deux mèches asymétriques, mais de longueur égale à peu près à ce niveau, vous voyez, et ensuite un dégradé qui irait vers l'avant. »

Toujours est-il que la conséquence directe de mon incapacité à choisir une coupe (et plus simplement à nommer une coupe de cheveux), c'est que j'ai toujours choisi des coiffeurs qui me maltraitaient, des coiffeurs qui sentaient qu'ils pourraient facilement avoir l'ascendant sur moi, ce qui m'arrange, parce que je suis une soumise du cheveu. J'entretiens clairement un rapport sado-masochiste avec mes coiffeurs.

Rappelons-nous que, avec ma kiné, c'était pas mieux. Mais, au moins, cette salope de kiné me faisait physiquement du mal. Avec les coiffeurs, j'aime moins, parce que c'est une torture purement psychologique.

Il y a quelques années, quand j'ai découvert Ben le coiffeur, j'étais convaincue que je ne pourrais décemment pas trouver un coiffeur qui me traiterait plus mal que lui. (Ni un coiffeur chez qui je pourrais fumer.) Ben m'insultait, me disait que j'étais moche, que mes cheveux étaient affreux et, surtout, il ne me demandait même pas ce que je voulais comme coupe, vu que, dans son esprit, j'étais une sombre merde à peine capable d'articuler trois mots : « Bonjour, combien, merci. » Le fait que je m'obstine à lire du Roland Barthes pendant qu'il m'insultait n'y changeait rien.

Malheureusement, Ben a dû fermer son salon et j'ai dû changer de coiffeur. Alors, j'ai rencontré Caro. Pur miracle. Soyons claire : Caro me terrorise. Caro ne me reconnaît jamais (en même temps, j'y vais une fois l'an). Caro n'aime pas trop son travail. En règle générale, Caro est toujours de mauvaise humeur. (Caro est très française.) J'imagine très bien que Caro était la rebelle la plus cool de son lycée.

L'autre jour, donc, je me speede pour ne pas arriver en retard à mon rendez-vous de 15 heures, sinon ça allait mettre Caro de mauvaise humeur. J'entre dans le salon, je tente un sourire timide. Caro me regarde, me passe devant et… sort du salon. Pas pour fumer une clope, hein. Elle se barre. Sa collègue m'explique : « Elle va à la banque. » Ah ! OK ! Normal…

15 h 30 : Caro revient et fume une clope.

15 h 40 : Caro m'installe et me demande ce que je veux. Alors que je bafouille : « Je sais pas, faire un truc, une coupe, couper un tout petit peu les pointes et refaire des mèches sur le côté », Caro se retourne vers sa collègue et dit : « PUTAIN, ma mère me pète les couilles… Chuis d'une humeur de merde, là… Fait chier, BORDEL. »

Après, elle a pris ses ciseaux et j'ai compris qu'elle avait pas écouté un mot de mes explications, mais j'ai rien osé dire. Elle continuait à raconter ses emmerdes à sa collègue et, moi, je souriais bêtement quand elle faisait une blague.

Là où j'ai arrêté de sourire, c'est quand elle a pris mes cheveux de devant et qu'elle a coupé et que, dans le miroir, je me suis vue avec une frange. (Je mens. J'aurais jamais eu le courage d'arrêter de sourire. Donc, je souriais toujours aussi bêtement, mais avec des larmes dans les yeux.)

À la fin, Caro m'a regardée. Ça devait être la première fois, j'avais les yeux rougis, et elle a eu cette remarque sublime, sur un ton plein de contentement : « Ah bah, c'est la première coupe que je réussis aujourd'hui. »

Notons au passage que cette coupe, Caro doit bien la maîtriser, parce que je suis ressortie du salon avec exactement la même tête qu'elle m'avait faite en décembre 2007.

2 juillet 2010
Ma mère avait raison, j'aurais dû devenir prof

Je suis de semi-bonne humeur. D'une bonne humeur mitigée qui ne demande qu'à basculer vers l'outre-noir. Entre autres parce que je ne comprends pas comment je gère mon temps.

Le problème, c'est que je ne parviens pas à dépasser le traumatisme d'être privée de grandes vacances. Vu l'énergie que j'ai dépensée à rester accrochée à l'Éducation nationale comme un morpion à un poil de prêtre, j'ai pu atteindre un âge avancé sans vivre cette infamie : continuer à travailler en été pareillement que le reste de l'année. Normalement, à partir de début juillet, c'était la quille. Souvent, je travaillais quand même, mais c'était des jobs d'été, ces boulots auxquels la tradition veut qu'on arrive avec la gueule de bois pour oublier que le travail, c'est la mort.

Je sais, mon cas n'est pas exceptionnel, c'est celui de la majorité des gens. Laissez-moi vous dire que ça n'adoucit pas du tout ma peine. Chez moi, c'est une question d'ordre biologique. Mon organisme est formé à un rythme dit « scolaire ». Mais c'est même pire que ça. Je me rends compte que durant l'année tout mon être est tendu vers un but ultime : arriver à cette période de deux mois où je me lève à midi, je traîne, je bouquine, je sors me biturer grave dans la soirée et, en rentrant, je peux me permettre de regarder la télé très tard dans la nuit parce que, de toute façon, il fait trop chaud pour dormir.

Là, on est lundi, et comme me l'a fait remarquer un interlocuteur amicalo-professionnel au téléphone : « Je ne pensais pas que tu répondrais au téléphone un lundi à 10 heures du mat'. »

Moi non plus.

Et j'en suis pas fière.

La seule perspective que j'ai devant les yeux, c'est de voir s'approcher à grands pas et enjambées rapides le mois de septembre absolument identique à tous les mois précédents. Rhâââ… Mais, bon Dieu, pourquoi je suis contre les antidépresseurs ? Pourquoi ai-je une telle droiture morale et une telle intégrité intellectuelle ?

À l'heure actuelle, je sais que c'est les vacances d'été parce que :

1°) les grilles de France Inter ont changé ;

2°) « Secret Story » a commencé.

Mais bordel de chiottes à loutre : comment un mec a pu se faire élire avec un slogan qui parlait de travailler plus ?

J'ai décidé de louer un bureau. C'est-à-dire de payer pour un endroit où je vais procéder à l'exploitation de moi-même par moi-même. Pourquoi dépenser des sous dans la location d'un lieu de torture non sexuelle ?

Pour régler enfin mon problème de travail. On aura compris que, ces derniers temps, j'ai du mal à mobiliser mon impressionnante force de travail. Bosser chez soi n'aide pas, parce que, quand vous travaillez à la maison, la frontière entre travailler et passer l'aspirateur est incroyablement ténue.

Parce que, de manière générale, à la maison, y'a toujours un truc mieux ou plus urgent à faire que d'écrire un article ou de finir mon roman. Je sais pas ce qui se passe dans le cerveau, qui, à un moment, vous convainc sincèrement qu'il est plus urgent de classer les BD par ordre alphabétique plutôt que d'écrire un papier.

Parce que, passé 14 heures, il devient impossible de travailler. À ça, il y a une variante. Il y a le pigiste qui n'arrive pas à se mettre à bosser avant 15 heures. Ce qui veut dire qu'en France, entre 14 et 15 heures, aucun pigiste ne bosse (14 heures, c'est aussi l'heure de diffusion des « Feux de l'amour ». Coïncidence ? Je ne crois pas).

Parce que la pause café traditionnelle du bureau, pour un free-lance, c'est souvent une pause Youporn.

Parce que, si je veux un jour finir d'écrire le roman

que je traîne comme un boulet depuis des années, il faut prendre une décision radicale.

Parce que, pour un pigiste, le distinguo vie privée et travail n'existe pas. Comme le pigiste n'a pas d'horaires (chose dont il se félicite), qu'il peut glander toute la journée ou bosser vingt heures par jour selon les moments, il lui faut impérativement délimiter un espace « vie professionnelle ». C'est déjà ce que disait Virginia Woolf dans *Une chambre à soi*. Si vous travaillez à la maison, il se passe un phénomène étrange. Tous les moments que vous passez chez vous sans travailler (y compris une simple soirée télé) deviennent source de culpabilité. Bosser à la maison, c'est aussi ne plus pouvoir glander tranquille.

Parce que, quand vous vivez à deux, il est très difficile de faire comprendre que « non, contrairement aux apparences, ceci n'est pas ton salon, mais mon bureau ». Et, conséquemment, que « c'est peut-être ton jour de repos, mais tu ne peux pas inviter des amis, ni regarder la télé, ni téléphoner, ni faire le ménage, et d'ailleurs si tu pouvais arrêter de respirer, ça m'arrangerait parce que je suis en train de travailler ».

Pour autant, j'appréhendais de partager un bureau parce que :

1°) je supporte mal la présence de gens dans la même pièce que moi plusieurs heures d'affilée ;

2°) jamais de ma vie j'allais prendre le métro pour aller au bureau. Déjà que j'aime pas travailler, si en plus faut se préparer et se taper vingt minutes de transport pour passer une journée nulle (le travail, c'est nul par essence), c'était pas la peine. Du coup, j'allais juste m'en vouloir de payer un loyer pour rien ;

3°) de toute façon, ça allait être trop cher.

Or, j'ai trouvé :

1°) un bureau pas cher ;

2°) un bureau à trente mètres de chez moi ;

3°) un colocataire de bureau parfait.

Pouvoir bien faire pipi au bureau, c'est important – convenons-en.

Les chiottes de mon bureau fourmillent de mille détails inattendus comme un bouquet de fleurs de chez Interflora. À ce foisonnement d'excentricités, une raison : ce ne sont pas des toilettes d'entreprise, mais des toilettes de free-lances créatifs. Vous allez voir, dès qu'on laisse aux travailleurs la liberté de s'exprimer, ils égayent les chiottes.

1°) Dès l'entrée, le panneau pour faire genre sans faire genre : une aimable cabane de plage avec un cœur et en dessous écrit « Toilettes ».

2°) Sur le mur de gauche, quelqu'un a affiché un rébus… J'aime pas les rébus depuis que j'ai inventé un système associant une graphie à un phonème, un truc que j'ai appelé « alphabet », je vois pas l'intérêt.

3°) Attention. Ce n° 3 se retrouvait quand on était jeune dans toutes les chiottes des parents et, déjà à l'époque, je me demandais pourquoi.

Pourquoi l'affiche culturelle dans les lieux d'aisances ?

Là, on est face à une vraie déviance.

Vous avez forcément tous vu ça. Vous en avez peut-être même mis chez vous. L'affiche d'une expo qu'on sait pas où foutre, qui mérite pas qu'on change la déco du salon en déplaçant la reproduction de Klimt et le poster de Doisneau. Eh bien, ce poster, on aurait pu le ranger. Ou le jeter. Voire pas l'acheter. Mais non. On décide de le mettre dans les toilettes. Mais, mes amis, les toilettes, c'est pas la poubelle de l'appartement.

Deux questions : pourquoi ? Et, accessoirement, qui est le premier mec au monde à avoir eu cette idée tordue ? Voire, plus intéressant, qui est le premier à avoir vu ça chez un pote et à s'être dit : « Je vais faire pareil, moi aussi je veux montrer à mes invités que je fais caca, mais que je vais aussi à Beaubourg. » Ne peut-on pas y discerner une honte des toilettes, et un désir de masquer l'abjecte réalité ? N'y a-t-il pas chez ces gens un petit enfant bloqué au stade anal et qui pleure seul la nuit en appelant une maman qui ne vient pas ?

Sur la page Wikipédia de stade anal, ils parlent de « boudin fécal ». Je pense que, comme insulte, ça a de l'avenir.

Nous, au bureau, non seulement on a un poster culturel, mais, de surcroît, on a le poster culturel avec des jeux de mots poétiques qui me donnent envie de ne plus savoir lire. Sur notre poster culturel, il y a écrit ÊTRE ANGE DESTIN, avec en dessous une fumée de cigarette qui se transforme en colombe, et à côté EAU DELÀ[1].

---

1. *Nota bene* : les cartes et planisphères en tout genre n'entrent pas dans la catégorie de l'affiche culturelle. Je suis persuadée que, si certains de mes amis sont bons en géo, c'est parce que leurs

Théorie sur la vie n° 3 : le syndrome du connard merveilleux

Tout au long de ces années passées à réfléchir sur ma vie amoureuse plutôt que de travailler à conquérir le monde, j'ai élaboré moult théories sur les rapports hommes/femmes au sein d'un contrat copulatoire de long terme. Je me dis que c'est bien bête d'en priver le monde (vous êtes le monde).

Remontons à l'enfance d'un individu que nous appellerons Guenièvre. Vous allez me dire, petite, la mère de Guenièvre lui lisait des histoires de prince charmant et, désormais, elle attend un homme merveilleux. Mes enfants ! Mais quelle naïveté charmante de votre part ! Ça, c'est peut-être le cas de Mélisande, la cousine germaine de Guenièvre, mais Guenièvre, elle, nourrit des ambitions névrotiques autrement plus élevées. Guenièvre, à l'âge adulte, n'attend pas le prince charmant, elle cherche le connard merveilleux.

Prenons mon cas pour le considérer comme universel en faisant fi de toute la méthodologie scientifique chère à Claude Bernard. Moi, le prince charmant, ça a dû me passer vers l'âge de 6 ans. Après, j'ai sombré dans l'attente du bad boy charmant. Vous me direz, en un sens, tant mieux, c'est plus facile à trouver. En fait non. Parce que tout connard n'est pas charmant.

---

parents ont poussé la perversité jusqu'à foutre une carte du monde sur la porte des toilettes et que mathématiquement, à force de la voir, ils l'ont intégrée. Tu chieras, mais tu apprendras, mon fils. *Chiratas sed apprehenderes mi fili.*

Ce qui attire dans le connard, ce n'est pas son essence de connard. Ça, c'est ce que pensent certains garçons qui me disent : « De toute façon, les filles, elles préfèrent toujours les connards. » Eh bien non, ce qui attire Guenièvre, c'est la possibilité de sauver le connard, de le dé-connardiser. En religion, il y a un mot pour ça : la rédemption.

Ce qui a fini de niquer la psychologie de Guenièvre, c'est que la télé l'a abreuvée de ce scénario. Ça a commencé très jeune avec les dessins animés. Dans « Olive et Tom », certes, Olivier Atton était sympa, on avait envie de l'inviter à notre goûter d'anniversaire, mais son potentiel érotique était fortement limité face à ce connard de Thomas Price.

Thomas Price n'est qu'un exemple. Les filles qui rêvaient d'épouser Son Goku mais fantasmaient secrètement sur Végéta sont mal barrées. (Rappelons au passage que l'état de Super Saiyan est évidemment l'expression d'un inquiétant problème de priapisme.)

Et puis, il y a eu *le* fantasme total. L'homme qui incarnait tous les contraires : Albator, ses cheveux longs, sa cicatrice, sa cape tête de mort.

Après les mangas, il y a eu les séries. Ce qui m'amène à dire que Pacey (dans « Dawson »), Logan (« Véronica Mars »), Dylan (« Beverly Hills »), Spike (« Buffy contre les vampires »), Doug Ross (« Urgences ») sont en réalité un seul et même personnage. Pour que la série fonctionne à fond, on adjoindra au connard le gentil prince (Dawson, Duncan, Brandon, Dawson, Riley, etc.) qui lui sert de faire-valoir.

Historiquement, un peu avant Dylan, il y a eu Musset et tous ses héros. Avis aux filles névrosées : je vous conseille de lire *Lorenzaccio*, ça, c'est du vrai connard à fort potentiel érotico-rédemptif.

Dans l'Antiquité, la fiction – en l'occurrence le théâtre – était fondée sur la catharsis, qui permettait au spectateur de projeter toutes ses pulsions et d'en sortir débarrassé dans la « vraie » vie. C'était une sorte de purge. Sauf que, visiblement, un truc a complètement foiré dans le processus. Les spectateurs n'en ressortent pas libérés de leurs passions, mais au contraire complètement renforcés dans leurs névroses. (C'est bien pour ça qu'on peut leur refourguer le même scénario dans huit cents séries différentes, ça marche toujours.)

Le problème, c'est que douillettement installée dans son fantasme, cette cruche de Guenièvre va chercher la même chose IRL. Et, dans la vie, l'histoire avec le connard finit en catastrophe et tonnes de Kleenex, puisque tout cela n'est que projection de fantasmes.

Le nœud inextricable dans l'histoire avec le connard merveilleux, c'est que Guenièvre n'est pas vraiment attirée par l'individu lui-même, mais par le possible devenir de cet individu. En clair, elle fantasme total. Et comme elle a sa pré-grille de lecture fantasmatique de l'homme, elle mettra une énergie folle à croire voir dans certains gestes une possibilité de rédemption du bad boy. Quand ses amis lui diront : « Meuh non… Guenièvre, il veut juste te niquer », elle dira : « Oui, je sais que c'est vrai, mais, en même temps, je sais que c'est pas vrai. » Parce que toute Guenièvre croit qu'elle, contrairement aux autres, y arrivera, accomplira le miracle et la prophétie.

Pire. Que le miracle s'accomplira de lui-même. Que le bad boy tombera fou amoureux d'elle simplement en la voyant et que cet amour le transcendera. Comme si la Guenièvre portait en elle une essence divine qui agirait sur l'individu malgré lui. (D'où les « il fait semblant de s'en foutre, mais en fait il lutte contre ses sentiments parce qu'ils lui font peur ». Oui, parce que arrive toujours un moment où, au début du processus de rédemption, le connard est effrayé par l'humanité qu'il ressent et cherche à fuir.)

Dans le fond, Guenièvre veut qu'à son contact l'homme change. Or, comme elle préférerait quand même une amélioration, Guenièvre choisit le connard pour le déconnardiser (plutôt que de dé-princer le prince charmant, elle est pas non plus complètement débile). Mais pourquoi est-elle tout excitée à l'idée que l'homme change à son contact divin ? Guenièvre, d'une certaine manière, cherche à donner une seconde naissance au connard. Ce qui symboliquement ferait d'elle à la fois son amante et sa mère, ce qui est un excellent moyen d'anéantir sa future belle-mère, et symboliquement sa propre mère. Bref, de devenir la femme toute-puissante parce que préférée à toutes les autres sur terre et en sus de bénéficier de la protection totale de l'homme.

Guenièvre veut être Dieu.

La semaine dernière, j'ai fait un rêve qui aurait fait frétiller de bonheur la concierge de Freud. En substance, ça se résume à une phrase :

« Pourquoi attendre d'avoir une clé que tu n'auras jamais… pour ouvrir la serrure. »

Ce n'est pas une traduction moderne d'un sonnet de Du Bellay, mais une phrase venue directement de mon inconscient. Et ouais, je fais des rêves comme ça. Si vous voulez fonder une religion dont les versets seraient tous tirés de mes rêves, *feel free*. En l'occurrence, ça venait du Chef du journal, avec qui je communiquais par mail télépathique, comme si les pages Web s'imprimaient directement sur la surface du monde. (Une question au passage : sommes-nous nombreux à rêver sous forme de boîte Gmail ?) Ce secret de la vie était même accompagné du dessin (ASCII) d'une serrure. Épargnez-moi tous vos commentaires psychanalytiques à base de « J'ai pas de clé = j'ai pas de phallus ». Extasions-nous plutôt sur la puissance philosophico-métaphorique de mon inconscient.

Quand le secret de la vie vous est révélé en pleine nuit, vous prenez quand même le temps de vous y arrêter pour savoir ce que votre cerveau essaie désespérément de vous dire. Dans mon cas, j'en ai conclu qu'il me suggérait de voir la vérité en face : je ne peux pas continuer de vivre avec quelqu'un qui n'aime ni la télé, ni Internet, et qui vit assez mal que j'écrive des articles sur le sexe. Qu'on me serve un bol de Chocapic tous les matins est une condition nécessaire mais pas suffisante au couple. Je suis assez exigeante, voire franchement chiante, sur ce que j'attends de mon travail. Par contre, au niveau de ma vie amoureuse, je suis plutôt laxiste. Tiens, on ne s'est pas engueulé depuis deux semaines ? Alors vivons ensemble, quelle bonne idée ! J'ai une facilité écœurante à emménager en couple pour une raison simple : je n'y vois absolument aucune forme d'engagement. Je trouve ça plus simple de déménager que de rompre un CDI. Mais maintenant que j'ai trente ans, il faudrait peut-être que je grandisse un peu et que j'arrête de prendre des décisions sur un coup de tête sous prétexte que ça a l'air sympa ou techniquement plus simple.

Je me suis donc séparée du Partenaire. En revanche, pour l'instant, j'ai gardé l'appartement, parce que cet appartement, je l'aime de façon inconditionnelle. On se souvient que je ne gère pas très bien les phases de rupture… Pour vous donner une idée de mon état, l'autre nuit, j'ai rêvé que j'abandonnais des chatons.

Ensuite, comme mon cerveau est magnifiquement conçu, il s'est dit que ça ne servait à rien de déprimer, alors que, depuis des années, il a mis au point une autre technique tout aussi inefficace pour régler les problèmes : somatiser. Conséquemment, je pense qu'il va me falloir une greffe d'estomac d'ici quelques semaines.

En attendant l'appel de l'hosto pour ma transplantation, je m'en vais tester une autre méthode pour améliorer ma vie. Et là, attention, c'est du lourd. Je pars en week-end avec les gens du journal. (J'ai accepté de partir avec des personnes humaines dans un endroit où la chlorophylle pousse sauvagement tel un étalon au galop.) (Je crois que je suis en quête de sens dans ma vie.) Le but du week-end n'est pas très clair mais, *a priori*, on m'a promis que c'était pas un piège pour m'enfermer dans une maison en Normandie et m'obliger à faire les articles que je rends pas parce que j'ai trop mal à mon ulcère pour écrire.

14 octobre 2010
Le week-end avec les gens du travail

Le vendredi soir, mon mal de ventre et moi, on entrait donc dans la voiture. On était quatre dans le premier convoi (cinq avec mon mal de ventre). Le Chef conduisait. (Je me rends compte que j'ai assez peu évoqué le personnage du chef jusqu'à présent. Ce texte aura donc pour fil conducteur un portrait du ~~tortionnaire~~ être de lumière qui m'aide à payer mon loyer.)

Le Chef, il a un super-pouvoir. Il a la capacité de vous faire culpabiliser d'un seul regard. Il lève la tête de son ordi, il vous regarde, et là, au tréfonds de votre esprit, un mécanisme complètement judéo-chrétien se met en place « Oui, je sais, je suis arrivée dix minutes en retard ce matin, j'ai pas encore fini mon article, j'ai bâclé une illustration, je suis nulle, je suis une merde, je mérite pas d'être ici, j'aurais dû appeler ma grand-mère avant qu'elle meure, je savais très bien qu'elle était malade depuis des mois. » Sauf qu'en vrai, à ce moment-là, le Chef, il fait semblant de vous regarder et il pense complètement à autre chose « C'est quoi cette nouvelle mode parisienne de mettre des arbres sur son balcon ? » (Oui, ça n'a rien à voir avec la situation, mais le Chef, il est comme ça.) Comme j'ai un problème avec l'autorité, son truc, ça a marché trois semaines sur moi. Ensuite, je le regardais avec le sourcil levé pour dire : « Ouais, je suis arrivée à 11 heures du mat', ouais, j'ai pas rendu d'article depuis une semaine, ouais, mon illustration est naze, et j'en ai rien à foutre de ma grand-mère, elle votait Philippe de Villiers. »

Parfois aussi, le Chef a des fulgurances étranges. En conf' de rédac', quand tout le monde est plongé dans une apathie totale parce qu'on ne sait pas comment traiter le sujet de la crise économique et du déclin inéluctable de l'Europe, lui, brusquement, il se lève, l'œil illuminé. Il tape sur la table et il décrète : « *Il faut faire* un sujet sur les balcons. Les balcons parisiens. Parce qu'ils vont tous s'effondrer, je le sens. » (Pause dramatique, il écarte les mains avant de continuer.) « On va titrer ça : "Panique sur la ville". » Après, il balaye la salle d'un regard effrayant et en général il s'arrête sur le premier stagiaire qu'il trouve : « Annabelle, t'en penses quoi ? » Comme le stagiaire est tout en bas de l'échelle alimentaire, il sourit et répond « oui ».

Bref. En voiture, le Chef avait mal évalué la situation. D'abord, il n'avait pas calculé que les trois jeunes issus de l'Internet n'avaient évidemment pas le permis (à quoi ça sert d'avoir le permis quand tu vis sur Internet, franchement ?). L'un d'entre nous a dit qu'il avait son code et qu'il pouvait lui lire les panneaux. Ensuite, le Chef s'est dit que c'était pas grave, qu'on allait lui parler quand même, car conduire seul pendant trois heures, c'est relou. Visiblement, il avait oublié qu'on avait chacun un smartphone. On a passé le trajet dans un silence studieux, penchés sur nos écrans. En guise de mesure de rétorsion, on n'a pas eu de pause pipi.

Le reste du week-end était top. Pourtant, on parle bien d'un week-end à la campagne. Mais oublions les trucs verts et les insectes. En gros, on est restés enfermés dans le château à manger, à faire des blagues de l'Internet et à vivre notre aventure jusqu'au bout. (D'ailleurs, j'ai réalisé un truc : quand je mange, j'arrête d'avoir mal au ventre. Je pense que cette découverte peut aider la médecine moderne.)

Malheureusement, à un moment, le Chef a décrété qu'il fallait sortir de la maison pour prendre l'air. C'était une idée pas bonne. D'abord, devant la maison, une statue annonçait assez bien l'état d'esprit des lieux. Elle représentait une jeune femme dont on pouvait lire sur le visage : « La vie, c'est de la merde, et j'ai envie de mourir éternellement pendant cent ans. »

Donc, la sortie sur les plages du Débarquement, non mais, franchement, quelle idée débile de débarquer une armée sur une plage de galets… Il faisait moche. On a regardé la mer dix minutes, et on est rentrés.

Mais, indubitablement, le moment le plus fort du séjour a été l'opération chirurgicale.

À un moment, le Chef a fait chauffer trois litres d'eau pour nous ébouillanter vivants. (Il fait aussi ça quand les stat' du site ne sont pas assez bonnes.) Malheureusement, il s'est un peu éclaboussé. Sa brûlure s'infectait, il fallait opérer.

Je pense que c'est un fantasme que peu de gens ont eu l'occasion de réaliser. Opérer son Chef. Je me suis tout de suite portée volontaire parce qu'à la maison j'ai un coffret DVD des plus belles expériences de Mengele. Et là, pour la première fois, j'ai vu une lueur de peur au fond des yeux du Chef. Surtout quand je me suis approchée avec une pince à épiler et des ciseaux pour retirer les bouts de chair noircis. Il avait très mal. Vraiment. Il était tout tendu de douleur dès que je soulevais la peau et frôlais la brûlure avec le tranchant des ciseaux.

C'est mon plus beau souvenir de ce week-end.

Après, on est rentrés, et j'ai replongé dans ma délicieuse dépression.

Les endroits qui poussent au suicide

Je pense qu'il faudrait faire un top 10 des endroits qui veulent notre mort parce que le capitalisme et les francs-maçons trouvent qu'on est trop nombreux sur terre et cherchent à nous pousser au suicide.

Si on établissait ce top 10, Leroy-Merlin serait hyper-bien placé.

Déjà, un endroit qui vous conseille de *tout* assortir dans votre maison, c'est clairement un lieu malsain.

Faites-vous un appartement uniformément vert caca – des assiettes à la housse de couette. Je voulais prendre en photo les suggestions déco, mais j'ai eu peur que mon téléphone gerbe sa carte SIM.

Moi, j'avais un problème de rideaux parce que j'ai une vie absolument fascinante en ce moment. J'ai passé vingt minutes à essayer de comprendre les différents systèmes d'attaches de rideaux. Que je ne comprenne rien à Wittgenstein, c'est une chose que je peux assumer. Mais ne rien entraver à des notices d'emploi d'attaches de rideaux, ça m'inquiète un peu plus. (Rappelez-vous que mon travail consiste à vous informer et à décrypter le monde.)

Après ces vingt minutes, j'ai craqué, je suis allée au rayon rideaux de douche (une journée vraiment palpitante). C'est un mystère pour nombre de psychiatres en France, mais le rayon rideaux de douche, c'est toujours le rayon où je vais me réfugier dans ce genre de magasins. Je sais pas. Je m'y sens bien. À ma place.

Comme je pouvais pas non plus y rester tout l'après-midi malgré l'intense sensation de bien-être que me procurait la vue des attaches de rideaux de douche (ça, c'est de l'attache qui encule, juste des anneaux en plastique qu'on peut tordre), j'ai décidé d'affronter la file d'attente des caisses.

La file d'attente à Leroy-Merlin, c'est typiquement un endroit où, quand tu poireautes seule, en ayant mal au dos, les mains encombrées parce que t'as refusé de prendre un petit panier qui pousse à la consommation (c'est un truc de gens pauvres, même au supermarché, quand j'étais fauchée, je prenais jamais de panier, le chariot n'en parlons pas, je me disais que comme ça je ne pouvais pas acheter plus que ce que mes mains pouvaient tenir et, allez savoir pourquoi, je pensais qu'il y avait une équivalence entre la taille de mes mains et le déficit de mon compte en banque). Donc, seule et fatiguée, j'attendais. Au début, j'étais calme. Un peu absente. Puis j'ai commencé à regarder l'environnement autour de moi et, là, j'ai ressenti la vacuité totale de mon existence. C'était un moment très fort. Je peux pas dire que j'ai eu envie de mourir parce que c'est pas vrai. J'avoue que j'ai quand même été prise d'une vague envie d'avaler des clous rouillés. Mais j'ai surtout senti que la frontière entre la vie et la mort est parfois incroyablement fine et perméable.

Au-dessus de ma tête, une banderole « À partir de ce point, votre attente ne dépassera pas cinq minutes ». Évidemment, ce qu'il faut comprendre, ce n'est pas « À partir de ce point, votre attente ne dépassera pas cinq minutes » (puisque je suis restée coincée là au moins un quart d'heure), mais « À partir de ce point, votre vie ne dépassera pas cinq minutes » (puisque, au bout de quatre minutes sans avancer, je suis rentrée en état de coma cérébral).

À ma gauche, un présentoir de livres : *Ma maison tout en couleurs* avec en couverture une photo de Valérie Damidot faisant un câlin à un pinceau-brosse, *Le Guide du tout ranger* et *Le Guide du tout propre*, *C'est du propre*, le livre sous-titré *Toutes les astuces de Béatrice et Danièle*.

À ce stade, j'ai mesuré à quel point ma vie était dénuée de sens, d'orientation, de force, d'intensité. Bref, de beauté.

Mais pourquoi ai-je attendu assez longtemps pour en arriver à ce constat ? Quel problème d'ampleur se présentait pour nous forcer à rester là, à réfléchir à nos existences misérables et ridicules ? (Parce que j'ai bien vu que la meuf devant moi commençait à se rappeler le jour où elle avait montré sa culotte à son frère et qu'elle se demandait si son problème de frigidité était lié à cet épisode de sa vie.)

Une raison aussi simple qu'insupportable : l'intense besoin de communication des caissières, qui, visiblement, avaient décidé de faire une pause entre chaque client et surtout de commenter leurs achats un par un.

« Ah ! On s'attaque à la plomberie, alors ? Vous vous y connaissez un peu ? Parce que moi, j'ai essayé de changer un joint la semaine dernière, blablabla. »

« Alors, c'est pour faire du jardinage avec ta maman, c'est ça ? »

La mère : « Non, c'est pour moi.

— Oh, c'est dommage. Ça amuse les enfants de planter.

— Oui, ben, elle fera ça à l'école.

— Ils font ça dans son école ? »

Là, la mère, elle a juste décidé de ne plus répondre. Mais elle avait oublié que la caissière avait pris ses achats. Elle la tenait en otage. Il y a eu un silence. Et puis la caissière a regardé plus attentivement les produits qu'elle bipait.

« Tiens… Vous plantez des radis ?

— OUI.

— Et ça marche bien ? Parce que moi je plante des tomates et c'est super. Ça pousse très bien. »

Mais va-bouffer-tes-radis-par-le-cul-radasse.

Là, j'ai été traversée par une fulgurance qui m'a fait tomber le moral dans les chaussettes. Dans dix ans, dans vingt ans, dans trente ans, je viendrai encore à Leroy-Merlin, je serai seule (puisque incapable de me mettre en couple pour de bonnes raisons), j'achèterai des conneries pour un appart dont je ne serai même pas propriétaire (puisque j'aurai refusé de devenir prof), mais, surtout, je n'aurai toujours pas compris les différents systèmes d'attaches de rideaux.

Je frôlais donc le désespoir le plus complet devant la débâcle de ma vie future.

Puis, j'ai tourné la tête un peu plus loin, vers l'avenir, et j'ai vu quelque chose qui m'a redonné foi en l'humanité : des caisses entièrement automatisées. Des caisses où tu bipes toi-même tes articles, où tu peux payer sans échanger un seul mot avec un être humain. J'étais heureuse.

Le Gosplantitiou et son Politburo

« Le Comité central du PCUS, et plus particulièrement son Bureau politique, donnait les lignes générales de la planification. Le Politburo déterminait la direction générale de l'économie sur la base des indicateurs de contrôle (objectifs préliminaires), des projets d'investissement majeurs, et de la politique économique générale. Ces directives étaient soumises comme rapport du Comité central au Congrès du PCUS pour y être approuvées. »

J'imagine assez bien que, pour la majorité d'entre vous, ça ressemble à un cours d'histoire où on s'endort mollement pendant que le prof parle. En fait, non. Je suis incapable de concevoir que ça ne vous fasse pas frétiller de bonheur. Ce texte, extrait de la description de la planification soviétique sur Wikipédia, me procure un sentiment de satisfaction intense, me plonge dans des transes névrotiques. C'est comme du miel au Nutella qui coulerait dans ma bouche.

Ce que j'y vois, moi, c'est tout simplement une philosophie de vie. Ma philosophie de vie.

« Titiou, et plus particulièrement son Bureau politique, donnait les lignes générales de la planification. Le Politburo de Titiou déterminait la direction générale de la vie sur la base des indicateurs de contrôle (objectifs préliminaires), des projets d'investissement majeurs, et de la politique existentielle générale. Ces directives étaient soumises comme rapport de Titiou à Titiou pour y être approuvées. »

« Le Gosplantitiou définissait des objectifs et les transmettait aux aires du cerveau concernées, qui détaillaient les parties du plan correspondantes et diffusaient les données à la volonté (besoins en main-d'œuvre, en matières premières telles que le sommeil, la nourriture et le sexe, agenda de production, budget moyen, progression possible du budget, besoins émotionnels, respect régulier de la liste des trucs à faire au moins une fois dans sa vie). Les planificateurs effectuent des enquêtes régulières pour connaître les besoins de Titiou. Le plan peut être révisé chaque année, en fonction des résultats. »

(Étudiants en psychiatrie, rebonjour ! Je serais ravie de répondre à vos questions et me tiens à votre entière disposition.)

La planification, ça m'a prise toute petite avec la passion des listes. Plus tard, quand je suis devenue ~~folle~~ intelligente, j'ai découvert que je pouvais faire une liste des listes à faire : une méta-liste. Par exemple, sur une liste de choses hyper-importantes à faire de toute urgence, je pouvais écrire :

– me remettre au sport (ouais, c'est toujours se remettre, on écrit jamais se mettre au sport) ;

– réfléchir à ma vie : envie(s), besoin(s), où j'en suis, ce que je veux ;

– boire du jus de carotte.

Ça, c'est donc typiquement une méta-liste. Du coup, au meilleur de ma névrose, je pouvais faire une liste des trucs à faire dans la journée (histoire d'organiser ~~ma glande~~ le travail), une liste des trucs à faire dans la semaine pour avoir une meilleure vie, une liste d'objectifs à remplir à l'année (scolaire, s'entend, l'année civile n'ayant aucun sens). Genre : en septembre, ma vie, elle en est là ; à la fin de l'année, en juillet, faut qu'elle en soit là. (Dans mon esprit, je crois que la vie, ça ressemble un peu à une partie de jeu de l'oie.) La merveille, c'est que ça marchait avec tout. Boulot, mecs, santé, etc.

Évidemment, Meilleure Amie est atteinte du même syndrome. Mais il y a quelques semaines, elle m'a déclaré très solennellement : « Il faut qu'on arrête la planification. » Je l'ai regardée et j'ai éclaté d'un rire hystérique, et des chauves-souris se sont envolées de mes cheveux. Arrêter la planification ? T'es folle, ma bonne amie ? Pourquoi pas vivre au jour le jour, aussi ?

Elle m'a démontré que la planification avait failli foutre nos dites vies en l'air plus d'une fois. « Cette putain de planification t'a quand même amenée à emménager avec Partenaire Chocapic alors que vous n'aviez rien en commun, simplement parce que tu avais planifié que c'était la chose à faire dans ta liste. » J'ai hoché gravement la tête. Il est vrai que le problème de la planification, c'est qu'en général ce qui allait bien sur le papier en mars 2005, bah, ça marche plus du tout en septembre 2006 (cherchez pas, c'est des dates au hasard, c'est pas les prochains numéros gagnants du Loto, je suis pas non plus complètement barge, je vais pas vous les donner). Or, l'amour de la planification peut vous pousser à refuser de voir une évidence qui vous forcerait à abandonner vos plans initiaux tellement ils étaient beaux et bien prévus dans votre cervelas dégénéré.

Il se trouve que, depuis quelque temps, je tente donc une expérience ultime : je vis sans plan. (Évidemment, cette affirmation péremptoire est à prendre avec des pincettes, mais, dans l'idée générale, c'est quand même ça.)

Eh bien, je peux vous dire que c'est pas facile. Le seul avantage, c'est que ça dégage pas mal de temps libre – faire des listes prend un temps fou.

Mais, comme je fais ça juste à titre expérimental, j'ai évidemment prévu une date de fin. Le 31 décembre, je fais le point. J'ai fait une liste des trucs sur lesquels je ferai le point le 31. Y'a notamment « déterminer si la vie, c'est mieux avec des plans ». (Ça va les étudiants en psychiatrie ? Vous kiffez bien ?) L'autre soir, Coach, à qui j'expliquais fièrement ce brusque changement de philosophie, m'a répondu (je le soupçonne d'être pas du tout convaincu par ma démonstration) : « En gros, t'es comme quelqu'un qui se promène avec un plan et qui décide de se perdre entre cette rue-là et celle-là. »

Théorie sur le sexe n° 6 :
le plan à trois

Parlassons un peu sexe et mathématiques. (J'ai maté le président à la télé et, si Nicolas Sarkozy a le droit de déclarer « ils se batturent », je me suis dit que moi aussi je pouvais réinventer la conjugaison française.)

Parlassons plan à trois (ou plus).

Voilà enfin un vrai sujet de fond, le genre de sujets qui vous intéressent particulièrement quand vous êtes nouvellement célibataire, que vous avez décidé de vivre sans plan et de vous rouler dans des fontaines de foutre sans penser aux conséquences, en gros quand vous êtes moi en ce moment. Déjà, les garçons, quand on leur parlasse d'un plan à trois, ils pensassent systématiquement : deux meufs. Le premier truc qui leur viendrût à l'esprit ne fusse jamais, au grand jamais, que la meuf estoit en train de leur proposer une partie fine avec un autre individu mâle.

En général, quand ils comprennent enfin de quoi il s'agit, ils vous opposent un premier argument qu'on peut résumer par : « Je vais pas frotter mon spaghetti magique contre celui d'un autre garçon. » Sauf qu'en fait, quand une fille proposasse un plan à trois avec un autre mec, c'est pas pour mater une scène homo. (Contrairement à la proposition du garçon avec une autre fille – ce qui expliquasse sans doute sa méprise.) Malheureusement, il est inutile de rassurer le garçon là-dessus. Parce que le simple fait de se retrouver au lit, poils à poils, avec un autre homme estabas généralement inenvisageable.

Le deuxième argument que le garçon oppose, c'est : « J'ai pas envie de te voir avec un autre gars. » Là, vous pouvez toujours tenter la psychologie inversée (également appelée freudisme). « Mais si ! Le fait que tu n'en aies pas envie, que ça t'effraie, que ça te dégoûte, c'est évidemment la marque d'un désir refoulé. Tu n'en as pas envie, *donc* tu en as envie. C'est merveilleux comme le monde est bien fait. »

En général, ça marche pas.

Mais ça vaut toujours le coup d'essayer.

Si votre interlocuteur est un homme évolué et attentif, il va vous proposer une alternative qui sera systématiquement : « Si tu veux, on peut essayer avec un sextoy. » Parce que le garçon est prêt à accepter la présence d'un deuxième phallus à condition qu'il soit en plastique. Pourquoi pas. C'est plutôt mignon de sa part comme attention. Mais là, c'est autre chose. Moi, je me vois pas lui dire : « Un plan à trois ? OK, mais à condition que ce soit avec une poupée gonflable. »

J'ai scanné dans mon immense mémoire toutes les histoires de cul qu'on m'a racontées (et y'en a un paquet, bravo les amis obsédés – ils se reconnaîtront) et je n'ai au total que trois exemples de tentatives réussies. Trois. C'est ridiculement peu.

Il est donc temps de le dire à la face du monde : le plan à trois avec deux mecs, c'est un putain de mythe. Ça n'existe pas – ou peu. Le porno nous ment – une nouvelle fois.

Ce qui est complètement fou, c'est que c'est quand même le principe de… allez, à la louche, comme ça, je dirais 48 % des vidéos pornos actuelles, voire plus si on fait les stat' avec celles qui sont en home des sites de boules (type « vidéos en train d'être regardées »).

Or, le porno influence nos pratiques sexuelles.

Sauf là-dessus donc.

Conséquemment, on peut donc affirmer qu'on a trouvé un truc plus fort que le porno : la peur de comparer son spaghetti magique à celui du pote. Parce que, dans les tentatives foirées, toutes ont un point commun : un des deux mecs n'a pas réussi à bander, gêné par la présence de l'autre garçon. (En l'occurrence, ce ne sont que des histoires de gens qui n'étaient pas en couple les uns avec les autres.)

21 décembre 2010
Les endroits qui poussent au suicide, la suite

J'ai récemment testé la « migraine avec aura ». Ça en jette pas mal, hein ? On imagine bien une migraine ailée ceinte d'une auréole, d'un justaucorps doré et de sandales de pute grecque. Malheureusement, non, c'est juste un putain de mal de tête (ça, comme d'hab'), mais avec en prime des hallucinations auditives. Saoule-toi d'innovation dans la douleur. L'avantage des hallucinations auditives, c'est qu'elles ne sont pas flippantes, contrairement aux hallucinations visuelles. Là, juste j'entendais des bruits en écho dans ma tête, alors que, de toute évidence, il n'y avait pas un son autour de moi. Comme j'ai une santé mentale en béton armé (contrairement à ma santé physique, qui est en caca mou), j'ai patiemment attendu que ça passe en me disant qu'il était temps que j'arrête d'avaler de la vodka jusqu'à 5 heures du mat'.

Ceci pour dire que mon pressentiment sur le fait que je ne passerai pas 2010 se confirme de jour en jour. À ce propos, j'ai été chez le médecin.

Ça a été l'occasion d'élire en n° 2 dans le top 10 des endroits qui poussent au suicide la salle d'attente de mon médecin.

D'abord, il faut savoir que je n'ai aucune confiance en les médecins. J'ai une conviction les concernant : on leur prête un savoir et des pouvoirs quasi magiques, exactement comme les sorciers dans les tribus primitives. Sauf que, en vrai, la plupart des médecins sont de mauvais médecins. Leurs diagnostics sont approximatifs, ils donnent n'importe quoi comme médicaments, et en prime ils ne savent pas communiquer avec leurs patients. (Parce que, pour faire un bon diagnostic, encore faut-il mettre à l'aise le malade.)

J'ai connu plusieurs médecins dans ma vie.

Le premier, c'était Guodj, mon pédiatre. Cet homme était tellement merveilleux que ma sœur à 19 ans continuait à aller le voir. Mais, un jour, Guodj a pris sa retraite aux Bahamas grâce à tout l'argent qu'on lui avait généreusement donné pendant vingt ans.

Ensuite, il y a eu Sainte-Luette. Qui avait l'air sympa. Évidemment, on peut s'interroger sur le fait que, dans mon carnet de santé, à la rubrique « Observations », il avait mis « joli brin de fille » (dans mon carnet de santé, ouais) (j'avais 12 ans quand même).

Quelques années plus tard, j'ai rencontré Killer. Killer venait d'ouvrir son cabinet et, de toute évidence, était payé par des extraterrestres pour éradiquer l'espèce humaine. En prime, Killer avait peur des gens. À ma connaissance, il n'a jamais réussi à faire correctement un seul vaccin, ni un diagnostic.

Comme je déteste aller chez le médecin, j'ai par la suite trouvé une solution fantastique. J'attendais d'être mourante pour me soigner, donc incapable d'aller voir un toubib. J'étais alors abonnée à SOS-médecins.

Et puis, j'ai rencontré Elsa. Elle a su me séduire. Un jour, à genoux, je lui ai fait ma demande officielle. Elle a accepté de devenir mon médecin traitant.

Le problème avec Elsa, ce sont ses autres patients. Comme elle exerce au cœur d'un charmant ensemble d'habitations à loyer modéré, sa salle d'attente, c'est un peu un dispensaire de pauvres (c'est pas pour rien que c'est mon médecin), on s'attend chaque seconde à voir débarquer l'abbé Pierre dans sa grande cape noire.

Le problème aussi, c'est que visiblement, dans le quartier, y'a pas de pédiatre. Alors, les gens, ils viennent consulter Elsa avec leur marmot.

La semaine dernière, donc, je vais la voir. Elle m'avait conseillé de venir vers 16 heures pour attendre moins longtemps. J'ai poireauté une heure et cinquante minutes. Ça a l'air de rien, dit comme ça. Il faut savoir que j'avais eu l'excellente idée de prendre un bouquin. *Le Tractatus logico-philosophicus* de Wittgenstein. (J'ai parfois une redoutable capacité d'inadéquation avec les situations.)

J'étais donc en train de lire des phrases comme : « Quelque chose peut isolément avoir lieu ou ne pas avoir lieu, et tout le reste demeurer inchangé. » Déjà, soyons honnête, sans fièvre, j'aurais entravé que dalle.

Mais là, en fond sonore, j'ai eu droit à des hurlements démoniaques issus d'un landau. Quand je suis parvenue à la phrase : « La solution du problème de la vie, on la perçoit à la disparition de ce problème », j'ai levé la tête vers le père du bébé braillard et j'ai hésité à lui demander de me faire un commentaire composé de cette phrase. Finalement, je me suis contentée du regard infect qui dit : « Moi, si j'avais des enfants, ils seraient mieux éduqués que ça. »

La salle d'attente de mon médecin est donc un lieu qui pousse au suicide puisque :

1°) il y a des enfants ;

2°) ils hurlent ;

3°) on n'a même pas le droit de leur gueuler dessus rapport au fait qu'ils sont malades et qu'ils souffrent (par contre, crever silencieusement comme un gentil Éthiopien, ça leur viendrait pas à l'idée, à ces petites salopes. Oui, les enfants sont des petites salopes) ;

4°) il y a des gens malades. Ça paraît logique, n'est-ce pas ? Mais prenons par exemple… moi. Ce jour-là, je venais consulter parce que j'avais un abcès (santé de caca hello). Je n'étais pas malade. Mais si on me force à rester deux heures dans une pièce pas aérée de douze mètres carrés avec des gens qui toussent, crachent, éternuent, balancent leurs miasmes partout, je risque d'attraper leurs microbes. Mon médecin, si t'étais pas malade en y allant, tu chopes la mort dans sa salle d'attente ;

5°) il y fait environ 40°. Sans doute parfait pour les crevards, mais pour ceux qui veulent se préserver des attaques des autres patients en gardant le visage enfoncé dans leur écharpe, c'est un genre de supplice.

Au bout de deux heures, j'ai quand même vu Elsa. Là, je vous la fais courte. Elle me dit :

« Ah bah oui… Quand même… Vous aviez de la fièvre ce week-end, non ?

— Oui.

— Il aurait fallu aller aux urgences chirurgicales.

— … »

Je l'ai regardée avant d'éclater de rire.

La meuf, d'abord, elle croit que j'ai que ça à foutre, d'aller perdre trois heures de ma vie aux urgences un samedi soir. Maisbiensûr. En prime, elle trouve que ça aurait pu me traverser l'esprit. Jamais jamais jamais. C'est très clair dans mon cerveau – sans doute grâce à « Urgences » et à toutes les séries médicales américaines. Les urgences, t'y vas que si t'as été victime d'une balle perdue dans une guerre des gangs ou si ton thorax a été enfoncé par un tronc d'arbre. En bref, quand il y a des litres de sang. Pas pour de la fièvre.

29 décembre 2010
Je crois qu'il est temps de faire le point sur mon expérience « je décide de vivre sans faire de liste ni de plan pendant un mois et demi »

Donc, Titiou, quelles sont vos impressions au sortir d'une expérience que certains observateurs ont qualifiée de particulièrement extrême ?

Je vais vous répondre honnêtement. Catastrophiques. Non mais franchement, d'où venait cette idée à la con, hein ?

Hum… Vous pouvez nous expliquer ?

Bah… Avant, c'était un peu le souk. Après un mois et demi sans liste, ma vie ressemble à Beyrouth pendant la guerre. C'est quoi, ce bordel ?

Mais… que s'est-il passé ?

J'aimerais bien le savoir. C'est simple, j'exige de parler à la prod. Qui est le responsable ? Je veux le voir immédiatement !

Calmez-vous. Reprenons. Vous deviez vivre sans liste jusqu'au 31 décembre. Nous sommes le 29. Pourquoi refuser de vivre votre aventure jusqu'au bout ?

Concrètement, vivre sans liste, ça veut dire quoi ? Ça signifie suivre ses impulsions au jour le jour. Or, moi, mes impulsions, elles ne me poussent jamais à bouffer des haricots, me coucher avant minuit et m'avancer dans mon travail. Mes impulsions, elles sont directement reliées à l'aire cérébrale du plaisir immédiat. Soit avaler un pot de Nutella, procrastiner devant la télé jusqu'à 2 heures du mat' et aussi d'autres trucs moins avouables.

Vous n'avez pas l'impression d'en rajouter en mode drama-queen ?

Non.

Est-ce que vous pouvez nous expliquer exactement ce qui vous met dans cet état ?

Eh bien… C'est un peu gênant. Disons que, entre deux pots de Nutella, il y a eu l'impulsion « et si je couchais avec mon Chef ? ». Me demandez pas d'où ça vient, j'en sais rien. Pourtant, je ne suis pas spécialement intéressée par les balcons parisiens. Peut-être que c'est le fait d'avoir trifouillé sa chair brûlée. Bref. J'aurais suivi un plan de vie, autant dire que ça ne serait pas arrivé, car, sur ma liste, il y aurait eu l'annotation « mauvaise idée ». Là, j'ai plongé dans la mare à caca.

Je vais vous dire le fond de ma pensée : la liste permet de limiter les emmerdes. En fait… elle fonctionne comme un parapluie à emmerdes. À condition qu'on la respecte, évidemment. Ne pas suivre sa liste, c'est comme sortir un jour de pluie sans ouvrir son parapluie.

Alors pourquoi avez-vous souhaité vivre cette expérience ?

Vous avez raison, reprenons depuis le début. Il m'était apparu que la liste pouvait générer des problèmes, de mauvais choix de vie dans la mesure où on s'enfermait dedans, sans voir que la réalité évoluait. « Non, non, c'est sur ma liste, je continue dans cette direction. » Pour autant, supprimer la liste n'était pas la bonne solution.

Mais, je vous le demande, Titiou, quelle est la solution ?

La liste flexible et à court terme. Il ne faut pas de liste à trop long terme, car c'est sur le long terme que la vie et la liste décrochent l'une de l'autre, ne se retrouvent plus en adéquation. Il faut, à un moment, avoir le courage de se dire : « Là, il y a des problèmes, des choses à faire et d'autres à régler, faisons une nouvelle liste. » Ensuite, la liste doit être assez flexible pour accepter l'inattendu. Or, pour faire une liste flexible, il suffit de générer une liste à embranchements multiples.

Est-ce que vous souhaitez ajouter quelque chose ?

Oui. Je le déclare solennellement, faudrait penser à arrêter de me chier sur la gueule, là. Comme me le disait récemment Coach : « J'aimerais vraiment avoir l'adresse du mec qui t'a maraboutée, il a l'air suprêmement fort. » Effectivement. Je peux vous confier quelque chose ?

Oui. Sentez-vous libre de vous exprimer sans gêne ni honte.

Je me l'imagine sous la forme d'un énorme pigeon, un *supra*-pigeon de plusieurs méga-tonnes qui serait le véritable maître du cosmos. Son œil tout rond ferait la taille de la Lune.

Mais, monsieur le pigeon du cosmos, vu déjà mon impressionnante capacité à me foutre dans des situations tordues, capacité que je préfère en général qualifier de « choix de vie audacieux », était-ce vraiment la peine de vous acharner comme ça ?

20 janvier 2011
Comment je ne suis pas devenue reporter de guerre

Comme ma vie est de nouveau commandée par des listes, j'avais noté sur ma liste 2011 : « Faire un truc de journaliste. » Parce que, bon, je ne suis pas vraiment journaliste ni projectionniste, mais j'avais envie de faire comme si. Par souci méthodologique cartésien de base, je me suis posé la question suivante : quelle est la différence entre un journaliste et moi ? À part que j'ai de jolis cheveux aux reflets auburn, la différence essentielle, c'est que le journaliste va sur le terrain, il part en reportage. Du coup, j'ai demandé au Chef – celui-là même avec qui j'ai récemment partagé des fluides corporels intimes : « Tu peux m'envoyer couvrir un conflit armé à l'autre bout du monde ? » Il a réfléchi et puis il a dit :

« Mmm… Tu vas plutôt aller suivre les sélections régionales des Miss France. »

OK… Merci la misogynie. « C'est parce que je suis une fille, c'est ça ? ! » Et là, il me répond : « Non, c'est parce que tu es drôle et que je trouve que c'est un excellent sujet dont tu pourrais tirer un très bon papier. » Il ne m'avait jamais parlé comme ça. De deux choses l'une, soit il a passé ses dernières vacances dans un camp de DRH, soit il essaie de me prouver que, malgré notre récent dérapage, nous pouvons travailler en harmonie. Ou alors il me drague.

En tout cas, je ne me suis pas laissé berner par sa flagornerie. Je suis repartie un peu chafouine. Pour une fois que je disais au Chef que je voulais travailler, c'était pas de chance. Je me dois de vous apporter une petite précision sur le « pour une fois ». Cela fait deux semaines que je passe mon tour en conf' de rédac'.

La conf' de rédac', c'est ce moment merveilleux où les patrons enferment trente pigistes dans quinze mètres carrés et leur font cracher leurs idées de sujet. C'est un jeu de dupes. En gros, vous arrivez, vous n'avez pas d'idée de sujet. Mais il y a la pression du groupe. On fait un tour de table, tout le monde annonce ses sujets, du coup, quand c'est à vous, vous vous sentez un peu obligé de dire aussi quelque chose. Quitte à raconter n'importe quoi. Sauf qu'ensuite vous êtes censé faire le sujet annoncé. L'idée sous-jacente du patronat, c'est que si ces putains-de-branleurs-de-pigistes verbalisent devant une assemblée une idée de sujet, psychologiquement, ça va nous forcer, nous pigistes-à-la-peau-douce, à faire le papier après. Comme s'il y avait une espèce de contrat moral, sans doute lié au manque d'oxygène dans la pièce. Le pire, c'est que ça marche plutôt bien.

Du coup, j'ai trouvé une contre-tactique. Il y a deux semaines, j'étais assise à côté de notre Big Boss. Tour de table, on en arrive à lui. Le (petit) Chef, pour faire une blague, lui demande : « Et toi, Big Boss ? » On sourit tous béatement, petits rires obséquieux. Bah oui, Big Boss, il a pas besoin d'annoncer des sujets en conf'. Comme c'est un vrai grand chef, il sourit avec bienveillance et dit : « Non, je n'ai rien de particulier, là. » Sourires de l'assemblée, guimauve, licorne, arc-en-ciel. Puis, brusquement, le Chef arrête de sourire et rétrécit la taille de ses yeux pour se tourner vers la personne suivante. En l'occurrence, moi : « Titiou, tes sujets ? » Il a le doigt qui flotte au-dessus de l'iPad pour noter ce que je vais annoncer. (Oui, il tape à un doigt sur l'iPad.) J'ai alors tenté une nouvelle technique. J'ai mimé Big Boss. Physiquement, la ressemblance est pas frappante, mais j'ai adressé le même sourire bienveillant à l'intention de mon rédac-chef et, sans me dégonfler, comme si c'était absolument normal, avec une espèce de désinvolture folle, j'ai répondu : « Pareil, rien de spécial. » Le Chef a froncé un sourcil avant de marmonner : « On va te trouver un truc. »

Cette semaine, rebelote. Sauf que j'étais plus assise à côté de Big Boss, j'étais installée à côté d'un autre pigiste. Mais, par contre, j'avais toujours pas de sujet. (En vrai, j'ai des sujets, je travaille même dessus, mais je ne veux pas les dire en conf'.) (J'ai deux sujets.) (Le problème c'est que le premier, ça fait trois semaines que je l'annonce, et qu'au bout d'un moment c'est la honte de ressortir toujours la même proposition.) (Et le deuxième sujet est sexuel.) Du coup, au moment du : « Titiou, tes sujets ? », j'ai décidé de bluffer. J'ai eu une crise d'over-confiance en moi, j'ai pris un air dégagé, une tête de patriarche corse qui en sait long sur le monde et qui a appris à être magnanime et j'ai répondu « rien ». Je savais que je ne pouvais pas m'arrêter là, sinon la supercherie serait trop flagrante, alors j'ai fait ma pute et je me suis retournée vers mon collègue pigiste pour dire : « Et toi ? Tes sujets ? » Je sais pas pourquoi, j'ai cru qu'ils oublieraient tous que j'étais pas chef mais pigiste.

Et là, c'est complètement dingue. Mais ça a marché.

Mon voisin a annoncé ses quarante-trois sujets hebdomadaires. (On n'est pas tous égaux face au travail.)

Pourquoi je ne veux pas annoncer de sujets sexuels en conf' ? Parce que l'ambiance ne s'y prête pas trop. Je me vois mal annoncer : « Alors moi j'ai décidé de tester tous les godemichés du marché à triple moteur et double stimulation anale et vaginale. » En plus, j'ai peur que le Chef prenne ça pour un message subliminal.

Bref, pour une fois, je voulais faire quelque chose. Aller sur le terrain. Apporter ma contribution à l'information française. Pour que vous compreniez à quel point c'était fou de ma part, une deuxième anecdote. L'autre jour, dans l'*open space*, quelqu'un a demandé où était l'un des journalistes. On a fait une superblague. On a dit : « Il est sur le terrain. » Et on a tous éclaté de rire tellement ça nous faisait rigoler. En vrai, il était parti pisser.

Donc, alors que je me voyais déjà en reporter de guerre, le Chef me propose d'aller crever dans la Creuse à une présélection des Miss. Je suis partie bouder dans mon coin et, quelques jours plus tard, je suis revenue à la charge avec une autre idée : « Je veux me faire accréditer pour le congrès du Front national. » D'abord parce que, même si je ne vous en reparle pas, je continue de suivre attentivement la progression de Marine Le Pen. Ensuite, parce que aller à un congrès du FN, c'est à peu près le truc qui se rapproche le plus d'une expérience de reportage extrême.

Il faut que je précise que je ne suis pas partie seule.

Je suis partie avec un garçon qui est blogueur politique, stagiaire au journal et accessoirement, mais ça, il avait omis de me le dire avant le départ, le fils naturel de Pierre Richard. Pour préserver son anonymat, on va l'appeler David Richard. Vous avez vu *La Chèvre* ? Vous vous souvenez du test de la chaise ? Et de la salière ? Bah voilà. C'est David Richard. David Richard, debout dans le train, il veut s'adosser contre un mur pour reprendre son souffle (parce que, évidemment, il a couru parce que évidemment, il avait oublié la moitié de ses affaires à l'hôtel et que le mec de la réception l'a appelé à deux minutes du départ du train, et qu'il a couru et que miracle il a récupéré ses affaires et a réussi à monter dans le train, donc il est essoufflé). Il s'adosse. Bah, forcément, il faut qu'il s'adosse contre la porte des toilettes. Évidemment, il faut qu'il y ait quelqu'un dans lesdites toilettes à cette minute précise et que la personne décide d'ouvrir la porte exactement à ce moment-là. Ça, c'est une minute de la vie de David Richard.

Autre exemple, il s'est retrouvé sans ordi au congrès parce qu'il a un problème avec le sien et qu'il a également eu un léger souci avec celui du boulot. Il avait aussi une difficulté technique avec son téléphone portable. Le moment du week-end où j'ai eu le plus peur, c'est pas du tout quand Jean-Marie Le Pen a décidé de se lancer dans le récit de sa vie par le menu pendant deux heures et demie, ni quand des centaines de personnes se sont levées pour crier « Bleu, blanc, rouge, la France aux Français ». C'était sur le quai de la gare – le train de retour avait vingt minutes de retard, l'effet David Richard peut-être ? David se lève à l'approche du train et commence à marcher. Et là, horreur, je m'aperçois que les lacets de ses baskets sont défaits. Mon cerveau, entraîné par deux jours de coexistence avec lui, anticipe immédiatement la scène, les pieds qui se prennent dans les lacets qui traînent, David qui chancelle, va trébucher, en tombant il va agiter ses bras devant lui et malencontreusement pousser sur la voie une enfant de 4 ans. Je pousse un long cri, je prends mon élan et je me précipite sur lui, je le ceinture avant le drame et je le supplie avec des sanglots d'angoisse dans la voix : « David, fais tes lacets immédiatement. Au pire, on ratera le train, on passera la soirée à Saint-Pierre-des-Corps, c'est pas grave. »

Quand j'ai demandé à David Richard de m'expliquer comment il faisait, il m'a dit : « Je crois que je pense toujours à deux choses en même temps. » Effectivement, au restau, la serveuse demande : « Qui veut des cafés ? » Tout le monde répond. Sauf David qui, cinquante-cinq secondes plus tard, lève la tête et dit sur un ton de regret : « J'ai oublié de répondre. » Comment peut-on oublier de répondre ? Ne pas entendre, ça peut arriver, mais, là, ça veut dire qu'il a entendu la question, qu'il a pensé : « Moi aussi, je veux un café », et qu'il a oublié de le dire.

Nous voilà donc à Tours. Comme je m'y étais prise un peu à la bourre, le seul hôtel que j'ai trouvé s'appelait Le Terminus. Même si vous n'avez jamais été à Tours, vous visualisez parfaitement l'hôtel miteux dans la petite rue qui longe la gare.

Le samedi, je m'étais levée tôt, j'avais passé la journée avec des frontistes, ce qui veut dire que j'avais entendu des choses comme : « En Algérie, j'ai tué des Arabes qui m'avaient rien fait. En France, je pourrais bien en tuer qui m'ont emmerdé. » Au moment où je suis rentrée à l'hôtel pour faire mon papier, j'ouvre la fenêtre et je hume une douce odeur de caoutchouc brûlé. Comme je nourris encore l'espoir de devenir reporter de guerre et que je sens que ce congrès est en réalité un test auquel me soumettent mes chefs, ni une, ni deux, je ressors pour voir ce qui se passe. « Couvrir l'événement. » J'arrive devant une grande rue barrée par des flics qui disent aux piétons : « On passe pas. » Je m'approche, je demande : « Ah, on peut pas passer ? » Le CRS me regarde comme si j'étais totalement demeurée (et autant dire que c'est une impression étrange venant d'un CRS), il désigne le passe presse que j'ai autour du cou et me dit : « Bah si, vous, vous passez. » Ah ouais ? ! Putain… J'avance et je me retrouve avec les CRS qui ont fait une souricière pour les lycéens qui manifestent parce que, le racisme, c'est pas bien. Il fait nuit, on est samedi soir, je suis à Tours et, en prime, je suis du côté CRS de la barricade. J'ai une sensation de… bizarre. Normalement, j'ai toujours été de l'autre côté de la barricade, parce que, moi aussi, j'ai été jeune, moi aussi, j'ai trouvé que le racisme, c'était moche et que le capitalisme était un horizon dépassable. J'attends, je sais pas trop quoi faire. J'entends un CRS dire dans son talkie : « Rebelle ? Raton laveur. » Je vois un photographe qui est monté sur un « élément du paysage urbain ». Je décide de faire comme lui. (Je veux vivre jusqu'au bout mon expérience de grand reporter.) Debout sur un bloc minuscule où on se gêne mutuellement, je me retrouve à faire connaissance avec ce photographe. Je ne me sens pas totalement crédible en grand reporter, vu que, lui, il a un casque et un masque à gaz et que, moi, j'ai juste mis du mascara et du baume hydratant pour les lèvres. D'ailleurs, quand les CRS voient son équipement, ils ont les yeux qui s'allument d'envie : « Oh… Il est super, ton masque à gaz, c'est celui qu'on avait demandé, mais on l'a pas eu. »

Je lui demande ce qu'il fait comme boulot, il m'explique que d'habitude il est reporter de guerre. HAN… Comme moi !!! (Alors oui, je précise, du moment où j'ai grimpé sur un plot pour prendre une photo, je considère que ça fait de moi une reporter de guerre.) Et puis, d'un coup, ça commence à s'agiter, les CRS chargent, je vois les photographes partir en courant. Je les suis. Je suis absolument scotchée par leur capacité à être partout en même temps. Je me dis que c'est quand même autre chose que les grosses feignasses de journalistes politiques qui ne quittent pas la salle de presse du palais des Congrès et qui, à cette heure-ci, devaient être en train de boire un armagnac au bar de leur hôtel.

Après toutes ces aventures, je rentre à l'hôtel fourbue. Je me décide enfin à faire mon papier. Et après, je décide de faire pipi. (Ma vie est une succession de décisions importantes.) Je décide de vérifier l'état de fonctionnement des toilettes. J'ai bien fait : la chasse d'eau ne fonctionne pas. Tant pis. Je vais prendre une douche pour me détendre, ce qui, accessoirement, me permettra de pisser sous la douche. (Un petit pipi sous la douche, un grand pas pour l'écologie.) Je vais dans la salle de bains et je découvre qu'il n'y a pas d'eau chaude. J'abandonne l'idée de pisser et de me laver.

Le lendemain, j'assiste donc au sacre de Marine Le Pen en n'ayant pas fait pipi depuis plus de trente heures. Ce qui ne m'empêche de voir se confirmer toutes mes précédentes analyses sur notre future présidente de la République. À 13 heures, cocktail déjeuner de presse, où se produit l'inimaginable : Jean-Marie Le Pen prononce le mot « caca ». Il répond en fait à Xavier Bertrand : « Monsieur Bertrand devrait regarder le sien [de visage] qui ruisselle du caca des scandales. » Le caca des scandales qui ruisselle sur un visage… Il a quand même une sacrée imagination. Je me rappelle immédiatement la fois où j'avais employé le terme « caca » dans un article et où le Chef me l'avait violemment censuré. Je sais qu'aujourd'hui est arrivée la revanche. Il ne pourra pas couper mon « caca » puisqu'il n'est pas de moi.

4 février 2011
Ces petits trucs qui, au quotidien, pètent les couilles

Consacrons-nous aujourd'hui aux « petites choses de la vie ».

Pour être de bonne humeur, parfois, il suffit de se faire flipper. Ça m'a fait ça l'autre jour avec un épisode aussi court que ridicule. J'ai cru que j'avais une tache cancéreuse sur le visage, mais, après, je me suis rendu compte que c'était une miette de croissant. Ça a suffi à ce que ce soit une bonne journée.

Comme j'en suis à avoir des réflexions de la profondeur de la mare aux canards, voici deux petits trucs qui devraient être modifiés pour que ma vie quotidienne soit plus belle.

Problème n° 1

J'habite au cinquième étage, ce qui a l'avantage de 1°) me permettre d'avoir une terrasse sur laquelle je vais jamais, mais sur laquelle je pourrais aller si j'avais envie d'attraper une pneumonie, 2°) me faire faire du sport (ma mère m'a dit : « Ça sert à rien de seulement monter les escaliers, il faut le faire sur la pointe des pieds » ; comme je suis incroyablement sensible à ce genre d'impératif catégorique, je le fais donc). Mais bon, la montée de ces cinq étages, surtout quand on la fait sur la pointe des pieds, c'est quand même d'un ennui absolu. Or, quand on s'emmerde et qu'on n'est pas chez soi, on fait quoi ? On checke ses mails. Sauf que la 3G ne passe pas dans ma cage d'escalier et que conséquemment ces minutes sont absolument perdues pour ma vie.

Problème n° 2 (et vous allez constater qu'il est intimement lié au problème n° 1)

J'oublie toujours de poster mon courrier. Surtout quand c'est mon loyer. Déjà, penser à faire le chèque, c'est compliqué pour mon petit cerveau. Il faut bien deux jours pour m'en remettre. Deux jours au terme desquels je me décide à chercher une enveloppe. À chercher l'adresse de l'agence immobilière. À chercher un timbre. (À ce stade-là, j'en suis déjà à 6 euros de pénalités de retard.) Après, bien sûr, l'enveloppe traîne une semaine au fond de mon sac. Parce que, attention, suivez bien le raisonnement, c'est le fruit de plusieurs mois d'auto-analyse de mon comportement :

1°) sachant que je me déplace exclusivement en métro ;

2°) que, quand je pars de chez moi, j'éteins mon ordi ;

3°) que je ne peux pas consulter mes mails en descendant les cinq étages (oui, bizarrement, ça ne marche ni pour la montée, ni pour la descente) (par contre, je ne les descends pas sur la pointe des pieds) ;

4°) quand je sors de mon immeuble, j'écoute de la musique et je me précipite sur l'icône mail de mon téléphone puisque ça fait bien deux minutes que j'ai pas consulté ma boîte et qu'évidemment j'ai dû entre-temps recevoir le mail qui m'assurera richesse et fortune pour l'éternité ;

5°) le temps de tout checker (parce que, comme je suis déçue de ne pas avoir eu le mail de richesse, je vais regarder les statuts Facebook des gens pour voir s'ils sont plus heureux et/ou chanceux que moi), j'arrive au métro ;

6°) me voilà donc sur le quai du métro. Temps moyen d'attente du train : trois minutes. Et là, j'ai plus rien à faire. Et là, me revient à l'esprit : j'ai encore oublié de poster le loyer, merde de bordel à foutre. Arrivée du prochain train dans deux minutes. Je vais pas remonter pour poster mon loyer. Je le ferai en sortant du métro. Évidemment, en sortant, j'y pense pas puisque je rechecke mes mails.

Donc, il faut une chose pour améliorer ma vie et mes rapports avec l'agence immobilière : des boîtes aux lettres sur le quai du métro. (Est-ce que, si je copie ce texte et que je l'envoie au mec de l'agence, il va être attendri et arrêter de me foutre ces putains de pénalités ? Je pense que ça se tente.)

La liste de la mort, aka deathlist

L'autre soir, je réfléchissais à la fragilité de la vie en regardant « Les Experts » et j'ai eu une nouvelle idée de liste.

Une liste que je n'avais jamais faite.

Vous avez vu *Destination finale* ? C'est un très bon *teen movie*, car il repose sur une idée qui me donne simplement envie de faire pipi de bonheur. Dans les films qui font peur, il faut trouver une idée de méchant : des zombies, des vampires, des fantômes, des enfants, des fantômes d'enfants, un serial killer, des extraterrestres. Bref, vous voyez le concept. Mais les scénaristes de *Destination finale*, ils ont choisi le meilleur méchant possible : la mort. Tout simplement. Qui peut prendre aussi bien la forme d'un accident domestique que d'un crash d'avion. Au début du film, les héros qui y échappent vont développer une sur-capacité d'attention à leur environnement pour ne pas mourir à l'improviste. Mais peut-on échapper perpétuellement à la mort ?

Si vous lisez ceci, nous pouvons en déduire selon une méthode cartésienne au moins deux choses :

1°) vous êtes en vie ;

2°) vous êtes en âge de savoir lire.

Ce qui fait que, scientifiquement, j'en conclus que vous avez survécu à un certain nombre de catastrophes.

Malheureusement, contrairement aux héros de *Destination finale*, vous n'en avez peut-être pas conscience. C'est là que j'interviens pour vous aider avec la liste de « ce à quoi on a survécu pour le moment (mais qui pourrait quand même encore potentiellement nous tuer) » :

– à la bouffe pourrie qui entraîne des problèmes cardiaques,

– aux cancers,

– aux médicaments qui tuent,

– aux poissons empoisonnés au mercure,

– aux ondes invisibles qui tuent,

– aux accidents de train,

– aux attentats,

– aux tremblements de terre,

– aux accidents d'ascenseur,

– au psychopathe qui te pousse sur les rails du métro,

– aux éruptions volcaniques,

– aux fous qui tirent au hasard dans la rue,

– aux animaux dangereux (saviez-vous que nombre de nourrissons sont étouffés dans leur sommeil par des chats qui s'assoient sur leur visage ?),

– aux centrales qui explosent,

– aux inondations,

– à la vache folle,

– à l'accident du manège dont un boulon se dévisse,

– aux maladies attrapées à l'hôpital,
– à la crise du poulet,
– aux crashs d'avion,
– aux tsunamis,
– au sida,
– aux incendies dans les immeubles insalubres (le mien brûlera suite à une fuite de gaz, je le sais, la question est : aurai-je déménagé avant que ça arrive ?),
– à la cigarette mal éteinte qui enflamme le matelas,
– aux accidents de voiture,
– à l'agression dans la rue par des mecs qui voulaient ton portable,
– aux coups de couteau en s'interposant dans une baston (certes, ça concerne moins de gens),
– aux tribunes de stades qui s'écroulent,
– aux mouvements de panique d'une foule qui écrase tout le monde,
– à l'amiante,
– au SRAS,
– à l'anthrax,
– à la listériose et à la méningite,
– au poulet à la dioxine,
– au sang contaminé,
– aux incendies dans un tunnel,
– aux yeux brûlés par une éclipse solaire (vous vous souvenez ? 1999 ?),
– au bœuf britannique,
– aux psychopathes type Richard Durn,
– aux psychopathes type Guy Georges,
– à la grippe aviaire,
– au gang des Barbares,

– aux braquages d'une banque, d'une pharmacie, d'une supérette,

– au lait frelaté chinois.

Évidemment, tout ça ne va pas durer éternellement. (Surtout que, dans cette liste, nombre d'éléments nous tueront sur le long terme.)

Mais, pour l'instant, je dis bravo, on est des héros.

Le plus fou dans tout ça, ce n'est même pas ma capacité à faire des listes de non-choses non advenues, c'est que, le lendemain du jour où j'ai écrit cette liste, le Japon a connu un tremblement de terre *et* un tsunami *et* une explosion de centrale. Disons-le tout net : je suis l'oracle du XXIe siècle, la pythie du monde post-moderne. Nous pouvons en tirer deux nouvelles conclusions :

1°) Dans ma liste, les éléments qui vont nous tuer sont donc combinables entre eux. Tremblement de terre + centrale qui explose. On a tous les éléments pour mettre au point une magnifique infographie de comment on pourrait mourir en faisant des combinaisons. Exemple : « tremblement de terre » serait également combinable avec « accident d'ascenseur ». On pourrait tester plein de combinaisons comme ça, avec à chaque fois une estimation des chances de survie. Malheureusement, je ne suis pas infographiste.

2°) Deuxième conclusion hypothétique (non, c'est pas contradictoire du tout), ce que j'écris arrive dans la vraie vie. Depuis vendredi, mon mantra est devenu « *With great power comes great responsability* ». (Avant, c'était : « Avec des croissants au beurre, la vie est plus belle. »)

Lecteurs jeunes qui pensez que vous cultiverez votre amour de la glande pendant de longues années, détrompez-vous. J'ai été jeune moi aussi, j'ai fait la teuf, j'ai rien branlé pendant des années à part ma nouille et celle de mes amis en lisant du Baudrillard. Et c'était bien. (Certes, je vivais avec 700 euros par mois en me coltinant des jobs de merde, mais bon, lire Baudrillard en fumant des clopes roulées, ça n'a pas de prix.)

J'étais perplexe devant les gens plus âgés, souvent free-lance, qui avaient l'air de bosser comme des crevards dans un but assez obscur, si ce n'est payer leur appart, qui était beaucoup plus beau et cher que le mien. J'étais pétrie de jalousie parce qu'ils avaient l'air d'avancer dans la vie, c'est-à-dire d'avancer vers autre chose que la prochaine soirée vodka.

Mais je savais que jamais je ne deviendrais comme eux parce que :

– j'aime pas travailler,

– j'ai besoin de neuf heures de sommeil par nuit. Pas par semaine, comme la plupart des gens qui m'entourent ;

– je ne savais même pas ce que je voulais faire dans la vie. J'avais une espèce de théorie comme quoi il fallait que j'aie lu tous les livres du monde avant de me décider. (Ce qui sous-entend que je pensais aussi que je vivrais éternellement.) (C'est sympa, un jeune, mais qu'est-ce que c'est con.)

Résultat quelques années plus tard : je bosse comme

une tarée. Avant, du temps de ma folle jeunesse, quand on me demandait comment ça allait, je répondais : « J'ai la sensation d'être à un tournant de ma vie, je me demande si toute parole n'est pas profondément rhétorique, mais, en définitive, ça ne serait pas très grave, car le monde est en dehors de toute morale et il nous restera à jamais inaccessible. Ah et sinon j'ai gerbé mes tripes à la dernière soirée, et après mon ex m'a rappelée et je lui ai dit que c'était pas possible, mais qu'on pouvait niquer encore une fois. » Maintenant, je réponds : « Je suis fatiguée, j'ai encore trois articles en retard, et puis une maison d'édition me propose d'écrire une encyclopédie de la webculture, et je finis de corriger mon roman. Ah… merde… j'ai oublié de répondre à un mail urgent, excuse-moi. » Et après, on va me dire que le travail, c'est pas de l'aliénation…

Vous noterez que je suis en train d'atteindre une partie de mes objectifs, mais que je trouve encore le moyen de me plaindre. C'est simplement parce que je me voyais déjeuner au café de Flore pendant que des hommes nus m'éventeraient avec des plumes de paon. J'avais pas bien anticipé que dans la réalité, j'aurais une tête de zombie et que le soir venu, je ramperais difficilement jusqu'à mon lit.

Côté sexualité amoureuse, ma vie a à peu près autant d'ordre et de cohérence qu'un bordel de transsexuels brésiliens au XIXe siècle. C'est-à-dire un foutoir (de la lexie « foutre », évidemment) où tout est possible et rien n'est clair et il se passe plein de trucs, mais, comme les recoins sont obscurs, on comprend pas trop quoi.

Mais comment suis-je devenue une forçat du travail ? Il s'est passé qu'on me propose plein de boulots et que j'ai besoin de tous les accepter parce que l'argent coûte cher et que mon appart est un palais qui siphonne tout mon budget. Il s'est passé aussi qu'on est généralement mal payés dans la vie. On entend souvent qu'avant c'était moins dur parce qu'il y avait moins de précarité, on oublie autre chose, à savoir que l'écart de revenus entre les générations s'accroît. Comme le dit Louis Chauvel : « En 1975, les salariés de 50 ans gagnaient en moyenne 15 % de plus que les salariés de 30 ans. Aujourd'hui, l'écart est passé à 40 %. » *Fucking God*… 40 % d'écart. Enculés de vieux.

Résultat : le week-end est devenu le moment où j'essaie de rattraper le retard que j'ai pris la semaine et surtout, joie du free-lance, la frontière entre travail et loisirs est devenue aussi poreuse qu'une enceinte de protection de centrale nucléaire bulgare.

Tout cela engendre une fatigue certaine. Du coup, samedi, j'ai longuement réfléchi aux moyens de lutter contre cette fatigue. J'ai fait des listes. (C'était un samedi particulièrement intense du point de vue émotionnel. Faire une liste, c'est quand même potentiellement changer sa vie.) Je me suis notamment dit que « prendre des vacances » ne changerait rien. Le déséquilibre est plus structurel. Sur ma liste, j'ai donc noté : cure de vitamines (pourquoi manger des fruits quand il existe des comprimés à avaler ?), soupes de légumes (je me dis que, en version liquide, les légumes sont peut-être ingérables, mais ça reste à démontrer), sport.

Donc, j'ai décidé de me REmettre au sport. On a tous un passif avec le sport. Le mien se résume par : j'aime pas ça. Pour une raison simple : je suis nulle en sport. Je tiens à être honnête : si j'avais été douée en gym, je n'aurais pas nourri la même détestation. Tout ça, c'est la faute de l'Éducation nationale. Si un jour j'ai une maladie qui aurait pu être évitée avec une pratique régulière du sport, je compte bien intenter un procès à l'État.

J'ai en détestation absolue les sports collectifs, car à l'école j'étais le boulet dont personne ne voulait dans l'équipe.

J'ai horreur de tous les sports avec ce qu'on nomme dans les fiches pédagogiques de l'Éducation nationale un « référent bondissant » – ce que la plèbe appelle vulgairement un « ballon ».

Et puis, il y a eu le drame de la gym, un drame dans lequel une certaine Claire a joué un rôle primordial. Du CP à la troisième, Claire a été dans ma classe. Cette fille cumulait les raisons pour qu'on la déteste : elle était pétée de thune, pimbêche, jolie, populaire, pimbêche, très bonne élève, pimbêche, ses cahiers étaient toujours impeccables, alors que les miens, malgré tous mes efforts, ressemblaient à l'expression artistique d'une enfant autiste. Bref, Claire était une mini-pute que j'aurais voulu voir brûler en enfer pour lui voler sa vie.

Le jour du drame, nous sommes dans les années 80, dans un gymnase qui pue, avec tapis de sol à mycoses et cheval d'arçons. On est tous sagement debout devant les tapis de sol. Jusque-là, les cours de sport ne ressemblaient à rien sinon à un vaste foutoir dans lequel on s'ébrouait en toute innocence comme de jeunes daims. Mais, à compter de ce jour, une chose horrible s'est produite : l'égalité a disparu. Ce jour-là, on a découvert qu'il existait un classement, une hiérarchie, voire carrément un fossé entre les forts et les gros nullards.

Ce jour-là, le prof nous a demandé de faire la roue.

On allait passer un par un devant la classe. (Là, y'a clairement matière à gagner mon procès contre l'Éducation nationale pour préjudice moral.) Le prof demande d'abord à Claire de commencer, car cette petite pute, non contente de nous écraser à tous les niveaux, était en prime championne de GRS. Pour vous, ça ne veut peut-être rien dire, mais, pour les gamines qui comme moi avaient pour référence existentielle absolue le dessin animé « Cynthia ou le Rythme de la vie », autant dire que la GRS, c'était la vie. Nous sommes aussi à une époque où M6 diffusait à peu près toutes les semaines un téléfilm retraçant la vie de Nadia Comaneci.

Claire s'est approchée du tapis de sol, droite comme un i, a posé ses mains par terre et s'est lancée avec grâce dans ce qu'il faut bien qualifier de plus belle roue jamais exécutée par un être humain. Stupeur dans l'assemblée. Ensuite, le prof lui a demandé de la refaire, mais au ralenti (pfff… trop facile, quoi) pour que nous observions bien la perfection de ses mouvements. Elle a refait sa roue, absolument impeccable, les jambes tendues vers les astres, le buste droit, dans un alignement parfait de tout le corps. Cette roue-là, c'était presque la preuve de l'existence de Dieu.

Moi, j'étais un petit oisillon maladroit et innocent. Je n'avais même pas encore découvert que j'avais un sérieux problème de coordination de mes mouvements. Surtout, je pensais naïvement que, si un prof me demandait de faire quelque chose, le prof étant un adulte qui avait toute la sagesse du monde, c'est qu'il savait que j'y arriverais. Parce que, soyons claire : quel intérêt de demander à un gosse de faire un truc qu'il ne sait pas faire ? Sauf si on veut l'humilier profond.

Donc, quand ça a été mon tour, j'étais plutôt confiante.

Pourtant, je partais avec un handicap, à savoir que je portais un jogging rouge de la coupe dite « on sait pas si j'ai fait caca dedans ou si je porte encore des couches ». (Claire, elle, portait d'élégants caleçons moulants. Dans les années 80, le caleçon était considéré comme un objet élégant, oui, surtout s'il était imprimé de motifs bariolés.) Je préfère passer pudiquement sur cette scène où mes bras se sont révélés incapables de se tendre, où mes jambes sont restées repliées et où, à un quart de roue, elles sont retombées comme deux enclumes sur le tapis de sol – de toute façon, j'avais pas réussi à les lever au-delà de soixante centimètres, donc autant dire que les faire passer au-dessus de ma tête, ce n'était pas envisageable. Tout cela pour exécuter ce qu'il faut bien qualifier de plus réussie imitation de crapaud constipé. Cette roue-là, c'était la preuve de l'existence du dieu du caca (*poo's god*) et, petite chanceuse que j'étais, il m'avait choisie pour être sa représentante sur terre.

La classe a éclaté de rire et je suis restée stupéfaite. Pourquoi je n'y arrivais pas, alors que ça avait l'air tellement facile pour les autres ?

Ayant une force de caractère proche de zéro, j'en ai conclu une chose : je suis nulle en sport. Rien ne sert de lutter.

Comme j'avais vraiment pas le cul bordé de nouilles, du CP à la troisième, je me suis tapé tous les cours de gym avec Claire. Et je suis devenue le cauchemar des profs de sport.

Le reste de ma scolarité, quand je pensais à la vie des adultes, je me disais systématiquement que c'était une vie sans cours de sport. Donc une belle vie. Mais, malgré tous ces lourds traumatismes liés aux cours d'EPS, j'ai donc décidé de faire du sport, parce que vaguement dans mon esprit je me disais que, en état d'épuisement, pratiquer une activité sportive me redonnerait la forme.

Tout le problème étant évidemment de choisir quel mode de torture me satisferait le mieux. En gros, j'aime les sports cons, débiles, qui n'ont aucun sens et aucun but. Par exemple, faire des séries d'abdos.

Du coup, je suis plutôt attirée par les sports de poufiasses.

Là, vous allez me dire : « Ah, t'as essayé la gym suédoise !! » La gym suédoise, c'est le sport qui fait des ravages chez les trentenaires parisiennes.

Mais non. Même pas. J'ai réussi l'incroyable exploit de trouver encore plus pétasse que la gym suédoise : l'aquabike. Rien que le nom fleure bon le gloss à la fraise.

On va pas y aller par quatre chemins en essayant

de se faire croire qu'il y a des règles complexes. Ça consiste à pédaler au fond d'une piscine sans avancer. Franchement, peut-on imaginer plus con que ça ?

Ça se pratique dans des petites piscines spécialisées. (Comprendre : c'est cher, je dis ça à l'attention des amis jeunes qui sont fauchés. Vous ferez du sport de poufiasse quand, comme moi, vous aurez renoncé à toute vie sociale pour consacrer votre existence au travail.) Il y a des vélos attachés au fond de la piscine, vous avez de l'eau jusqu'à la poitrine, et vous pédalez en rythme sur de la musique de pouf'. Enfin… ça, c'est en théorie.

Là, il est temps que je vous précise une chose : je ne sais pas faire de vélo. En général, on me dit : « C'est parce que t'as jamais essayé. » Eh bah non. J'ai essayé, j'ai échoué. J'ai un problème 1°) d'équilibre, 2°) de coordination des mouvements. Mais bon, pour l'aquabike, je me suis dit que c'était pas bien grave.

Pour mon premier cours, je suis tombée sur Musclor comme prof. On m'avait prévenue que Musclor était un peu… tonique. Tu m'étonnes…

Je m'installe sur le vélo.

Là, Musclor rigole. Les autres élèves rigolent aussi. « Ah non ! On enlève la selle. » Hein ? Cette espèce de gros malade a vraiment enlevé la selle de mon vélo. Après, j'ai fait des cours avec d'autres profs. Comprendre d'autres profs qui n'enlèvent pas la selle. Et je vais vous dire pourquoi leur bon sens leur fait laisser le vélo en entier plutôt que de le dépecer. Parce que, en gros, on fait des exercices par session de deux minutes et après on a un repos de vingt secondes. Sauf que, quand t'as pas de selle, tu fais quoi pendant ton repos ? Bah, tu continues à pédaler, à moins d'avoir envie de t'empaler la chatte sur une barre en fer carrée. (En même temps, en l'écrivant, je me dis que ce dilemme aurait mérité une vraie réflexion de ma part.)

Sinon, dans les descriptions que j'avais lues sur l'Internet des magazines féminins, les meufs disaient que l'aquabike, c'est super, on fait du sport sans s'en rendre compte, c'est pas du tout fatigant. Disons-le tout net : ces meufs mentent, elles ne sont jamais allées à un cours. (Ou alors, elles y sont allées avec leur carte de presse tatouée sur le front.) Parce que, pédaler debout sans selle avec des haltères dans les mains (ah oui, c'est vachement complet comme sport), c'est pas « pas du tout fatigant », c'est crevant. Comme dans crever. Comme dans mort. Comme dans plus jamais ça.

Je sais pas comment je m'y suis prise, mais, à peine cinq minutes après le début du cours, j'avais déjà retrouvé mon statut de mauvaise élève reloue. D'abord, je faisais mal les exercices. On se refait pas, hein. Quand il a été question de pédaler à l'envers, c'était juste hors de portée de mes capacités. Musclor m'a alors très justement fait remarquer : « Ah oui, ça, c'est un problème de coordination des mouvements… » Je sais, *merci*.

Donc je râlais. Quand il regardait pas, je ralentissais mon rythme de pédalage. Quand il me disait d'aller plus vite, je le regardais avec ce charmant regard que j'ai parfois, où se mêlent mépris et arrogance, et je lui disais : « Bah non. Pas plus vite. Parce que je peux pas. » D'autant plus sûre de moi que, contrairement aux cours d'EPS, là, je paye. Je suis cliente, donc si je décide de pas aller plus vite, je ne vais pas plus vite.

Il y a eu deux moments gênants pendant ce premier cours.

Moment gênant n° 1

On est en plein effort. On en chie grave. Pour nous encourager, le prof parle fort. Aka la méthode militaire. Ça rappelle un peu les scènes humoristiques pas drôles dans les films ou les séries avec un instructeur qui fait répéter n'importe quoi à ses soldats. Sur le moment, j'écoute pas trop ce qu'il raconte. Je suis concentrée sur ma mort prochaine, parce que mourir, c'est quand même un moment important dans une vie, tant qu'à faire, j'aimerais ne pas le rater quand ça va arriver, dans quelques minutes, suite à une crise cardiaque. Pédale, pédale, lève les bras, pédale, rétropédale. Et à un moment le prof demande d'une voix hyper-forte : « ON AIME LE SPORT ? » Et là, c'est sorti tout seul. J'ai crié « NOON ». Il y a eu un silence. Le prof m'a dit : « Non mais, ça va pas ? » Les autres filles m'ont regardée avec l'air de penser : « Bah oui, on n'aime pas le sport, sinon on ferait pas de l'aquabike, mais on le sait, ça sert à rien de le hurler. »

Moment gênant n° 2

Aller faire du sport en maillot de bain, c'est gênant. Mais il y a une espèce de règle implicite qui veut que, non, on ne se juge pas entre meufs et surtout que le prof ne nous mate pas. Règle de base.

Sauf que, voilà, cette règle a été irrémédiablement foulée aux pieds par Musclor. C'était au moment d'un exercice présenté comme « Allez les filles, maintenant on passe à l'exercice anti-cellulite ». Exercice, accueilli par des cris d'enthousiasme par les autres filles, Musclor se retourne vers moi et dit : « Bon, toi, t'en as pas besoin, mais on va dire que c'est préventif. » OK. Donc il aurait voulu que le reste du groupe me déteste, il ne s'y serait pas pris autrement. À la limite, y'aurait eu que des nanas de 50 ans et j'aurais été la plus jeune, pourquoi pas. Mais, même sans la regarder, j'ai senti se remplir de larmes les yeux de ma voisine de vélo, approximativement âgée de 16 ans. En prime, ça impliquait que Musclor nous mate le cul quand on entre dans la piscine. (En outre, il a menti. J'ai évidemment de la cellulite comme tout le monde, parce que chez moi non plus la nature n'a pas trouvé d'autre moyen de stocker la graisse qui sert à nourrir les bébés. Juste j'en ai peu, mais, comme je fais cinquante kilos, ça serait quand même la grosse lose d'avoir un physique de Somalienne *et* d'être couverte de cellulite.)

Au final, je suis plutôt convaincue par l'aquabike. C'est-à-dire que je continue à y aller.

Le seul problème, c'est que ça reste quand même du sport. Résultat, j'ai mal aux muscles. (Incroyable le nombre de muscles qu'on a dans le corps.) (À moins que je me sois cassé des os.) (Dans ce cas : incroyable le nombre d'os qu'on a dans le corps.)

Théorie sur le sexe n° 7 : les nouvelles règles amoureuses et sexuelles

C'est simple. En fait, y'en a pas.

Du coup, c'est compliqué.

J'imagine que dans les temps anciens (aka le XIXe siècle) les choses n'étaient pas absolument gravées dans le marbre, mais, quand même, elles paraissaient assez clairement réglées. L'homme faisait sa cour, puis sa demande en mariage, on se mariait et on pouvait enfin se défoncer les parties génitales en se découvrant bibliquement pendant la nuit de noces. Après, chacun trompait l'autre, qui avec des amants, qui avec des maîtresses. L'homme allait au bordel et/ou entretenait une danseuse à qui il avait également fait une sorte de cour en étalant ses billets de banque. Alors que, dans le même temps, sa femme se faisait elle aussi courtiser par un autre. (Amis profs d'histoire, vous avez besoin que j'intervienne dans vos cours pour apporter une vision nuancée, subtile et rigoureuse de l'histoire de la société française ? N'hésitez pas à me contacter.)

Finalement, c'était simple. Il y avait d'un côté la relation officielle maritale et de l'autre les liaisons sexualo-amoureuses (ça se dit pas ? C'est pas grave, vous avez compris l'idée).

Si l'homme vous arrachait votre corset, c'est qu'il voulait vos nichons ; s'il vous apportait une bague, c'est qu'il voulait votre main.

Puis il y a eu la libéralisation des mœurs, le divorce, ces salopes de femmes ont pris des contraceptifs et sont parties courir le guilledou. Il est devenu quasiment impossible de différencier la catin de la bonne épouse. Voire, horreur absolue, de dangereuses schizophrènes jouaient parfois les deux rôles en même temps. *Godness*…

En regardant le temps présent – oui, à mes heures perdues, je monte sur la roche de Solutré et je contemple le présent –, j'ai l'impression que, depuis la révolution sexuelle, les choses continuent de changer. C'est peut-être la conjonction d'un milieu social, d'une génération et d'un moment (ou alors c'est juste que mes amis et moi avons un certain talent pour les relations sentimentales perverses et déviantes), mais, quand même, nos discussions amoureuses (hors gens en couple depuis un moment) ressemblent de plus en plus à :

— Et alors, vous êtes ensemble ?

— Je sais pas / pas vraiment / bof / on verra.

— Et il/elle est au courant qu'en fait vous êtes pas vraiment ensemble ?

— Heu… oui… non… je sais pas.

On notera dans cet échange que la notion de couple reste un repère central. On n'est plus du tout dans les problématiques de la révolution sexuelle ou chez les hippies qui veulent une autre société. On garde les fondamentaux. On a juste instauré un flou de début de relation.

Pourtant, c'est pas faute d'avoir essayé d'inventer de nouvelles règles – comme le *fuckfriend*. On a voulu théoriser la chose avec des commandements. Mais, finalement, pourquoi s'emmerder à établir des règles alors qu'on peut juste faire n'importe quoi ? Résultat, maintenant, on commence par baiser et on réfléchit après, alors que, il n'y a pas si longtemps, un coup d'un soir n'était qu'un coup d'un soir et se trouvait tout à fait différencié par essence d'un début de relation. Désormais, la nature de la relation n'est pas définie avant de niquer. *One shot*, *fuckfriend*, relation suivie, on verra ça plus tard. (C'est aussi peut-être parce qu'on est souvent saouls à ce moment-là.)

En règle générale (disons pour les individus entre 25 et 35 ans), au XXIe siècle : on discute, on boit, on baise.

Le lendemain, on se réveille et on réfléchit. Là, deux possibilités :

1°) C'était juste un coup d'un soir (et faudrait vraiment que je pense à arrêter de boire) ;

2°) Remettons ça à l'occasion.

La plupart des relations assez récentes qui se transforment en histoire d'amour se sont en définitive contentées de prolonger le schéma du 2°) :

On nique **->** on remet ça plusieurs fois **->** ah, tiens, on est ensemble.

La relation commence donc par le sexe et, du coup, la symbolique s'est déplacée ailleurs. Si avant le sexe était perçu comme un aboutissement, ou une étape importante dans la construction d'une relation, cet aspect symbolique s'est déplacé sur d'autres enjeux, comme prendre le petit déjeuner ensemble ou envoyer un texto dans la journée.

De même, le jeu de séduction. On se tournait autour, on se draguait, on niquait. Maintenant, il est fréquent de se draguer après avoir niqué. On joue à se séduire ensuite parce qu'on se plaît, que c'était une nuit assez prometteuse, etc. La chronologie sexuelle a totalement changé, ce qui modifie quand même pas mal le jeu amoureux.

Et là, vous vous demandez où je veux en venir ? Bah, je n'en ai foutrement pas la moindre idée. Mais ces réflexions d'ordre théorique me rassurent sur le fait qu'il est tout à fait normal, voire dans l'ère du temps, de passer de temps en temps quelques nuits avec le Chef. Je me dis que c'est notre manière de devenir amis.

3 mai 2011
La vengeance

Je n'avais pas d'avis très tranché sur la notion de vengeance – jusqu'à aujourd'hui.

Aujourd'hui, je suis en mesure d'affirmer que c'est suprêmement pourri.

On se rappelle que la perte de Tikka a été une épreuve que j'ai salement vécue.

On se rappelle également que je m'étais inscrite sur chatsperdus.org. Je ne sais pas trop pourquoi, mais Partenaire Chocapic avait tenu à ce qu'on mette son numéro de téléphone comme contact. OK.

Eh bien, l'autre jour, j'ai reçu un mail d'une dame qui me dit qu'elle a retrouvé Tikka.

Je pleure de joie.

Le problème, c'est qu'elle l'a retrouvée il y a plusieurs mois. Elle traînait dans un square du 11e arrondissement. Et là, je vais vous scier, mais c'est à vingt mètres de mon premier studio d'étudiante, studio dans lequel Tikka a grandi (avant que je ne lui inflige mes moult déménagements).

Et donc la dame a appelé le numéro de contact, et l'homme qui lui a répondu lui a dit de laisser tomber, que ce n'était sûrement pas le bon chat. Elle a insisté en disant que c'était le même que sur la photo. Et c'est limite s'il ne lui a pas raccroché au nez.

Évidemment, il n'a pas daigné m'envoyer ne serait-ce qu'un texto pour m'en informer.

Mais putain… Il s'est pris pour le Joseph Fritzl des chats ? C'est minable.

Je veux bien qu'on ne se sépare pas en bons termes, mais de là à me voler Tikka… (Oui, *de facto*, je considère que c'est comme s'il l'avait kidnappée et maintenue affamée dans une cage pendant des mois en lui faisant subir toutes sortes de sévices.)

Bref. La dame m'a donné le contact de l'association à laquelle Tikka a été confiée. Association que je harcèle depuis en vain. Visiblement, elle a été adoptée par une nouvelle famille qui ne veut même pas que je passe lui dire que je l'aimerai toute ma vie, que je m'excuse et que j'espère qu'elle est heureuse. Ces gens sont très étranges quand même.

Il faut aussi avouer qu'il y a un autre problème pour récupérer Tikka. C'est qu'entre-temps j'ai pris un nouveau chat. (Merci de ne pas me juger. Non, je ne comptais pas vraiment la remplacer, juste me consoler dans les pattes d'une autre.) Ma chatte actuelle s'appelle Brice Nane Teinturier. Nane, parce que, après Tikka, ça me paraissait une suite logique. Et Brice Teinturier, qui est, vous le savez sans doute, le patron de l'Ipsos qu'on voit à la télé pendant les élections, parce qu'elle a le même regard apeuré que ce monsieur. Brice Teinturier passe à la télé très régulièrement depuis des années et pourtant le malaise et la peur que son visage exprime sont toujours identiques. Dès que la caméra se braque sur lui, il a les yeux écarquillés de terreur et cela tend à me le rendre fort sympathique. Parce que les gens hyper à l'aise dans la vie, c'est un peu lourd. OK, t'as pas de phobie sociale, c'est bon, on a compris, mais c'est pas une raison pour nous balancer à la gueule ton absence de névrose.

Or, il se trouve que Brice Nane Teinturier a les mêmes yeux tout ronds et apeurés.

En même temps, peut-être qu'elle sent qu'elle est sur la sellette, que sa présence dans l'appart est conditionnée au fait de ne pas pouvoir récupérer Tikka.

4 juillet 2011
L'immeuble du bonheur et des emmerdes

Un jour dans votre existence, vous avez sûrement vu la bande-annonce du film de Dany Boon, *La Maison du bonheur*. Je suis en pleine adaptation existentielle pour une version qui s'intitule *L'Immeuble du bonheur*. Au gré de ma lose d'appart et de thune, j'ai quand même écumé pas mal d'immeubles, mais aucun n'avait atteint le niveau de celui-ci.

Pourtant, je reviens de loin.

Plus précisément de Montreuil, où – à l'époque – deux nanas s'étaient installées en coloc en dessous de chez nous (nous = l'Ex, soit l'homme du début de ce récit, et moi) (j'ai une facilité maladive à emménager à deux) (je ne retiens rien de mes expériences). Nos nouvelles voisines étaient deux théâtreuses intermittentes du spectacle (déjà, j'aurais dû me méfier, c'est de la graine à emmerdes, ça). Un samedi après-midi, elles viennent sonner chez moi pour m'informer qu'elles organisent une « petite pendaison de crémaillère » et que ça serait « super que tu passes faire la fête avec nous ». Je fais oui-oui, et je leur ferme la porte au nez en me demandant comment ces deux gueuses peuvent imaginer une seconde que je vais aller écouter leurs potes jouer du djembé alors que y'a Zemmour à la télé. À 23 heures, je m'installe donc tranquillement devant France 2 avec ma tisane et une tablette de chocolat. À 23 h 05, les fondations de l'immeuble se mettent à trembler. Véridique. Je n'ai jamais compris comment elles avaient réussi à produire un tel vacarme. Ma seule explication, c'est qu'elles avaient dû organiser un concours de jeté d'obèses contre les murs, vu que lesdits murs se fissuraient. Mes voisins de palier qui avaient deux enfants en bas âge ont failli se pendre. Et ceux de l'autre côté de la rue ont appelé les flics. Ça reste, dans mon souvenir, comme une des pires nuits de ma vie, et pourtant, en tant que Parisienne, je peux vous assurer que j'ai enduré nombre de fêtes de la Musique.

Le samedi aprèm suivant, j'étais chez moi (à l'époque, ma vie sociale commençait le vendredi soir et finissait le samedi matin), ça sonne. C'est les deux déchets de l'intermittence. « Coucou, on organise notre pendaison de crémaillère ce soir, si tu veux passer. »

J'ai cru à une faille spatio-temporelle.

« Bah, c'était pas déjà la semaine dernière, votre fête de merde ?

— Si. Mais on pouvait pas inviter tout le monde en même temps, alors on a fait ça en deux parties pour moins déranger. »

Clairement, elles et moi, on ne jouait pas dans la même catégorie. En fin d'après-midi, l'Ex est rentré à la maison et m'a trouvée en train de faire les valises en pleurant. J'ai essayé de lui expliquer que les voisines refaisaient une teuf et que j'avais repéré sur Google Maps les abris antiatomiques les plus proches. À quoi il m'a répondu : « T'es folle ? Y'a Zemmour ce soir à la télé. Hors de question qu'on bouge. »

À minuit, on était assis sur le canap, le regard dans le vide, sans échanger un mot, devant la télé dont on n'entendait pas un son, à essayer de faire abstraction du bruit de l'enfer qui nous environnait. L'appart des deux sacs à merde du théâtre subventionné devait être trop petit, alors elles avaient décidé de faire la teuf dans tout l'immeuble, escalier compris. À un moment quand même, on distingue au milieu des bruits de marteaux-piqueurs des hurlements d'obèses et des cris d'enfants en train d'être égorgés, un son étrange. Des coups assez réguliers donnés contre notre porte. On se lève, on ouvre et là…

Comment vous expliquer ce qu'on a vu…

Ce qui cognait contre notre porte, c'était la tête de la voisine en train de se faire baiser par un de ses invités sur notre palier. Du coup, en ouvrant notre porte, on s'est retrouvés face à face avec le mec, qui nous a regardés et nous a souri tout en continuant de pistonner méthodiquement notre voisine, ce ramassis à mycoses, dont la tête saoule gisait donc à nos pieds. Ils nous ont dit : « Désolés, on va aller se finir dans la cave. »

Mais, malgré tout, ça n'arrive pas à la demi-cheville de mon immeuble actuel. Y vivre, c'est avoir l'impression que Dieu vous a chié sur la gueule.

Que s'est-il passé ces deux derniers mois dans l'immeuble du bonheur ?

Déjà, Ouin-Ouin – rappelez-vous cette créature née du croisement improbable d'une pipe à crack et d'un lama. J'ai failli vous narrer sa dernière catastrophe et puis, sur le coup, j'ai abandonné et préféré me concentrer sur la recherche de numéros de tueurs à gages albanais. En résumé : il y a deux mois, Ouin-Ouin a mis le feu à son matelas et c'est une voisine et moi qui, alertées par la fumée, avons appelé les flics, qui ont arrêté l'incendie et trouvé Ouin-Ouin gisant à moitié asphyxié dans son taudis. Comme cet immeuble est vraiment maudit, il a survécu.

Et puis, il y a un mois, apparaît une affiche : « Avis de travaux ».

J'ai tout de suite pressenti que c'était une annonce de l'ange destructeur de la Mort. Ça a pas loupé. D'abord, ils ont creusé un trou sous l'immeuble.

Deux jours plus tard, l'ange de la Mort est repassé

déposer une autre affiche nous informant qu'il y avait eu un « incident » sur la « conduite de gaz ». « Durée probable de l'interruption : 72 heures ».

Super. Pour vous rappeler ma peur des fuites de gaz qui vont nous tuer, souvenez-vous que je l'avais notée dans ma liste de la mort. (Non, je ne suis pas juive, mais j'ai quand même peur du gaz.)

Donc coupure de gaz, autrement dit coupure d'eau chaude pendant deux jours.

D'où crise de nerfs le jeudi soir, où j'ai jeté de rage un sachet de parmesan contre un mur parce que je n'arrivais pas à l'ouvrir.

Samedi, je me dis que je sur-réagis peut-être. Samedi après-midi, je découvre que je suis enceinte.

Je vous balance ça comme ça parce que ça m'a fait à peu près la même surprise.

J'ai appelé Meilleure Amie et on a mis une minute montre en main avant de décider que c'était absolument génial, nonobstant le fait que je suis célibataire et qu'il n'est pas du tout à l'ordre du jour que cela change, que mon organisme est encore imbibé d'alcool et que je n'ai pas de travail fixe. Après tout, j'ai 30 ans, je suis une femme forte et indépendante, et puis on se dit qu'on peut toujours ouvrir un kibboutz ensemble.

Samedi soir, à minuit, je suis encore un peu sous le choc quand se produit le double dégât des eaux. (Vous avez remarqué que les fuites, c'est toujours le samedi soir ou les jours fériés ? C'est évidemment un complot des plombiers polonais antisémites. Certes, je ne suis pas juive, mais d'abord les plombiers polonais ne peuvent pas le savoir, et ensuite ma non-judaïté ne m'empêche aucunement d'être paranoïaque.) (J'ai aussi envie de dire que les fuites, c'est toujours le jour où tu viens d'apprendre que tu es enceinte et seule, mais je ne suis pas certaine que ce soit vrai.)

La fuite se situe entre mon palier et celui de la voisine du dessous, qui a littéralement pété les plombs. Résultat, elle a agressé verbalement la petite dame d'en face de chez moi, mignonne chose timide aux yeux bleus, immigrée en France depuis vingt-cinq ans d'un improbable pays de l'Est et qui ne comprend pas trop ce qui se passe depuis que Ceauşescu est mort.

Et ce matin, lundi donc, je suis toujours enceinte, célibataire et en pyjama sur mon palier, et je regarde la scène avec l'impression de voir le tournage d'une émission trash de TF1. À ma gauche, la petite dame qui comprend rien à ce qui se passe, mais écarquille ses grands yeux bleus de biche ménopausée. Face à moi, je vous présente le plombier polonais qui parle pas français, mais qui me répète que « c'est normal, normal ». Évidemment, on est tombés sur le seul plombier de Paris qui considère que l'état normal d'une canalisation, c'est d'être pétée. La voisine du dessous, qui m'entend parler avec le plombier, monte nous rejoindre et se met à crier sur la petite dame en lui disant : « Ici, on est pas en Europe de l'Est. T'arrêtes ta machine à laver et tu te démerdes, sale conne. » Y'a un truc à savoir quand on veut insulter une mamie d'Europe de l'Est, c'est de toujours vérifier qu'elle est vraiment seule et démunie. Parce que là, pas de bol, le fils de la petite dame (1 m 90) arrive et hurle qu'on parle pas comme ça à sa maman. Au milieu, le plombier qui s'amuse comme un petit fou de toute cette agitation. Tu m'étonnes, il était trop content qu'on l'oublie un peu. Du coup, il est hyper-relax pour me répéter : « Normal, normal, j'ai cassé tuyau vendredi. »

Perso, j'étais préoccupée par une seule chose : la peur qu'une partie de la fuite touche l'arrivée d'eau de ma douche. À ce moment-là, mon esprit a décidé que c'était la chose la plus urgente à régler dans mon bordel existentiel. Donc je me mets à crier aussi pour couvrir la voix des autres hystéros et je demande au Polonais qui clairement se croit sur un plateau de TF1 avec son putain de sourire de suceur de sang d'enfants juifs : « EST-CE QUE JE PEUX PRENDRE MA DOUCHE ? » Là, il hoche vigoureusement la tête : « Oui, oui. Douche, OK. Toilettes pas bon. Plus utiliser. »

Faut voir le bon côté des choses. Je n'ai plus de chiottes jusqu'à nouvel ordre, mais je peux toujours pisser dans la douche, alors que j'aurais eu du mal à me doucher dans les chiottes. Comme je ne m'alimente plus que de jus de fruits (ma nouvelle lubie nutritionnelle), je ne fais plus caca.

Cela étant, au vu de ma nouvelle situation, je commence à envisager de déménager dans quelques mois. (Quand je serai enceinte jusqu'aux yeux et que j'aurai que ça à foutre de porter des cartons sur cinq étages.) (Je suis déjà une mère responsable, vu que désormais j'anticipe que mon plan est foireux. Mais je n'y renonce pas pour autant.)

Pour l'instant, ça fait trois heures que je demande au Polonais s'il va réparer la fuite et qu'il me répond un truc que je ne comprends toujours pas, mais que d'après son langage corporel je peux résumer par « non ».

Comme je suis à un tournant de ma vie,
je me pose des questions
et je tire des conclusions

1°) Je pense qu'il est temps d'admettre que passer ces vacances d'été à Paris était vraiment ma pire idée de l'année. (Et sachez que cette année je fus particulièrement prolixe en idées de merde.) Tous les matins en me levant, je regarde par la fenêtre et je m'arrache un cheveu pour chaque nuage que je vois. De toute façon, ma mère m'a dit que la grossesse, ça faisait tomber les cheveux et les dents.

Évidemment, le fait que je sois fauchée comme le blé a un peu joué le soir où j'ai choisi ma destination de vacances.

2°) Que faire d'une expression comme « fauchée comme les blés », qui à l'origine était sans aucun doute une merveilleuse invention stylistique, mais que la bonne fortune a transformée en cliché ? Si le cliché est tombé en désuétude, on peut considérer qu'il acquiert une virginité nouvelle. Donc, en juillet 2011, il redevient acceptable d'écrire des choses comme « fauchée comme le blé ».

3°) Où en sont mes fascinants problèmes de plomberie ? Pendant quinze jours, j'ai été faire caca chez ma voisine du dessous, qui était partie en vacances en me laissant aimablement un double de ses clés. Au final, c'était un peu comme vivre dans un duplex. Ça a aussi été l'occasion de tester le degré de puritanisme de mes amis. Quand ils voulaient pisser, je leur offrais le choix. Tu préfères :

a/ qu'on descende tous les deux chez ma voisine, ce qui est un peu relou ;

b/ pisser dans ma douche, qui finalement, si on y pense bien, est une sorte de toilette à la turque ?

J'ai vu des hésitations, des « non mais je peux pas pisser dans ta douche quand même... », puis une lueur de lubricité dans les yeux : « Si ? T'es sûre ? » Au final, 100 % des amis ont choisi la douche. Ce qui m'a rendue plutôt fière d'eux.

Après quinze jours de hurlements au téléphone et six plombiers différents venus constater la fuite mais sans avoir l'autorisation de la réparer, lundi dernier, le syndic de l'immeuble s'est pointé avec deux jeunes plombiers pour faire les travaux. Ah ! Enfin ! Je m'en vais actionner ma chasse d'eau pour leur montrer le déluge total qui se produit alors sur le palier du dessous. On reste deux minutes, nos têtes levées vers le plafond. Et, finalement, l'un des plombiers émet ce constat simple et implacable : « Y'a pas de fuite. » Effectivement. Rien. Pas une goutte d'eau. Plus de fuite.

Je m'énerve, je leur jure que ça fuit depuis quinze jours (parce que je sentais bien venir le truc qu'ils allaient rien réparer et que dès le lendemain ça allait recommencer). À ce moment-là passe cet enculé de plombier polonais (qui est toujours dans l'immeuble pour finir de percer toutes les canalisations), je l'attrape. Je lui montre l'absence de fuite (et je vous promets que montrer une absence de quelque chose, c'est métaphysiquement assez difficile). À quoi il me répond en souriant : « Normal-normal, ça a séché. » OK. Merci de ton explication, mec. Sachez donc que les fuites, ça sèche. Les plombiers finissent par tapoter les tuyaux et m'annoncent : « Ah là là… mais c'est votre douche qui fuit, là. »

Donc mes toilettes fuyaient et ils ont réparé ma douche.

Je laisse tomber.

10 août 2011
Parcours médical de la combattante

En ce moment, je n'en branle pas une. L'avantage d'être enceinte, c'est que même quand je ne fais rien, je me dis que je suis en train de construire un bébé. (Même si je sais qu'en vrai, un bébé, ce n'est pas comme un Kinder Surprise.)

Pourtant, s'il y a bien un moment dans ma vie où il serait judicieux de faire une liste, c'est maintenant. Mais je n'ai absolument aucune idée de ce qu'on est censé faire en prévision d'une naissance, à part photographier mes seins dix fois par jour.

Heureusement, mon gynéco me connaît assez bien et m'a écrit un planning détaillé des trucs à faire. Dedans, y'avait « échographie premier trimestre ». J'y suis donc allée. Seule. Je veux bien que le Chef vienne chez moi tous les soirs pour me faire à manger, mais on ne va pas non plus faire des trucs de couple comme aller ensemble aux visites médicales. Certes, je suis enceinte, mais on n'est pas au XIXe siècle. Je suis moderne. Et puis, je ne referai plus la même erreur de me maquer sur un coup de tête parce que ça paraît plus simple. C'est hors de question. J'aimerais, pour une fois dans ma vie, être capable d'apprendre de mes erreurs passées. Évidemment, dans la salle d'attente, il n'y avait que des couples qui se tenaient la main d'un air béat. Je me suis consolée en me disant que techniquement, nous aussi, nous étions deux. Comme je suis une poissarde de la vie, je suis tombée sur un échographiste méchant. D'abord, il me demande la date de conception. Mais comment veux-tu que je le sache, mec ? Je tiens pas un planning de mes rapports sexuels. Je lui explique donc que, justement, mon gynéco compte sur cette échographie pour avoir une date à peu près précise de l'accouchement. Parce que ça nous arrangerait un peu de savoir. L'échographiste me regarde comme si j'étais une demeurée totale. Il lance sa machine tout en me disant : « Comptez pas là-dessus ! Moi, je ne peux pas donner une estimation de date, c'est à votre gynéco de faire ça. »

Mais je ne l'écoute plus parce qu'il se passe un truc de ouf : je vois un pied sur l'écran. Je suis enceinte d'un pied. J'ai un pied dans le ventre. Ça me paraît d'autant plus fou que je n'ai pas pris un kilo et que, à ce stade de la grossesse, je m'attendais à voir un grain de riz. Ensuite, l'échographiste me dit : « Vous ne me demandez pas le sexe ? » Heu… bah non. Je sais que c'est au deuxième trimestre qu'on peut le voir. « Ah bon ? Et vous êtes sûre ? » J'ai l'impression de passer l'oral du bac. « Heu, oui. — Ah, OK. » Au bout de deux minutes où il mesure le pied, je finis par lui demander : « Mais là, vous pouvez voir le sexe ? — Oui. — Et alors, c'est quoi ? — Vous en pensez quoi, vous ? » Putain, mais je sais pas. Je savais même pas que les pieds avaient un sexe, bordel, mec, il est 8 heures du mat', j'ai pas dormi depuis une semaine, je suis seule, je suis enceinte d'un pied, alors sois gentil une seconde. Je vous jure, ça a duré cinq minutes, pendant lesquelles cet abruti jouait aux devinettes avec moi. Il a quand même eu le culot de me demander si je préférais une fille ou un garçon. La question affreuse. Donc, au bout d'un dialogue absurde, il me dit « garçon ».

Oh…

Je vais avoir un petit pied de garçon.

Je suis heureuse.

On notera que, pour savoir si tôt que c'est un garçon, c'est qu'il a un énorme sexe. J'hésite à le surnommer l'Anaconda. Mais je vais me contenter de Têtard.

Ensuite, j'ai eu mon premier entretien à la maternité. Réussir à décrocher un entretien d'inscription dans une maternité à Paris, ça relève à peu près de la même gageure que trouver un CDI en France en ce moment. Sachez quand même que, parmi les maternités que j'ai appelées, y'en a une qui m'a répondu : « Mais c'est beaucoup trop tard ! Il fallait réserver une place d'accouchement au premier jour de retard des règles ! » OK… Mais qui sont ces meufs qui appellent le premier jour de retard ? Sans doute les mêmes qui connaissent précisément la date de conception. Donc, après avoir passé les trois dernières années à avoir la trouille de finir sous un pont, j'enchaîne avec la peur d'accoucher sous un pont.

Pour en revenir à mon entretien, ça se passait bien jusqu'à ce que la sage-femme me demande : « Votre situation familiale. Vous êtes mariée, pacsée, en concubinage, célibataire ou veuve ? » Je ne suis rien de tout ça, en fait, je n'ai absolument aucune idée d'où j'en suis d'un « point de vue familial ». Alors, tout ce que j'ai trouvé à répondre, c'est : « Vous avez pas "*it's complicated*" dans votre formulaire ? » Je vous déconseille de faire comme moi, ça a pas fait rire la meuf, elle a posé son stylo pour qu'on ait une « discussion » et ensuite elle m'a filé le numéro de la psy du service. (C'est comme au lycée, il ne faut jamais mettre sur son mot d'absence « raison personnelle ».)

3 septembre 2011
La rentrée

Vous n'avez peut-être pas remarqué, mais cette rentrée 2011 est exceptionnelle et tend à prouver que, 2011, c'est un peu mon année.

Putain, mais enfin quoi[1] !

J'ai été publiée. Un peu comme Balzac et Simone de Beauvoir. Ou Loana, Hervé Vilard et Christian Estrosi.

1. *Nota bene* à l'attention de Dieu : on peut savoir ce que t'as branlé pendant les trente années précédentes ? T'avais perdu mon dossier ? Il avait été oublié dans une benne à ordures ?

Le simple fait que mon roman ait été publié est, par essence, une réussite. (J'ai remporté le premier tour de ma partie de poker.)

Mais ce que vous brûlez de savoir, c'est comment on atteint un tel succès ?

C'est très simple.

D'abord, on prend un boulot à mi-temps, minable, sous-payé, et avec un CPE qui vous donne envie de vomir sur ses mains pleines de veines noueuses comme les arbres du mois de novembre qui s'étendent vers, etc.

Ensuite, on se dit qu'on en a pour deux ans d'écriture et qu'il ne va pas falloir se décourager.

Après, on essaie de pas trop écouter les gens, qui, au bout d'un an où ils n'ont pas lu une ligne, mais te voient transporter en permanence un petit cahier, te disent : « Je suis très inquiet pour ton avenir professionnel. Tu veux pas prendre un vrai travail ? »

Au départ, t'as une idée très précise de ce que tu veux faire. Ça va se passer dans un temps indéterminé, dans une ville imaginaire, pendant les championnats du monde d'un sport. Soit une durée de deux mois. T'inventes de A à Z un sport d'équipe. (Oui, j'ai fait ça.) Deux ans plus tard, le roman se passe en fait de nos jours, à Paris, pendant un laps de temps d'un an, sans aucune compétition sportive.

Ensuite, tu fais lire à des gens triés sur le volet.

1°) Tu fais lire la première version à la fille la plus sympa de Paris, qui se trouve être une copine dont c'est justement le travail, de lire des livres. Là, elle te dit : « Ton système énonciatif ne fonctionne pas. Il rompt le pacte de lecture. Faut que tu changes tout. »

D'abord, tu trouves que finalement elle est pas si sympa que ça. Ensuite, tu commences à lui expliquer qu'elle se trompe complètement, qu'elle n'a sans doute pas perçu que tu cherchais précisément à révolutionner l'énonciation romanesque.

Elle te répond : « Fais comme tu veux. »

Tu changes tout le système énonciatif.

Du coup, t'es obligée de réécrire tout le roman, car, au niveau du style, ça ne va plus.

2°) Tu fais lire à ton Coach la deuxième version. Dont tu sais qu'elle est parfaitement géniale et qu'il va s'évanouir d'admiration. Là, Coach te dit : « Elle est bien, ton intrigue politico-policière. C'est dommage qu'on n'y comprenne rien. » Cette fois, tu gagnes du temps. Tu abandonnes l'idée d'expliquer à Coach qu'il n'a pas bien saisi l'ampleur de ton génie et tu passes un mois à te demander pourquoi tes amis ne sont pas plus lucides quant à ton génie. Puis un mois à te dire que t'es une merde. Puis quatre mois à chercher comment refaire ton intrigue principale. Ensuite, tu réécris tout le roman.

3°) Le roman est fini. Tu décides de mettre au point des stratégies pour le publier. En parlant à ton Chef, parce que entre-temps t'es vaguement devenue journaliste. Il te dit : « Tu veux pas que je le relise avant que tu le donnes aux éditeurs ? » Tu sens à plein nez l'arnaque venant du Chef, qui retoque tous tes papiers. Mais comme tu n'as plus aucun ego, tu lui donnes quand même. Trois semaines plus tard, il débarque au café avec une version entièrement corrigée en rouge et t'explique : « Ça fait beaucoup de pages, ton livre. Faut enlever des adverbes. »

Après avoir donc tout réécrit trois fois, il ne te reste plus qu'à attendre la gloire, le cul sur le canapé. Accessoirement, tu attends aussi les réponses des éditeurs, qu'on peut ranger en quatre catégories :

1°) Ceux qui te répondent que « Cher monsieur, après une lecture attentive de votre manuscrit, nous avons le regret de vous annoncer que nous n'avons pas de place dans nos collections pour votre ouvrage pourtant plein de qualités ». (Là où ça fait mal, c'est quand la lettre commence par « Cher monsieur », alors qu'en page 1 du manuscrit t'as foutu ton CV avec une photo de toi pour suggérer que si besoin tu étais prête à poser nue pour une éventuelle promo.)

2°) Ceux qui te répondent qu'ils ont absolument détesté, haï, honni ce manuscrit qui ne ressemble à rien, qu'on n'écrit pas trois livres en un et qu'on ne conjugue pas « foutre » à l'imparfait du subjonctif, et que même pas ils torcheront le bâtard de leur labrador avec. Sincères salutations.

3°) Ceux qui te répondent que c'est pas mal, moui, pourquoi pas. On veut bien vous signer un contrat. Et t'expliquent qu'ils sentent que ça peut faire un excellent livre de plage pour les filles. Et que, pour revenir à elle, ils jugent excellente cette idée de poser nue pour la promo.

4°) Tu rencontres une éditrice parfaite et vous tombez amoureuses.

Là, enfin, tu peux retourner à ton canapé en attendant le coup de téléphone de ta banquière qui viendra s'aplatir d'excuses pour n'avoir pas cru en toi avant.

(Quand t'es publiée, tout de suite tu penses à tous les gens qui un jour t'ont fait chier, par exemple cette pute de Mathilde en 4e, et tu te dis que ça va leur faire une belle jambe. C'est seulement après que tu réalises que 1°) ils ne sauront sans doute jamais que t'as sorti un livre ; 2°) ils n'ont aucun souvenir de t'avoir humiliée il y a dix ans ; 3°) du coup, ils seraient même capables d'être contents pour toi de ce qui t'arrive.)

La Sécurité sociale

En prévision de l'arrivée de Têtard, j'ai décidé de m'intéresser à un concept nommé le « congé maternité ». Comme j'ai un statut (de) bâtard, sur Internet, je n'ai trouvé aucune réponse à ma question : « Qu'est-ce qu'il faut faire pour qu'on me donne de l'argent sans travailler ? » Alors j'ai téléphoné à la Sécu. La dame n'avait pas non plus la réponse, mais m'a assuré qu'il suffisait que je prenne un rendez-vous pour expliquer ma situation. Tu la vois venir, la grosse arnaque ?

Bon, alors, déjà dénonçons en force le fait que, au centre de Sécu où j'ai été, il n'y a pas de chaise pour s'asseoir en attendant son tour. Alors qu'*a priori* les gens qui viennent là-bas ne sont pas les plus en forme du pays. Mais passons. Je me retrouve dans un bureau avec une dame à qui j'explique mon cas. « Donc vous êtes en profession libérale ? » Non. Je réexplique. Je suis pigiste et auteur. « C'est pas une profession libérale ? » Non. Je réexplique. « Ah... »

Brusquement, je comprends que la dame s'ennuie. Elle n'en a rien à foutre de ce que je lui dis, elle est en train de dépérir d'ennui. Elle finit par me dire que je peux toucher un genre de RMI de la maternité dont le montant ne paye même pas mon loyer. (À moins que je décide de redéménager dans mon studio pourrave avec des murs orange.) Je dis OK, soyons pragmatique. Disons que je prenne juste un mois de congé maternité où je me débrouillerai pour survivre avec ce minimum ?

Elle m'a jeté un regard d'effroi. J'ai cru qu'elle allait appuyer sur un bouton rouge sous son bureau, que les flics allaient débarquer et m'incarcérer immédiatement à la MAF de Versailles.

« Mais vous n'avez pas le droit !!! Le congé maternel, c'est seize semaines !!! »

J'essaye de la calmer et de lui expliquer que je ne peux pas ne pas travailler pendant quatre mois, que financièrement, avec l'indemnité qu'elle me propose, ce n'est pas possible.

Elle n'a rien voulu entendre.

Certes, je comprends bien que ce congé incompressible de seize semaines, c'est pour protéger les femmes des méchants employeurs qui les forceraient à travailler. Je comprends que ma proposition foule aux pieds des années de lutte pour le droit des femmes.

Mais putain, du coup, le droit des femmes, il m'empêche carrément de prendre ne serait-ce qu'une semaine de congé maternité. Voilà comment je suis, contre mon gré, en train de devenir la Rachida Dati du Webjournalisme.

Vous n'êtes pas sans savoir – vu que j'étale ma vie privée – que mon immeuble est peuplé de créatures étranges. Il y a Ouin-Ouin. Il y a le voisin dont l'une des passions est de jouer – mal – du clavecin – tard le soir.

Et, plus bas dans l'immeuble, il y a la voisine qui se prend pour la concierge officielle – y'en a toujours une dans les immeubles qui se sent investie d'une mission divine d'espionnage, notamment de la vie privée des autres habitants. Moi, elle surveille les hommes qui viennent me rendre visite et, parfois, elle me gratifie d'un petit commentaire.

Bref.

L'autre jour, elle était tapie dans l'escalier tel un ragondin sauvage en pleine mission. Sa technique est aussi simple qu'efficace. Elle se poste avec des sacs de supermarché au niveau du premier étage et elle bouge pas. Genre elle fait une pause avant de continuer à monter ses courses. Mais, en vrai, je pense que son cabas est rempli de coton et qu'elle passe ses journées dans la cage d'escalier.

Donc, l'autre jour, je descendais et elle m'arrête pour m'expliquer qu'il y a des rôdeurs dans l'immeuble. Mouais… Mon pied s'arrête en suspension entre deux marches. Pour une fois que je ne suis pas en retard, je décide de lui consacrer cinq minutes. J'apprends qu'en fait ce qu'elle appelle des rôdeurs, ce sont quatre mecs qu'elle ne connaît pas qui sont entrés dans l'immeuble avec des valises.

TERREUR !

Quatre Arabes avec des valises.

GROSSE TERREUR !

Quand elle leur a demandé où ils allaient comme ça, ils ne lui ont pas répondu. (À leur place, j'aurais fait pareil.) (Mais eux, à mon avis, c'est surtout qu'ils ne parlent pas français.)

Eh bien, vous savez ce qu'elle a fait, la voisine ? Elle a appelé les flics. Tout simplement. Résultat, pendant qu'elle me raconte ça, la patrouille de police débarque – « Police nationale, bonjour » – pour rechercher « des individus suspects qui rôdent dans les parties communes ». Je dis au flic que non, je n'ai pas vu les individus en question. Et la voisine enchaîne : « Mais moi je les ai vus ! Ils avaient des valises alors qu'ils n'habitent pas l'immeuble. »

Tintintin… Si ça, c'est pas la preuve qu'ils veulent mettre l'immeuble à feu et à sang.

Le flic comprend assez vite qu'on l'a dérangé pendant sa partie de tarot pour des mecs qui montaient une valise.

Du coup, il fait un vague tour, et puis il nous dit qu'il s'en va.

Ce qu'il ne savait pas, c'est que ma voisine tient également du ragondin une certaine forme d'obstination butée. Elle lui explique qu'il ne mesure pas l'ampleur du danger. Qu'il doit mener une enquête, rester en planque (comprendre comme elle, le petit ragondin qui fait ça toute la journée). Et elle rajoute : « En fait, pour appeler la police, faut que j'attende qu'ils m'aient violée, c'est ça ? »

Le flic la regarde.

Prenons une minute pour visualiser ma voisine de 65 ans que de multiples grossesses n'ont pas épargnée.

Là, elle comprend que son argument n'a pas porté. Alors, prête à tout, elle rectifie : « Enfin… peut-être pas moi. Mais regardez-la, elle (elle me montre du doigt), ils vont la violer et vous ne faites rien. »

Malaise.

Gros malaise.

Silence.

Et puis j'ai dit : « Bon, je vais y aller. »

Un Salon du livre

Le week-end dernier, j'ai fait un Salon du livre en tant que primo-romancière. Ça n'a pas été chose aisée.

D'abord, le vendredi, je devais courir en taxi d'Issy-les-Moules (où j'étais pour une interview sur France 24) à la gare de Lyon pour choper mon train.

En fait, dès France 24, j'ai été chafouinée parce qu'on m'avait raté mon maquillage. À la première expression du visage, il a commencé à se craqueler. Des failles sont apparues sur le fond de teint et sont allées en s'élargissant de plus en plus comme la croûte terrestre dans un film catastrophe. J'ai voulu sourire. Zoom sur la fissure qui s'élargissait à toute vitesse, courait en même temps que les coins de ma bouche remontaient. Résultat : on aurait dit que je portais un masque de poupée fendillée, craquelée. J'avais l'impression d'être Bette Davis dans *Qu'est-il arrivé à Baby Jane ?*

Bref, je sors du plateau, prête à sauter dans mon taxi, quand on m'apprend que quelqu'un me l'a volé. What ? Une personne est montée dans le taxi G7 qui m'attendait, le chauffeur lui a demandé : « Vous êtes bien Titiou Lecoq ? », et l'individu a répondu oui, alors que de toute évidence c'était faux, puisque c'est moi et que, les homonymes, y'en a pas trop.

Résultat, on m'appelle un autre taxi. Je vais l'attendre dehors pour gagner dix secondes.

Au bout de vingt minutes, je re-rentre pour dire qu'il fait froid. J'apprends que le taxi m'attend depuis quinze minutes à une autre entrée.

Je cours.

Je monte à bord.

En route, je lui demande si c'est bon pour être à 17 h 20 à la gare de Lyon. Il m'assure sans l'ombre d'un doute qu'on y est dans quarante-cinq minutes facile. Comme c'est son métier, j'ai tendance à le croire.

Une heure et demie plus tard, alors qu'on est à l'arrêt à un feu vert, coincés dans un bouchon interminable, et qu'il est approximativement 17 h 25, le chauffeur se tourne vers moi pour me dire « désolé ».

Je réponds pas.

Je rate le train de 17 h 24.

Je rate le train de 17 h 54.

J'arrive pour celui de 18 h 20. Je cours à la borne. Je suis dans un état de nerfs proche de celui du type qui était de garde à Tchernobyl le jour J. Je mets mon billet dans la fente pour l'échanger. La machine l'avale, puis s'éteint.

Je sais pas si vous voyez bien le bordel ambiant gare de Lyon le vendredi à 18 h 30. Au milieu de toute cette agitation, je lâche mes sacs et roule des yeux. Je me dis que je vais craquer, que la vie est une grosse connasse.

Malheureusement, la vie m'entend, le prend hyper-mal et décide de me le faire payer par un truc qui ne m'était *jamais* arrivé de ma vie : mon soutif craque. (J'ai *ENFIN* des seins. Alléluia !)

Je me retrouve avec le soutif qui me remonte d'un coup sous la gorge et toujours le visage de Bette Davis à 82 ans quand elle se déguisait en fillette.

Dans un ultime sursaut, je décide d'acheter quand même un autre billet. J'ai évidemment raté le train de 18 h 24. (Donc trois trains de loupés à mon actif.) Je prends une place pour celui de 19 heures : 130 euros ta mère la pute. (À ce prix-là, je pourrais me payer vingt-cinq cunnis chez les putes chinoises de mon quartier.) (Ouais, à cet instant, je suis très triste et fatiguée et je me dis que le seul truc au monde qui pourrait me consoler, c'est un cunni. Chacun son truc.)

Là, parce qu'il flaire la meuf désespérée, que je suis maquillée comme une actrice de porno post-tournage, qu'on ne voit pas mon bide avec ma chemise et accessoirement que j'ai les nichons à l'air, un mec essaye de me brancher.

Le puits de l'enfer est-il vraiment sans fond ?

Je refuse de lui répondre. Je suis trop fatiguée pour le dégager. Je décide donc de l'ignorer. (Pas facile vu qu'il est debout devant moi.) Du coup, je baisse la tête pour regarder mes chaussures. (Cosette, le retour.) Je porte des chaussures vernies. Parfois, leur vue suffit à me redonner de l'énergie vitale. Sauf que là, à côté de mes chaussures, je vois un pigeon. Un putain de pigeon vivant qui bouge la tête pour tourner son œil aussi rond que vide dans ma direction.

Le pigeon me regarde sans parler. On se regarde. Il se passe aussi peu de choses dans son cerveau que dans le mien. Peut-être qu'il attend aussi que le mec relou se casse ? Brusquement, je relève la tête. J'ai un éclair de génie. Je sais ce qu'il me faut. Du Toblerone.

J'abandonne mec et pigeon et pars m'acheter du Toblerone. Inventé en 1908 par Theodor Tobler, le Toblerone est la première barre chocolatée de l'histoire. (J'essaie de faire du Houellebecq pour changer un peu de style.) Ensuite, j'ai pris le train.

J'ai fini la journée à 1 heure du mat' en m'accordant une cigarette (foutez-moi la paix) toute seule sur le parking d'un hôtel dans la banlieue de Saint-Étienne et en pensant qu'on n'était que vendredi soir et que le Salon n'avait même pas commencé. Ensuite, mes chaussures vernies et moi sommes remontées dans notre chambre d'hôtel. Là, je vous la fais courte, mais, quand je me décidai enfin à laisser mon visage de Bette Davis, je me suis rendu compte que j'avais oublié mon démaquillant. Toi, individu qui ne te maquille pas, tu ne mesures pas la galère que ça implique de se démaquiller à l'eau avec du PQ qui peluche. Les autres savent.

Le lendemain, après une nuit épouvantable, je m'en vais sur le Salon accomplir ma mission d'évangélisation du peuple.

10 heures : Sur le stand, je découvre qu'on m'a mise dans un coin où quasi personne ne passe, sauf parfois des gens qui s'arrêtent pour me demander pourquoi on m'a mise là. Sous-entendu : c'est parce que votre livre, il est moins bien ? En fait, c'est juste parce que je partage le stand avec François de Closets, Jean-François Kahn, Nelson Monfort et Janine Boissard. (J'ai l'impression d'avoir été déportée dans la bibliothèque de la maison de retraite de ma grand-mère.) Quand tout le monde vous tourne le dos, ça donne un peu l'impression d'être une pute unijambiste dont aucun client ne veut. Sur le stand, j'ai donc le temps d'explorer très en profondeur cette chose qu'on nomme l'ennui. C'est-à-dire l'émotion ressentie quand t'as ni ami, ni ordi, ni télé. Et, face à toi, le néant pendant dix heures.

11 heures : Je décide de faire pipi, histoire de noyer mon ennui dans l'urine, à défaut de vodka. Pas de chiottes prévues pour le Salon. Même pas les habituelles roulottes à caca. Non. Il faut traverser la place, entrer dans la mairie, traverser un couloir, pour trouver une toilette qui fonctionne, sauf que la lumière est pétée parce que, quand même, faudrait pas trop en demander. Comme je pense que 80 % des auteurs abandonnent le périple en route, l'avantage, c'est qu'il reste du PQ.

14 heures : Je m'ennuie tellement que j'ai envie de me planter un stylo dans la main pour voir s'il peut s'enfoncer de part en part. J'essaie de me souvenir

pourquoi à un moment dans ma vie ça a été tellement important de publier un roman (moment qui a approximativement duré quinze ans quand même).

16 h 30 : L'heure du débat. Les débats, c'est chouette. D'abord parce que j'aime bien donner mon avis dans un micro. Surtout ça fait qu'après les gens viennent me voir et achètent le livre. Mais pas à Saint-Étienne. D'abord, mon débat sur « la jeune garde du roman français » est pile au moment où la mairie offre un goûter. Ensuite, on est quatre intervenants pour une demi-heure. Et, surtout, une des membres de la « jeune garde du roman français » a eu le malheur d'agacer l'animateur, qui l'a mal pris et a tout arrêté au bout de vingt minutes.

À ce stade-là, on va arrêter de comptabiliser le nombre d'échecs de ce week-end.

17 h 30 : Dans un Salon du livre, il y a des gens très sympas, tellement sympas, même, que parfois ils achètent mon livre. Et d'autres individus que nous qualifierons de « gros pots de colle ». Eux, ils pensent que vous êtes là pour leur tenir compagnie. Ce genre d'individu se reconnaît parce que 1°) il est seul, 2°) il examine chaque auteur avant de choisir sa victime, 3°) il s'arrête devant sa proie – vous – et attend que vous le regardiez, 4°) il commence par : « Alors, ça parle de quoi, votre livre ? », 5°) il attend la première digression pour donner son avis sur le 11-Septembre, Sarkozy, Elvis Presley, les gens qui ne parlent plus à leurs voisins à cause d'Internet, 6°) il reste très longtemps à vous parler, 7°) il n'achète jamais votre livre. Vous êtes coincée, vous, petit écrivaillon, derrière votre table en plastique, sur votre chaise trop basse

qui vous met tout de suite en position d'infériorité. Et le pot de colle se dresse face à vous comme un énorme insecte, une mante religieuse qui agite ses pattes devant votre nez. Quand il a fini de vous vider de toute votre énergie vitale, il se contente d'aller chercher une autre victime.

Je me demande pourquoi l'évolution ne nous a pas pourvus de petits clapets qui permettraient de fermer nos oreilles aux bruits intempestifs.

« Dans les clapotements furieux des marées,
Moi, l'autre hiver, plus sourd que les cerveaux
[d'enfants,
Je courus ! Et les Péninsules démarrées
N'ont pas subi tohu-bohus plus triomphants. »

5 janvier 2012
Je suis toujours en vie

Mais je n'écris plus rien. Forte de mon statut d'Auteur, on pourrait s'imaginer que je suis partie me dorer le fion à Hawaï, mais en fait pas du tout.

D'abord, je suis potentiellement riche, c'est-à-dire toujours concrètement fauchée.

Deux trucs de crevard qu'on fait quand on est vraiment dans la dèche :

– chercher partout dans son appart de vieilles feuilles de soins qu'on n'aurait pas envoyées à la Sécu pour gratter 23 euros ;

– récupérer toutes les pièces de monnaie étrangères qu'on a rapportées de lointaines vacances et aller les faire changer en euros sonnants et trébuchants.

Sinon, je ne passe pas du tout mon temps à travailler entre deux séjours dans des lieux paradisiaques. Je branle rien – même pas ma moule. C'est dire.

Parce que j'arrive à rien.

Je crois que j'ai fait une crise de surmenage qui m'a conduite à une crise de sous-ménage.

Sous-ménage = je dors seize heures par jour (quatorze heures par nuit + sieste de deux heures), et le reste du temps je regarde intensément le plafond en imaginant tous les scénarios possibles pour mon accouchement.

Ça a commencé juste avant les fêtes. Peut-être que vous avez passé de bonnes fêtes de fin d'année. Pour ma part, Noël a consisté à vomir à 21 h 24 et à me coucher à 21 h 40 (j'aime bien me laver les dents plusieurs fois après avoir gerbé). Et le Nouvel An ? Bah, ça fait maintenant deux ans que j'y ai renoncé. Donc, je suis restée en pyjama à mater des séries. Exactement comme l'année précédente.

Mais avant même l'horreur des fêtes, mi-décembre, j'ai frisé une sorte de *nervous breakdown*, au cours duquel je me suis retrouvée devant ma sage-femme qui m'a dit :

« Vous êtes très fatiguée, il faut arrêter de courir partout maintenant.

— Non, non. Pas du tout.

— Si, si. Je vous assure. »

(En même temps, elle était bien placée pour parler, vu que, dix minutes avant, ses doigts étaient en train de palper le col de mon utérus.)

« Votre col est déjà ouvert. Je vous connais bien, les trentenaires free-lance. Vous dites que vous faites attention, mais pas du tout. Vous habitez quel étage ?

— Cinquième. Sans ascenseur.

— Ah ! Très bien ! Donc, à partir d'aujourd'hui, vous ne quittez plus votre canapé.

— Ah non, mais ça va être compliqué parce que là, je suis en train de déménager. »

Je savais, vous saviez, nous savions tous que ça se passerait comme ça, que je ferais des cartons le jour où je ne verrais plus mes pieds. Avec le Chef, on a fini par arriver à la conclusion qu'être des amis qui couchent ensemble et rigolent devant la télé, ça s'apparentait à ce que les gens normaux appellent « être amoureux » et que, puisqu'on était amoureux et qu'on allait avoir un enfant, il serait peut-être judicieux de se mettre en couple et même d'emménager ensemble. Pour une fois, ce n'est pas une décision prise sur un coup de tête, ce qui augure plutôt bien de l'avenir, nonosbtant le fait que c'est peut-être à mettre sur le compte des hormones de grossesse et du besoin qu'on me construise un nid où couver mon Têtard. J'ai essayé de convaincre ma sage-femme : « Puisque je vous dis que *tout va bien*. Je suis en pleine forme. »

Après, j'ai ricané, je me suis penchée en travers de son bureau et j'ai murmuré :

« Vous ne le savez peut-être pas, mais je suis Dieu. Je suis omnipotente. Je peux tout faire… TOUT GÉRER. »

J'ai fait une pause, puis j'ai hoché la tête avec satisfaction et j'ai ri très fort en lui disant :

« Je vais hyper-bien. Je crois même que je vais me présenter à la présidentielle tellement je pète le feu de Dieu. »

Là, elle m'a regardée et elle m'a demandé :

« Vous avez remarqué que vous êtes en train de pleurer ou pas du tout ?

— Ah oui… Vous parlez des trucs qui coulent de mes yeux et qui mouillent mon visage ? Ou alors de ma respiration saccadée et de mes épaules qui tressautent ? Non mais parce que ça pourrait donner l'impression que c'est des sanglots, alors qu'en fait c'est juste des tics nerveux que j'ai depuis quelque temps en fin de journée. »

Ensuite, elle a clairement arrêté de m'écouter. C'est dommage parce que j'étais sur le point de lui révéler l'identité du deuxième tireur lors de l'assassinat de JFK. Elle m'a tendu d'un geste assuré une feuille marron, autrement appelée « arrêt de travail ». Comme d'hab', j'ai pris un air blasé. « Non mais je suis freelance. Vous voulez que je l'envoie à qui, votre truc, là ? À François Mitterrand ? » (Quand j'ai pas d'idée de chute, je dis toujours François Mitterrand ou Sacha Guitry, parce que, quand j'étais petite, j'avais remarqué que c'était souvent ça les bonnes réponses au Trivial et qu'une bonne blague, c'est comme une bonne partie de Trivial Pursuit.)

Elle a répondu que c'était pas son problème et qu'elle prendrait pas la responsabilité de me laisser continuer de bosser.

Je suis partie en gloussant, car en vrai je me sentais tout à fait bien. En fait, les problèmes ont commencé le soir même en rentrant chez moi. Je me suis allongée et j'ai jamais réussi à me relever.

De toute évidence, soit elle est voyante, soit elle m'a maraboutée.

7 février 2012
Kinder Surprise

Dans les derniers événements marquants de ma vie, il y a deux semaines, j'ai donné la vie. Je suis donc en mesure de vous confirmer que, au moment où vous accouchez, vous n'avez pas une brusque révélation divine qui vous permettra de comprendre intuitivement votre enfant et d'aborder la vie avec sérénité. (En vrai, vous avez surtout mal.) (La seule révélation que vous avez, c'est que l'inventeur de la péridurale devrait être béatifié.)

À l'intention des lectrices qui auront peut-être un jour un enfant. La péridurale, c'est génial, mais le truc dont personne ne m'avait prévenue, c'est que, une fois le cathéter installé, vous n'avez plus le droit : 1°) de boire, même un verre d'eau, 2°) de vous lever, 3°) conséquemment d'aller faire caca. Sachez-le. Perso, j'ai passé dix heures allongée et déshydratée. J'avais pas le droit d'aller aux chiottes, mais, par contre, comme j'avais la 3G, j'ai pu live-mailer mon accouchement. Je m'en suis souvenue le lendemain en consultant mes mails, découvrant alors que j'avais envoyé à tous mes amis des trucs comme : « Tout à l'heure, vous allez sentir quelque chose peser dans vos fesses. Il ne faut surtout pas retenir, lâchez tout. D'une, on notera que ma sage-femme a le sens du suspense ; de deux, visiblement elle ignore que je n'ai pas fait caca depuis hier. Et, sinon, je vous rassure, il ne se passe rien. » Après, je faisais un peu moins ma mariole : « J'ai MAL. En fait, je suis pas du tout prête à accoucher. Je suis trop JEUNE pour ça. »

Après avoir survécu à l'accouchement (j'y suis allée à moitié convaincue que j'allais y laisser ma peau, mais j'étais prête à me sacrifier pour que la Terre ait le bonheur de porter Têtard), j'ai découvert qu'il restait plusieurs étapes douloureuses dans le chemin de croix. Des trucs auxquels on ne m'avait pas préparée.

D'abord, le séjour à la maternité. Assez connement, moi, j'imaginais ça comme un séjour à l'hôtel où une équipe de sages-femmes me chouchouterait et me transmettrait le savoir ancestral des mamans. Quelques jours de repos, quoi.

En vrai, c'était pas du tout ça. Grosse arnaque, la maternité. Le lendemain du démoulage, j'étais pas juste fatiguée : j'avais mal. Plus précisément, j'avais des contractions. *What ? !* Bah oui, après l'accouchement, vous vous mangez facile quarante-huit heures de contractions à crever de douleur. Pour vous soulager, toutes les deux heures, les infirmières font le tour des chambres pour distribuer des cachetons. L'occasion de voir de jeunes mères prêtes à aboyer et à sauter dans des arceaux de feu pour obtenir leurs médocs.

En plus, le premier matin, j'étais tranquille en train de dormir (je venais quand même de donner la vie) quand une meuf est entrée dans ma chambre en me disant : « Voilà votre bébé. » Et là, panique. Pendant quelques secondes, j'ai cru qu'elle se trompait. Parce que non seulement j'avais oublié que j'avais accouché, mais j'avais carrément zappé que j'avais été enceinte. (On va mettre ça sur le compte du shoot de péridurale qui n'avait pas fini de se dissiper.) On peut aussi préciser à ma décharge que l'expression « le matin » à la maternité, ça veut dire à 6 heures du mat'.

Donc on m'apporte mon Têtard des anges, on me colle un biberon dans les mains et la meuf se barre sans rien m'expliquer. Comme je suis pas complètement débile, j'ai fait le rapprochement biberon -> enfant -> bouche. Pas peu fière de moi, une heure plus tard, quand la meuf revient, je lui tends le biberon à moitié vide. Je m'attendais à ce qu'elle applaudisse. Pas du tout. Elle m'a pourri la gueule. « Comment ça, vous lui avez donné cinquante centilitres ? ! Mais vous êtes folle ? ! Fallait lui en donner quinze. » OK… Comment tu voulais que je le sache, grosse conne ?

Là, j'ai commencé à comprendre que les puéricultrices ne seraient pas mes amies. Entre autres parce que 95 % d'entre elles sont des salopes sadiques.

Par exemple, celle qui était de garde la nuit. Autrement dit qui a un pouvoir de vie ou de mort sur les jeunes mères, car c'est elle qui décide si elle accepte de vous prendre l'enfant pour la nuit. (Enfin… la nuit = 1 heure du mat' -> 6 heures du mat'.) Donc, tous les soirs, vers 23 h 30, commençait le défilé des mauvaises mères. On arpentait le couloir pour passer devant la baie vitrée de la nurserie en boitant, genre « oh zut… mes sutures d'épisio ont encore lâché », l'air hagard, genre « c'est donc ça, le baby blues », dans l'espoir que la salope de puéricultrice allait avoir pitié et accepter de nous prendre nos progénitures quelques heures. Ou au moins de les mettre en tête de la liste d'attente. Ouais, parce que y'avait une putain de liste d'attente tous les soirs.

Dans ma chambre, il y avait une affiche pour expliquer aux jeunes mères comment utiliser la table à langer. Selon la mode insupportable de toutes les maternités, c'est Bébé qui te parle directement. Et comme dans ma maternité y'avait plein d'étrangères, le texte était traduit en anglais. Ça donnait :

« *Ne me laisser jamais seul !*
Avant de me changer préparez tous devant vous.
To only leave me never !
Before changing me prepare all in front of you. »

Les fautes sont d'origine.

Sinon, j'ai vécu une scène qu'on aurait dit tirée d'un roman de Jonathan Coe sur l'Angleterre de l'ère Thatcher. Pendant les interminables examens qu'on m'a faits, je vois une étiquette sur un scope « Prix du scope : 8 000 euros ».

Je demande à l'infirmière : « Attendez, mais ils vous ont mis le prix du matos pour vous culpabiliser quand vous vous en servez ? » Elle m'a expliqué : « Oui, mais avant c'était pire, ils avaient aussi fait des étiquettes pour mettre le prix sur chaque seringue. »

Assez paradoxalement, la maternité est un endroit où on vous infantilise – tout en considérant que vous savez déjà tout faire. L'infantilisation consiste à ne s'adresser à vous qu'à la troisième personne du singulier. « Et la maman, elle a pris ses médicaments ? » « Et la maman, elle a bien donné le biberon ? »

C'est également un endroit où la dignité humaine est une notion très relative. Déjà, le personnel soignant entre dans votre chambre sans jamais frapper – ce qui est un peu relou quand, entre deux visites d'infirmières, vous essayez de picoler la bouteille de vin que vous avez cachée dans votre table de chevet. Ensuite, que vous soyez avec des amis venus vous soutenir, elles s'en contrecarrent le cul. Du coup, vous pouvez être avec n'importe qui, la meuf débarque, vous lui faites remarquer que vous n'êtes pas seule et elle vous répond que ça la dérange pas. Elle commence alors son sempiternel questionnaire :

« Heure du dernier biberon ?

— 13 h 30.

— Et il a pris combien, bébé ?

— Trente-cinq centilitres.

— Et maman l'a changé ?

— Oui.

— Et il avait eu des selles, bébé ?

— Oui. »

À ce stade, vous espérez très fort qu'elle va avoir la décence de se tirer et de revenir vous poser la suite des questions quand vous serez seule, mais non.

« Et la maman ? Elle a eu des selles aujourd'hui ?

— Non, pas ce matin. »

La meuf le note sur sa feuille. En général, à ce moment-là, vos visiteurs commencent à se foutre de votre gueule. Vous, vous attendez qu'une chose, c'est que la meuf se barre, mais elle reste plantée là, pour finir de fouler avec ses crocs roses ce qui vous restait de dignité.

« Et la maman a eu des gaz ? »

Mais va te pendre, putain…

« Vous avez besoin de couches ?

— Non, j'en ai encore.

— Et pour vous ? Vous avez besoin de couches, non ? »

À la maternité, les mères portent des couches rapport au fait qu'elles se vident de leur sang.

Ce qui nous amène au très poétique épisode du « foie de veau ».

Au bout de quatre jours à ce régime carcéral, j'ai décrété qu'il était hors de question que je reste plus longtemps. J'ai négocié ma libération auprès du médecin qui me paraissait le plus doué de sensibilité humaine. Un vendredi après-midi, j'ai donc traversé la cour de l'hosto dans le sens de la sortie. (En marchant un peu vite parce que j'avais peur que des gardiens sonnent l'alarme et me rattrapent.) Sachant que j'étais retenue en captivité depuis le lundi matin, les six ans et demi d'Ingrid Betancourt dans la jungle, ça me paraissait être du pipi de chat à côté. Je suis rentrée chez moi dans un état que j'avais déjà connu. Je me sentais exactement comme après quatre jours de teknival.

Notons que j'étais un peu fragile.

Le soir, je suis enfin à la maison. Je peux donc refiler Têtard à son père, mon Chef, et m'occuper de moi cinq minutes. Quand la scène du foie de veau débute, il est 23 heures et je suis tranquillement en train de défaire ma valise de l'hosto. Brusquement, je sens un truc super-bizarre au niveau de la chatte. Une sensation que je n'arrive pas à identifier. Mais, vu que cette semaine-là ma chatte m'avait procuré nombre de sensations inédites, je vais d'un pas plutôt paisible aux toilettes.

Je baisse ma culotte, je m'assois et là… gisant au fond de ma culotte, je vois un foie de veau.

Tu visualises l'aspect et la taille d'un foie de veau ?

Première pensée : putain… mon utérus vient de tomber.

Deuxième pensée : putain… en fait, ils avaient sûrement oublié de m'enlever le placenta.

Troisième pensée : putain… je suis en train de faire une septicémie (je sais pas ce que c'est, mais, quand je panique, j'ai des noms de trucs qui ont l'air graves qui me viennent à l'esprit).

Conclusion générale : je vais mourir.

Après cette rapide analyse de la situation, j'ai donc fait la seule chose qui s'imposait : j'ai hurlé.

Là, le Chef, qui avait Têtard dans les bras, a débarqué dans les chiottes.

Il a vu le foie de veau et m'a dit : « Non, mais ça doit pas être grave. Calme-toi. Mais je vais quand même appeler les urgences de l'hosto pour savoir, au cas où tu serais en train de mourir. »

Un peu paniqué, il pose Têtard sur le canapé.

Moi, je suis toujours assise sur les toilettes, la porte grande ouverte, et je vois Brice Nane Teinturier se faufiler dans le salon. (Brice Nane Teinturier, vous vous rappelez que c'est mon chat.) Or, vous ne le savez peut-être pas, mais quand vous êtes enceinte et que vous avez un chat, on vous raconte nombre d'histoires de félins qui ont étouffé des nourrissons. Anticipant le drame domestique, je décide donc d'agir et de sauver mon enfant.

Changement de focalisation. Mettez-vous à la place du Chef qui est à ce moment-là dans le couloir, au téléphone avec l'hosto en train de dire : « Je vous assure que c'est une masse rouge qui fait la taille de mon poing », quand il assiste à un spectacle peu commun. Il voit sa pigiste passer devant lui en essayant maladroitement de courir, les fesses à l'air, la culotte aux chevilles, le foie de veau toujours gisant au fond, pour récupérer Têtard sur le canapé.

Devant l'affolement général, Têtard s'est évidemment mis à hurler à son tour.

Résultat : j'ai commencé à pleurer. Comme je sanglotais très fort, mon foie de veau toujours au niveau des pieds s'est mis à trembloter au rythme de mes sanglots. Sans doute l'un des moments les plus sexy de ma vie.

Finalement, c'était pas un truc grave. Juste un énorme caillot de sang. D'après l'hosto, « ça arrive », mais « si ça se reproduit, venez quand même aux urgences ». Encore un de ces trucs dont on ne vous parle pas avant.

Après l'épisode dit du foie de veau, j'ai donc pu plonger avec délice dans l'épanouissement de la maternité. Je marchais dans mon appartement en robe blanche, un bouquet de lys à la main, un sourire suave collé aux lèvres. Bon, alors ça, c'est l'image que j'avais avant d'accoucher. En vrai, très vite, ça a plutôt ressemblé à une mauvaise descente d'acides.

Pas en permanence, hein. Juste ~~cinq fois par jour~~ dans de très rares moments. Ce sont les moments où vous vous jetez sur Google pour taper « syndrome dépression post-partum » avant de découvrir que vous ne souffrez même pas d'un vrai truc grave. Heureusement, j'ai un *Guide pratique des mamans débutantes* qui décrit la vérité : « Vous êtes fatiguée par des nuits trop courtes. Votre bébé est enrhumé. Il pleure la nuit et les voisins cognent au plafond. Ou bien c'est votre mari qui s'énerve. Ou bien c'est votre bébé qui refuse de boire son jus d'orange, ou qui vomit tous ses biberons, ou qui ne veut pas s'adapter à la garderie, ou qui a horreur du bain… que sais-je ? Parfois vous vous dites : "C'était donc ça, un bébé ?" et vous vous sentez au bord du désespoir. Rien ni personne ne vous a préparée ou avertie de ces difficultés. Parce que personne n'est là pour vous dire que, oui, les choses sont difficiles, oui, elles vont s'arranger, oui, vous faites pour le mieux avec tout votre amour, vous commencez à vous croire responsable des difficultés de votre bébé. Être mère, ça s'apprend. »

Les jours passant, j'oscillais entre la crise de nerfs et le désespoir total.

La crise de nerfs, ça se comprend avec la descente d'hormones qu'on se paye après l'accouchement. Le désespoir mérite qu'on s'y arrête une minute. Têtard est objectivement l'être vivant le plus génial depuis la mort de Jean-Paul Sartre. Mais il est malade à chaque fois qu'il mange (c'est-à-dire toutes les trois heures – il régurgite les trois quarts de ses biberons et, comme il est intelligent, il a décidé d'éviter la douleur en refusant de s'alimenter) et le corps médical n'arrive pas à le soigner. Après « dépression post-partum », j'ai commencé à chercher « RGO nourrisson cauchemar ». RGO, c'est le doux acronyme pour Reflux Gastro-Œsophagien. Un truc qui fait que ton gosse a mal en quasi-permanence et que, toi, t'as envie de manger un sac de clous. Son « RGO » n'est pas « contrôlé par la prise de médicaments » (c'est ce que le dernier docteur a noté). Pourtant, je peux vous dire qu'on en a essayé. Des médocs. Et des médecins.

Évidemment, il a mal.

Évidemment, quand il a mal, il pleure et il me regarde.

Évidemment, je ne peux rien faire.

Évidemment, à chaque fois, je dois perdre une minute d'espérance de vie et gagner un pourcentage supplémentaire de risque de développer un ulcère.

Évidemment, quand il me regarde, je crois qu'il dit : « J'ai mal, pourquoi tu ne fais rien pour moi maman ? »

Alors qu'en vrai il dit juste « GGGGAAAAAaaaaaaaa ».

Cette option « RGO » a un peu modifié le plan que j'avais ourdi. On se rappelle que je n'ai pas de congé mat'. (Comme je suis une petite fofolle, je me suis accordé une semaine sans travail après l'accouchement. Je sais que ça déçoit énormément Rachida Dati.) Sur mon plan, j'avais calculé que Têtard dormirait seize heures par jour (c'est ce que me promettait Google), ce qui devait me laisser amplement le temps de bosser – oui, j'ai vraiment cru que je pourrais vivre ma période de fusion avec mon fils et continuer à travailler comme avant. Je ne suis que naïveté.

Évidemment, ça ne se passe pas comme ça.

Demain, nous aurons un nouveau président. Ou pas

Je ne suis pas très fertile… heu… prolixe en ce moment. (Mais, par contre, je suis en train de développer un *humor-mum* hyper-corrosif.) En fait, je suis en plein questionnement quant à mon avenir professionnel. Je sais, c'est le genre d'interrogations qu'on a plutôt à 23 ans. (Mais, à ma décharge, ma quasi totale absence de vie sociale actuelle est plutôt propice aux prises de tête.) « Rhâââ… je sais pas quoi faire dans la vie comme métier. » D'ailleurs, je ne sais pas si vous avez remarqué, mais le mot « métier » est complètement tombé en désuétude.

Je suis en plein questionnement parce que j'ai la vague sensation que le journalisme français n'est pas prêt à reconnaître l'ampleur de mon talent à sa juste valeur. De toute façon, je ne suis pas vraiment journaliste. Tout ça n'est qu'un sombre malentendu. Évidemment, je pourrais dire « je suis romancière », sauf qu'en fait, selon le gentil monsieur qui m'a reçue à son bureau du CIC l'autre jour, ça suffit pas à remplir mon compte en banque. (En vrai, je suis riche, mais c'est de l'argent virtuel. De l'argent que je toucherai un jour. Sans doute.) (Il m'apparaît de plus en plus clairement que je suis maudite avec l'argent. Même quand j'en gagne, je ne le touche pas.)

Pourtant, en ce moment, je vis ma première élection présidentielle en tant que pseudo-journaliste, ce qui devrait m'inspirer. Mais en fait, pas du tout.

Pendant les longues heures que je passe à arpenter le salon avec Têtard dans les bras pour lui faire oublier qu'il a mal (une technique directement inspirée de la vie des poissons rouges en aquarium), j'écoute mes confrères se livrer dans les médias à des paris de PMU sur le report des voix et les cadres de l'UMP se vautrer dans la xénophobie.

Franchement, si Nicolas Sarkozy est réélu, je… Rhâââ… je ne veux même pas imaginer mon état. Je ne vous dis pas que Hollande ferait un meilleur président – c'est juste un problème de mathématiques.

– En 1995, à l'élection de Jacques Chirac, j'avais eu un peu les boules.

– En 2002, quand cet homme que je considérais alors clairement comme un escroc qui aurait dû être déféré devant la justice a réussi à se faire réélire, je l'ai eu franchement mauvaise.

– En 2007, j'ai commencé à désespérer.

– En 2012, soit après douze ans de Chirac + cinq de Sarkozy, soit dix-sept ans – *PUTAIN dix-sept ans !* – de suite avec un président de droite, l'idée d'en reprendre pour cinq ans, ce qui nous amènerait à vingt-deux ans de présidence de droite, non mais franchement… Juste au nom du besoin d'alternance, quoi… Amis de droite (oui, j'en ai), imaginez si vous aviez dû subir dix-sept ans de présidence de gauche dans quel état vous seriez à l'idée d'en manger cinq de plus. Mettez-vous à notre place. Soyez compatissants, faites-nous un petit cadeau, quoi. On vous demande pas le bout du monde, juste un quinquennat. Merci d'avance.

6 mai 2012
Mon mai 81 à moi

J'ai testé la place de la Bastille le soir de la victoire de François Hollande.

C'était trop génial de vivre un moment historique comme celui-là et puis y'avait une super-ambiance, hyper-conviviale, on était vraiment tous là pour faire la fête.

Hum… Ça, c'est ce que je raconterai à mes enfants pour leur foutre les boules. Exactement comme on a fait avec nous pour 81. « *C'était bien ta manif, Têtard ? Cool. Mais ça ne vaudra jamais le soir de l'élection de Hollande. C'était magique. On ne revivra plus jamais un moment comme celui-là. Je me souviendrai toute ma vie du moment où il a lâché un phénix d'or qui s'est envolé majestueusement au-dessus de la place pour venir se percher sur le génie de la Bastille.* »

En vrai :

1°) Tous les moins de 40 ans étaient là parce qu'ils avaient raté Mitterrand en 81 et qu'on nous saoule avec ça depuis des années. Sauf que, précisément, en 81, les gens y étaient *pour* Mitterrand. En 2012, on était une partie non négligeable à y aller parce qu'on avait *raté* Mitterrand. Disons que, à titre personnel, c'était dans la liste des trucs à faire dans ma vie : sauter en parachute, aller à la Bastille fêter l'élection d'un président de gauche.

2°) On était complètement paumés. Imaginez, c'était la première fois depuis, pfiou… des dizaines d'années, que les « gens de gauche » manifestaient pour quelque chose. De façon positive. C'était hyper-déstabilisant. Normalement, les manifs de gauche, c'est anti-FN, anti-CPE ou n'importe quelle autre mesure concernant l'Éducation nationale, anti-discrimination, anti-réforme des retraites, anti-expulsions, anti-mesures d'austérité, etc.

Résultat, personne ne savait quoi crier. Sorti de « Machin, si tu savais, ta réforme où on s'la met », c'est le néant. Du coup, il a fallu se rattraper, et très vite sont apparus des slogans anti-Sarkozy. « Sarkozy aux chiottes et pissons-lui à la gueule et faisons un gros caca par-dessus le nain et tirons la chasse » et autres formules aussi élégantes. Ça reste assez fascinant comment cet homme a réussi à concentrer les haines contre lui.

On était moins dans « changeons la vie » que dans « ça va être moins pire ».

« Tu comprends, Têtard, on n'était pas blasé et pragmatique comme ta génération. À l'époque, on croyait encore qu'on allait changer le monde, la France, la vie de chacun. François Hollande avait incarné cette aspiration, il l'avait portée avec majesté, ampleur, souffle, lyrisme. Quand une montgolfière a lancé des nuages de pétales de roses sur la place, c'étaient nos rêves qui virevoltaient dans la brise printanière. C'était ça, la Bastille, en 2012, un rêve éveillé. Hein ? Quelle pluie ?

Qui t'a dit ça ? N'importe quoi… Écoute-moi, j'y étais, il faisait 25 degrés. »

Échange entendu entre deux jeunes :

« Alors maintenant le SMIC va être à 1700 euros ?

— Non, mais t'es con ou quoi ? Lui, c'est Hollande, pas Poutou. »

Si le mec pensait que le SMIC passait à 1700 euros, tu m'étonnes qu'il soit venu faire la teuf.

« Et je t'ai parlé de l'arc-en-ciel nocturne, mon Têtard ? Non mais parce que, quand même, c'est hyper-rare comme phénomène, un arc-en-ciel en pleine pénombre. Je dois avouer que ça a rajouté à la magie du moment. »

3°) Dans le métro et aux alentours de la place, l'ambiance était sympa. Par contre, une fois que vous vous immergiez au milieu de la foule, c'était l'horreur. Vous étiez littéralement piégé, impossible d'avancer ni de reculer. Ce qui évidemment a provoqué des mouvements de panique. J'ai vu plusieurs femmes faire des malaises et impossible de les évacuer.

Il y a eu un début de baston entre une famille qui vendait des merguez et un homme qui était bloqué contre leurs grillades. Perso, je me suis embrouillée avec un mec d'à peu près 1 m 95. Je l'ai bousculé, il m'a dit : « Je vais te frapper, pétasse. » Là, j'ai eu une résurgence ridicule du temps où je vivais à Bagnolet. À Bagnolet, après la fois où je me suis fait agresser avec coups et violence sous la menace d'une arme (c'est comme ça que les mecs de la BAC avaient qualifié le truc, s'il vous plaît), j'avais décidé que plus jamais. Du coup, au moindre type qui me regardait de travers, je passais direct en mode agression. Le mec a donc eu la surprise de me voir l'attraper par le col et lui hurler : « QUOI QUOI ? Tu crois que t'es plus fort que moi ? Mais moi je te rétame ta gueule de fils de pute de ta race !! Vas-y, viens, quoi !! » avec en prime un semblant de très vague accent du 9-3 que j'avais fini par choper à l'époque quand je m'énervais. C'est son pote qui s'est interposé.

Il y avait aussi les inévitables relous qui veulent te taxer une clope, à qui tu dis non et qui t'engueulent parce que putain on est là pour partager tous ensemble. Va partager ton cul, oui. Moi je suis là parce que j'ai jamais vu Mitterrand.

« Tu vois, Têtard, le truc le plus fort ce soir-là, c'était la communion entre les gens. C'était une foule très dense, mais sans aucun accrochage, on était vraiment tous ensemble. On se frôlait, on se touchait, on se caressait. Certains ont commencé à se déshabiller, des couples ont fait l'amour au milieu de la foule et tous les regardaient avec respect. Un mélenchoniste m'a proposé un cunnilingus, comme ça, gratuitement, parce qu'on était là pour se donner du bonheur les uns les autres. C'était à la fois simple et beau. Hein ? Oui, j'ai accepté, bien sûr. »

La fête est finie

Je commence à être assez admirative de l'énergie que met la Sécu à ne pas me donner mes sous. Ça leur demande clairement de déployer des trésors d'inventivité. Depuis mon accouchement, ils me renvoient toutes mes feuilles de soins pour des raisons diverses et variées. La dernière fois, c'est parce qu'ils trouvaient que la date de la consultation médicale n'était pas assez lisible. Du côté de la mutuelle, ils me disent qu'ils kifferaient vraiment à mort de rajouter Têtard, mais que, malheureusement, trop la lose, il semblerait qu'il y ait un retard du côté de la Sécu…

Parallèlement à ça, j'ai reçu une lettre de la CAF qui me demande de rendre l'allocation de naissance. Parce que ? Bah juste parce que. Genre ils ont changé d'avis. Du coup, je leur ai répondu que, foutredieu, je ne voyais pas pourquoi je rendrais des sous que, vu l'état de ma chatte après douze heures de travail, je considérais amplement mérités. Précisons que, dans mon esprit, la prime donnée pour la naissance d'un enfant ne sert pas à acheter des berceaux et des bassines à vomi. Je vois plutôt ça comme un salaire versé à la mère pour son travail pendant l'accouchement. D'ailleurs, la loi le dit : « Tout travail mérite salaire. »

Comme j'ai une putain de baraka en ce moment niveau administratif, aujourd'hui, j'ai reçu un avis d'huissier. Il semblerait que j'aie omis de résilier l'assurance de mon ancien appart et que, du coup, ils comprennent pas pourquoi je leur donne pas des sous et qu'ils ont décidé de venir les chercher avec les dents.

Le truc le plus fou-fou de ma vie ces derniers jours, c'est que je suis harcelée par un numéro de téléphone non masqué. J'ai fini par décrocher et c'était un monsieur qui me disait qu'il m'appelait comme convenu pour fixer le rendez-vous pour le ramonage. Là, j'ai fait la seule chose possible dans ce genre de circonstances : j'ai paniqué. J'ai demandé au Chef de quoi il s'agissait. Il a secoué négativement la tête. J'ai répété connement au mec : « Non. » Le mec m'a répondu : « Madame Lecoq, je vous ai eu au téléphone hier et vous m'avez dit de rappeler aujourd'hui pour le rendez-vous. » Hein ? Là, le Chef qui me voyait sur le point de m'évanouir (j'ai un problème pathologique avec le téléphone, j'ai également un problème pathologique avec les inconnus) m'a dit de raccrocher. J'ai raccroché.

Depuis, le monsieur n'arrête pas de me rappeler. À des heures qu'on peut qualifier d'indues. Franchement, quel ramoneur téléphone à 20 h 45 ?

Et puis, il veut ramoner quoi ? (Tu le penses très fort ? Moi aussi. Mais abstenons-nous de cette blague trop facile.)

À part ma chatte. (Désolée, j'ai craqué.)

La nuit, allongée dans mon lit, je garde les yeux grands ouverts et toutes ces questions tournent sans fin dans ma tête. C'est dire la richesse de ma vie intérieure…

Au vu de ce qui agite mon cerveau, vous devinez que je suis un peu cloîtrée chez moi… (Ou comment le piège du boulot en free-lance se referme sur toi pour te transformer en mère au foyer qui bosse quand même.) Parfois j'ai l'impression de vivre dans *Seul au monde*, ce film avec Tom Hanks qui ressemblait étrangement à un publicommuniqué pour Fedex, mais où Wilson (le copain ballon) vomirait tout le temps et où l'île ne serait en réalité qu'un amoncellement de papiers administratifs avec l'en-tête de la Sécu.

Au fait, même si ça n'a rien à voir, je suis devenue complètement accro à la rubrique « Secrets de tournage » d'Allociné. Là, en cherchant *Seul au monde*, je viens d'apprendre que, « soucieux de réalisme, le scénariste Chuck Noland a décidé de jouer les échoués volontaires pendant quelque temps sur une île proche de la mer de Cortes (au large du Mexique). À son retour, il a déclaré : "*Livré à moi-même, j'appris à localiser une source d'eau potable, à utiliser du silex en guise de couteau, etc. Autant d'expériences basiques qui furent ultérieurement développées et incorporées au script.*" »

« Soucieux de réalisme »… Tu m'étonnes…

J'imagine pour *Les Morues* la notice : « Soucieuse de réalisme, l'écrivain Titiou Lecoq a décidé de s'alimenter exclusivement de vodka pendant deux ans. Cette expérience fut ultérieurement développée et incorporée au roman. »

Mai 2012
Cannes

Avec Coach, on a réussi à se faire accréditer pour le Festival de Cannes, bien qu'on ne soit ni l'un ni l'autre journaliste ciné. Je ne vais pas vous conter ça par le menu. Il est juste important de noter que c'était dans ma liste des trucs à faire avant de mourir. Et que j'avais vraiment besoin de quelques jours de liberté.

On a vu plusieurs films dont *Au-delà des collines* de Cristian Mungiu.

Si je vous dis Roumanie, vous pensez :

1°) gens pauvres dans des paysages dépressifs ;

2°) gens pauvres dans des paysages dépressifs qui croient à Satan ;

3°) gens pauvres dans des paysages dépressifs qui croient à Satan et ont passé leur enfance dans un orphelinat où ils ont subi des sévices sexuels ;

4°) gens pauvres dans des paysages dépressifs qui croient à Satan, ont passé leur enfance dans un orphelinat où ils ont subi des sévices sexuels et portent des jogging moches.

Ça résume assez bien ce film. Dans ma vie, j'ai vécu beaucoup de tranches de deux heures trente, mais celle-là m'a paru particulièrement longue. (Je me suis endormie cinq minutes, j'avoue. Le roumain est une langue très mélodieuse qui vous berce facilement.)

Notons que *Les Gouines au-delà des collines* a eu le prix d'interprétation féminine et celui du meilleur scénario (on m'apprend que Robert McKee se serait suicidé pendant le palmarès).

Au vu de mon époustouflante intégrité intellectuelle, j'ai donc écrit un article pour donner mon avis sur *Des gouines et des collines*. Et cet article a été l'occasion d'une assez magistrale mise au point. Quelques jours plus tard, je venais à peine de rentrer chez moi => de me jeter sur mon ordi. Je vais sur le site du journal, car je suis une grosse *control freak*, et là, je crie : « Chef ! » Le Chef était en train de me préparer mon manger. Il arrive, nu sous son tablier, une rose entre les dents.

« Ouiii ? J'ai presque fini de faire cuire ta vache et tes patates.

— Tu peux m'expliquer pourquoi ma critique de film est dans le blog Cannes, alors que celle des autres journalistes, non ?

— Ah oui. C'est rien. Juste les vraies critiques de films, je les ai mises en article. Tu veux quoi comme sauce, petite fleur sauvage d'amour ?

— Mais va te faire foutre ! Ça m'apprendra à me casser le cul pour essayer d'écrire un papier pas trop chiant avec un angle. Tu peux m'expliquer en quoi c'est pas une vraie critique de film ? Parce que j'essaye de pas emmerder les lecteurs en leur parlant d'un film qu'ils n'ont pas vu ?

— Et pour ta sauce alors ?

— Non mais là on n'est pas en mode couple, merde. On parle de travail. »

Du coup, on est passés en mode engueulade généralisée. Parfois, c'est quand même compliqué comme situation.

Comme c'était vraiment ma journée, on a fait un examen à Têtard. On sait maintenant que son RGO vient d'une plicature gastrique – terme médical pour dire qu'il a l'estomac naturellement plié en deux. Vous pensez bien que j'allais pas avoir un enfant normalement fonctionnel. Ça aurait été trop simple. La bonne nouvelle, c'est que y'a pas à opérer, ça se soigne tout seul. La mauvaise, c'est qu'il faut attendre qu'il ait 1 an. Super.

3 juillet 2012
C'est les vacances

J'ai un talent certain pour foirer lamentablement mes vacances d'été. Je vais donc relever le challenge une nouvelle fois à la force de mes petits biscotos. (« Biscotos », un mot trop peu usité.)

À mi-chemin de l'année, c'est l'heure d'effectuer un mi-bilan. Ces derniers mois ont été tellement… hum… attendez… je cherche le qualificatif adéquat… Épuisants ? Déprimants ? Bref, un truc qui fait que ma vie ne peut que tendre vers une amélioration.

Si on résume : je suis enfermée chez moi avec mon Têtard malade depuis plus de cinq mois (hormis pour le Festival).

Là, je mens un peu. Je suis sortie de chez moi pour deux hospitalisations en pédiatrie. Des aventures qui mériteraient un numéro complet de « Spécial Investigation ».

CRIIIC. Vous entendez le piège de la free-lance qui se referme sur elle à l'occasion de son entrée dans la maternité ?

Si on reprend la chronologie, ça donne : fin janvier, arrivée miraculeuse du divin Têtard sur Terre. On compte les deux mois où ils sont trop petits pour être gardés. Hop, on est début avril. Sauf qu'il est hyper-malade. Donc impossible de le faire garder. On en reprend pour trois mois. On arrive en juillet, où, de toute façon, il est impossible de trouver une nounou, vu que c'est les vacances. Hop, on en reprend pour deux mois. C'est comme ça qu'on se retrouve seule avec son bébé h 24 pendant sept mois sans toucher un sou.

Dans ma tête, au début, j'étais une combattante bien décidée à ne pas me laisser avoir par les inégalités homme/femme introduites par l'arrivée d'un Têtard. J'avais lu toutes les études qui prouvaient qu'un bébé, ça niquait tout semblant de parité dans un couple. Mais j'ai cru que j'étais plus forte que ça. Du coup, je m'énervais parce que je ne pouvais pas travailler et que je voyais pas au nom de quelle loi absurde le Chef pouvait conquérir le monde et gagner des sous, alors que moi je devais faire des biberons tout en payant les frais de la maison à 50 %. (Être féministe ET femme au foyer = enculade bien profonde.) C'est l'époque où le Chef m'a fait une sortie misogyne. Soyons honnête, ça lui arrive pas souvent, mais celle-là était sublimement zémmourienne. Alors que je me plaignais de la situation, en faisant planer la menace de cesser de payer ma moitié de loyer, il m'a répondu : « Mais je t'ai trouvé une solution, y'a une nounou qui veut bien s'en occuper. »

Cette phrase est l'occasion de tester votre degré de conscience féministe. Si, en la lisant, vous ne voyez pas le problème, vous allez retourner tout de suite me potasser Beauvoir et Butler. Analysons donc ce sublime exemple de misogynie rampante : je t'ai trouvé une solution : Comprendre => tu as un problème, je t'aide à le résoudre => Comprendre : qui s'occupe de Têtard dans la journée est ton problème, pas le mien.

Sauf que, primo, Têtard souffre, il a besoin de moi, je me vois mal le laisser dans cet état à quelqu'un d'autre. Secundo, quelle nounou accepterait un nourrisson qui gerbouille partout ? Tertio, une nounou, ça coûte un palais en Espagne.

CRIIIIC, le piège de la free-lance.

Mais bon, à l'époque, j'étais encore super-motivée par la vie. Donc, dès que j'avais une plage horaire de vingt minutes de libres, je me frottais les mains : « Ah, vingt minutes de tranquillité, je vais pouvoir écrire un article, faire un post de blog et commencer à bosser sur un nouveau roman. » (Je prenais beaucoup de café.)

Après, je suis passée en mode neurasthénique. Quand t'as plus de vie sociale ni de travail, tu es psychologiquement ostracisée pour la société. Tu entres dans une non-dynamique. Tu commences à te sentir comme un gros caca inutile et incompétent. De « *putain, fait chier, j'ai pas le temps d'écrire* », tu passes à « *crotte, ma petite flamme s'est éteinte, plus jamais je n'écrirai une ligne* ». À ce moment-là, quand t'as vingt minutes de liberté, tu fais la liste de tous les trucs que tu devrais faire, mais que tu ne peux pas faire en vingt minutes et, finalement, tu décides plutôt de te laver les dents. À la fin de la journée, tu te dis logiquement que t'es bonne à rien, même pas à être mère, vu que ton enfant est malade. Quand tu croises des gens, ils te demandent sur quoi tu travailles et toi tu réponds avec un éclat de rire chaleureux : « *Ha, ha, ha ! Sur rien du tout, je me sens comme une grosse merde en ce moment, je suis bloquée, j'arrive à rien, et de toute façon j'ai pas le temps, rapport à Têtard, mais dans le fond je suis au bout du rouleau, épuisée nerveusement et psychologiquement, ha, ha, ha…* » Là, t'as beau faire quelques blagues et un grand sourire pour exhiber tes dents toutes blanches, tu sens bien que la personne en face de toi est mal à l'aise. Elle te pose la main sur le bras, elle te dit « *j'étais très heureuse de parler avec toi* » et elle s'en retourne à sa vie trépidante.

Bref. J'ai pris une décision. En quatre temps. D'abord, je vais arrêter de penser que l'achat d'un lave-vaisselle serait la solution à la totalité de mes problèmes. Ensuite, je vais prier très fort pour qu'en septembre Têtard aille mieux et qu'on puisse le confier à une nounou. Puis je vais mettre fin à cette période de dépression et travailler. (Ou alors, objectif plus raisonnable, je mets à profit ma dépression pour travailler.) Et, enfin, je vais révolutionner la littérature.

Interlude anecdote : j'ai vécu une expérience physique nouvelle. Vu mon grand âge et mon ancien statut de blogueuse sexe qui m'obligeait à expérimenter toutes sortes de perversités, c'est pas si fréquent. Donc, en résumé, on m'a vomi dans le nez. Vous avez sûrement déjà vomi par le nez. Ce qui est assez désagréable. Bah, là, un malheureux concours de circonstances acrobatiques impliquant Têtard se tenant sur le ventre, en appui sur les pattes avant, sa mère (moi donc) voulant faire un truc rigolo et glissant sa tête entre les bras dudit Têtard et la levant comme une conne vers lui, et Têtard se mettant à vomir exactement au moment où sa bouche s'est retrouvée collée à ma narine – tout ça a amené un jet de vomi à entrer dans mon nez.

Une sensation indescriptible que je ne manquerai pas de narrer à toutes les meufs ou à tous les mecs qu'il ramènera à la maison quand il sera ado, histoire de bien lui coller la honte.

5 août 2012
Fin des vacances des « juillettistes »

À la fin des vacances, on s'est regardés avec le Chef et on a partagé notre étonnement, car on avait passé de bonnes vacances. Ce qui n'était pas évident si on prend nos données de départ : pas de thunes, un planning absurde (une semaine à Clermont, une semaine en Normandie, une semaine à Clermont).

En fait, pendant ces vacances, y'a qu'un seul truc qui a chié.

J'ai pris conscience d'une nouvelle facette de la personnalité du Chef (c'est l'avantage de notre chronologie tordue, on a beau vivre ensemble et élever un enfant, on se découvre encore chaque jour).

Je savais déjà que le Chef fonctionnait par ce qu'on appellera des obsessions passives. Je fonctionne également par obsessions, mais actives. Enfin… actives… disons que mes obsessions aboutissent généralement à claquer de la thune (au terme d'une période de trois semaines où je saoule tout le monde avec ma nouvelle obsession). Le Chef, lui, parfois il a un truc qui lui tourne dans la tête et qu'il ressasse sur une période plus ou moins longue sans qu'en définitive il ne se passe quelque chose. Quand il est en phase obsessionnelle, ça se remarque assez bien, car il arrête de parler et vit avec les sourcils froncés.

Bah, là, j'ai découvert une de ses obsessions. La première semaine des vacances, comme il avait le sourcil gauche froncé et l'iPhone vissé à la main, j'ai cru qu'il avait reçu des infos inédites sur une attaque imminente de l'Iran par les États-Unis.

La deuxième semaine, j'en pouvais plus de ce suspense, alors je lui ai demandé cash : « Mais il se passe un truc ? Tu reçois des mails importants ? » Il m'a regardée l'air incrédule avant de me répondre : « Pas du tout. Je suis sur le site de Météo-France. »

OMG.

Soyons clairs, sur une échelle du sexy allant de 0 à 3 000 000, l'obsession de la météo, je la mets à 0.

Cher lecteur, mon frère, mon ami, sache que j'ai une position politiquement très nette sur le sujet météo : je m'en branle comme de mon premier zéro en maths. Il fait le temps qu'il fait. Le matin, je regarde par la fenêtre, j'évalue vite fait la température ambiante avec un outil appelé la main pour répondre à une série d'interrogations (manches courtes ou manches longues ? Chaussettes ou pas ? Veste, pas veste ?) qui finissent systématiquement par : « Je vais quand même prendre une petite laine dans mon sac, on sait jamais. »

Si dans ma famille on ne loupait jamais le bulletin météo à la télé, c'est essentiellement parce que ma mère déteste les présentatrices – ce qui en soi, vous l'avouerez, constitue une excellente raison de regarder. Du coup, mater la météo s'est en général résumé à dire du mal de ces feignasses de Corses qui ont toujours beau temps, évaluer le degré d'anorexie supposée de Catherine Laborde, balancer une ou deux vannes sur les jupes d'Évelyne Dhéliat.

Ce que ma mère n'avait pas anticipé, c'est que ce désintérêt profond pour la météorologie constituerait un lourd handicap social.

Parce qu'à mon grand effroi j'ai donc découvert que le Chef était obsédé par le temps, que ça faisait dix jours qu'il vivait scotché à son appli Météo-France. Quand j'ai pris conscience de la gravité de son addiction à ses putains de sites météo, j'ai voulu me tourner vers Meilleure Amie (on était à table en train de manger comme des Parisiennes = boire comme des trous normands) et, là, j'ai vu ma pote en train de consulter aussi la météo avec son iPhone.

À la limite, vouloir connaître les prévisions pour le lendemain, je peux comprendre. Surtout quand t'es en vacances en Normandie et que tu te pèles le cul et les grandes lèvres sur la plage. Mais les vrais malades, c'est pas ça qui les intéresse. Ce qu'ils veulent (et que d'autres malades leur fournissent), c'est le temps qu'il fera dans une heure. Parce que ces deux cinglés ont chacun des applis qui te donnent l'évolution du temps heure par heure. (Je dis bien deS appliS, faut en avoir plusieurs pour pouvoir comparer les prédictions de chacune.) Notons d'ailleurs que toutes les prévisions se sont révélées fausses. À quoi le Chef m'a répondu : « C'est normal, on est au bord de la mer, le temps change toutes les dix minutes. » Ouibondoncvoilàréfléchisdeuxsecondesmec…

À cette occasion, Meilleure Amie a d'ailleurs avoué qu'en se réveillant le matin, avant même d'ouvrir les volets pour regarder le temps, elle consultait d'abord la météo en temps réel sur son putain de téléphone. Faudrait qu'on m'explique l'intérêt de la météo en temps réel. Parce que, si on y réfléchit une minute, la météo en temps réel, c'est pas autre chose que le temps qu'il fait pour de vrai.

Y'a pas mal de domaines dans lesquels je me suis toujours sentie « différente ». Mais pour le coup, au sujet de la météo, je suis intimement convaincue d'incarner la normalité et que le reste du monde est barré.

15 septembre 2012
Numérologie gagnante

Depuis que j'ai commencé à écrire ces bribes de vie, on peut résumer ma vie sous la forme d'une suite non mathématiquement cohérente 4/2/3/2/30/1/3/14/1/1, soit :

J'ai eu quatre apparts (merci de m'éviter les commentaires sur mon instabilité chronique ou sur les difficultés d'être mon ami qui se coltine mes brusques déménagements).

J'ai eu deux chats.

J'ai publié trois livres.

J'ai fait deux tatouages.

J'ai eu 30 ans.

J'ai fait une pièce de théâtre.

J'ai perdu trois amis. (Rangez les mouchoirs, ils ne sont pas morts. Enfin… pas à ma connaissance.)

J'ai eu quatorze employeurs (à la louche, hein, du lycée de nouture à Slate, *Grazia*, Arte, en passant par des trucs comme IDTGV, *Voici*, *Les Inrocks*, Fluctuat, Trois Couleurs).

J'ai eu un Têtard.

J'ai une nounou.

Pathologie de la vie quotidienne

L'autre jour, je suis sortie avec Têtard pour faire des courses. (= Racheter le sac plastique géant qu'on attache à la poussette et qu'on appelle communément « l'habillage pluie ». À Paris, il y a une vaste compétition de vol d'habillage pluie à laquelle j'ai décidé de ne pas prendre part. Donc, quand on me vole le mien, je pars « en boutique » en racheter un comme une grosse truffe, alors que je pourrais simplement voler celui de la poussette d'à côté qui est sûrement celui qu'on m'a piqué la semaine dernière.)

Je vais donc prendre le métro. En haut de l'escalier, je change mon sac d'épaule pour pouvoir bien attraper la poussette à deux mains avec ledit Têtard qui repose majestueusement dedans et je m'apprête à descendre précautionneusement les marches. Là, un gentil monsieur me demande : « Vous voulez que je vous aide ? » Je lui fais un grand sourire – yeux qui pétillent avant de répondre avec un entrain un peu exagéré : « Non merci, ça ira ! »

Ça, c'est la scène vue de l'extérieur.

Si on passe en focalisation interne avec moi, c'est pas du tout la même chose.

Dans ce cas, il faut faire un flash-back. On rembobine la scène jusqu'à la sortie de chez moi. Je suis avec ma poussette devant l'entrée de l'immeuble et j'hésite. Soit je vais à gauche, soit je vais à droite.

À droite, j'y vais à pied, mais c'est relou. C'est loin, il fait froid.

À gauche, j'y vais en métro. Problème, il y a les escaliers à descendre et à monter. Sauf que, attention, dans la phrase « Problème, il y a les escaliers à descendre et à monter », le problème, ce ne sont pas les escaliers à proprement parler. L'obstacle qui me fait hésiter sur la direction à prendre, c'est que si on me voit en train de galérer avec ma poussette, quelqu'un risque de venir me proposer de l'aide. HORREUR. ABOMINATION. Parce que là, de deux choses l'une :

a/ soit j'accepte et il va y avoir quelques secondes où on va devoir descendre les marches en rythme (ce que je n'arrive jamais à faire), quelques secondes qui sont trop courtes pour se parler, mais où on est bloqué dans une certaine intimité. Malaise. Et puis, à l'arrivée, il va falloir dire quelque chose. Genre « merci beaucoup ». Re-malaise. Et, ensuite, je vais avancer et, le métro parisien étant ainsi foutu, me retrouver face à une nouvelle volée de marches. Et la personne qui m'aura aidée se sentira obligée de recommencer, alors qu'elle n'avait peut-être pas prévu ça. Re-re-malaise.

b/ soit, je refuse son aide d'entrée de jeu, mais c'est compliqué de dire non à quelqu'un qui agit par pure gentillesse.

Conclusion : voilà, en gros, tout ce qui se passe dans ma tête quand je suis au seuil de mon immeuble. J'ai quand même choisi de prendre le métro et j'ai ressassé le scénario de « on va venir m'aider, qu'est-ce que je vais faire » pendant les trois cents mètres qui me séparaient de la bouche du métro.

Ouverture de conclusion : autrement dit, je me mets de moi-même dans une situation qui va générer une interaction sociale (meuf seule de cinquante kilos avec sa poussette et son têtard qui en pèsent dix-huit), interaction que je me sens incapable de gérer correctement.

C'est le genre de pensées qui occupent une bonne partie de mes journées.

C'est aussi pour ça que je travaille seule chez moi. Outre le plaisir de traîner en pyjama et d'avoir un accès illimité à Youporn, ça me simplifie la vie. Je n'ai plus à perdre mon temps à anticiper d'éventuelles interactions sociales. Parce que, dans le fond, le vrai problème, ce n'est pas l'interaction elle-même c'est la place qu'elle occupe dans mon esprit en amont. (En choisissant de bosser seule à la maison, je fais un peu comme Barack Obama, qui n'a que deux couleurs de costard, gris ou bleu. « Pour ne pas s'encombrer le cerveau avec des choix sans importance, il limite les options. Pour la sélection du costume du jour, cela signifie : le gris ou le bleu. "Il faut avoir sa routine", conseille Obama. Selon lui, des études l'ont montré : le simple fait de prendre des décisions diminue la capacité à en prendre d'autres. Mieux vaut éviter de se laisser distraire par des détails quand on a à arbitrer entre Jérusalem et Téhéran. »)

Ce n'est pas de la timidité ou un problème d'estime de soi. C'est :

1°) un réflexe que j'ai depuis mon enfance, lié à l'idée que les autres = danger. (Dès mes 2 ans, j'ai eu des intuitions sartriennes.)

2°) le fait que j'ai eu beaucoup de difficultés à intégrer les codes sociaux élémentaires et que toute situation reposant uniquement sur ces codes de bonnes manières me donne l'impression d'être un Inuit devant une banane.

À l'inverse, une interaction sociale négative ne me pose aucun problème dans la mesure où elle enfreint précisément les codes. Genre : insulter quelqu'un dans la rue, je le fais sans souci. (En ce moment, ma spécialité avec la poussette, c'est de rouler sur les talons des gros culs qui se baladent par trois en prenant toute la largeur du trottoir.)

Cela étant, ça va en s'améliorant avec le temps. Je me souviens très bien, quand j'étais étudiante, être restée chez moi à compter mes pièces de monnaie avant d'aller m'acheter un pain au chocolat et, découvrant que je n'avais pas pile la monnaie, m'être effondrée sur mon canapé-lit en me demandant comment j'allais faire. Je pouvais passer une heure à retourner l'appart à la recherche des pièces qui me manquaient. Parce que donner un billet pour payer un truc pas cher me gênait profondément et entraînait une interaction sociale plus longue avec le vendeur. (D'ailleurs, en l'écrivant, je me rends compte que je continue de m'excuser quand je n'ai pas pile l'appoint.)

Bref, ça va en s'arrangeant, mais ça continue quand même d'être là. Je suis au café. Je suis bien. Jusqu'au moment où je prends conscience que le serveur ne m'a pas filé l'addition avec le café. Horreur 1 : il va falloir la lui demander. Horreur 2 : il me l'apporte et je n'ai pas la monnaie. Il va falloir que j'aille au comptoir avec ma note et mon billet pour payer. Ces pensées me gâchent alors la fin de mon café que je prenais tranquillement toute seule.

(Amis étudiants en psychiatrie, considérez définitivement que vous êtes ici comme chez vous.)

Pour autant, tout cela ne m'empêche pas d'aller au café, de prendre le métro avec ma poussette, de manger un pain au chocolat. Ça engendre juste une putain de pollution dans mon cerveau.

Comment on fait pour vivre tranquillement avec ça ?

Plusieurs techniques. D'abord, ça dépend de mon état d'esprit. Certains jours, tout ça me pose beaucoup moins de problèmes. Je suis en mode « conquérir le monde ». Ensuite, avoir des amis qui gèrent ça à votre place : « Dis copine, tu peux demander l'addition ? Et tu peux aussi aller aux toilettes, pour me dire après où c'est pour que j'aie pas à demander ? », etc. Enfin, ça rend bizarrement beaucoup plus aimable. Pour contrer le fait que je ne sais pas gérer *naturellement* l'interaction sociale codifiée, je me transforme en meuf la plus avenante du monde. Quand je dois demander où sont les chiottes, on dirait un peu que je suis en train de demander le serveur en mariage. (On comprend mieux pourquoi Internet m'est apparu comme la plus belle invention humaine.)

L'autre soir, j'expliquais tout ça au Chef – on est toujours dans notre phase de découverte de l'Autre –, je m'attendais à ce qu'il éclate de rire et s'exclame : « Mais tout le monde est comme ça, tu sais ! » Mais il a pas du tout répondu ça. Il m'a dit que c'était de la phobie sociale. J'étais pas trop convaincue, car, pour moi, phobie sociale = phobie des gens. Or, je n'ai pas la phobie des gens. Ce sont moins les gens que les codes, qui me posent un problème. (À noter, d'ailleurs, que passer à la télé ne me pose aucun problème, car j'ai beaucoup mieux intégré les codes qui régissent la télé que ceux qui régissent les rapports avec mon boulanger.)

12 novembre 2012
Un week-end bien bien moisi

J'ai passé un week-end de chiasse. Le genre de week-end qui par capillarité te pourrit la semaine précédente et la semaine suivante.

Têtard m'a offert un cadeau. « Mmm… qu'est-ce que je pourrais offrir à ma merveilleuse maman que j'aime plus que tout au monde ? Je pourrais accepter de répéter "nez" quand elle me montre son nez cinquante fois de suite… Ah non ! Je sais, je peux aussi lui refiler une vieille gastro qui pue. » Tiens, maman, cadeau.

Parce que, avoir un enfant, c'est aussi accepter d'ouvrir son foyer à tous les microbes qui zonent dans la rue en attendant de trouver une maison chaleureuse. Venez chez moi, les maladies, vous y serez bien accueillies.

Donc, j'ai eu une gastro de compétition. C'est-à-dire que je me suis chiée dessus pas moins de quatre fois (la première fois, je suis partie me laver le cul ; la deuxième, j'ai abandonné toute dignité et décidé de crever dans ma merde comme n'importe quel soldat). Soyons honnêtes : la gastro, c'est LA maladie à la con que tu ne veux pas avoir quand tu vis en couple. Celle qui exige un tête-à-tête avec toi et tes intestins. Vous allez me dire qu'après l'épisode du foie de veau, le Chef et moi, on n'est plus à ça près. Mais c'est pas pareil.

C'était un vrai test. Être amoureux en se tenant la main au bord d'une plage des Caraïbes en contemplant le coucher de soleil, c'est facile. Le vrai amour, c'est celui qui vous tient les cheveux pendant que vous vomissez au-dessus de la cuvette des chiottes.

Et le Chef a parfaitement tenu ce rôle. Mais comme j'étais incapable de garder les médocs dans le bide plus de dix minutes, il a décidé d'appeler SOS médecins. Sachez qu'il a fallu quatre heures pour que le sosmédecin arrive. Heu… débarque… Heu… Je ne sais pas quel verbe employer pour décrire l'arrivée du médecin bronzé en pantalon de cuir moulant.

Premier diagnostic du toubib : « Ça va pas du tout. Si vous continuez comme ça, demain, vous allez faire des malaises. »

Il m'a demandé si j'avais de la fièvre. J'ai dit que je savais pas. Là, il a écarté les mains et déclaré : « Allez, hop, on prend la température. » Il m'a filé un thermomètre. Je l'ai regardé. Il m'a regardée. Il a lu dans mes yeux : « Mais qu'est-ce qu'il attend exactement de moi, là ? » Il m'a répondu : « Allez, on met ça dans les fesses. » La dernière fois qu'on m'a foutu un thermomètre dans le cul, je devais avoir 7 ans et j'ai juré mes grands dieux que la seule chose qui désormais passerait par là serait des bites. (Je ne savais pas encore qu'il existait des instruments appelés « anuscope », mais c'est une autre histoire.) Le médecin est resté planté devant moi à me regarder pendant que je m'agitais sous la couette pour mettre ce putain de thermomètre. Nan, c'était pas du tout gênant comme moment, vous pensez bien. Se mettre un thermomètre dans le cul pendant que tu te fais mater par un mec en pantalon en cuir… En attendant le verdict du thermomètre, j'ai eu l'occasion de découvrir qu'il avait un faible certain pour les comparaisons. Il m'a expliqué : « Voir un médecin sans prendre sa température, c'est comme un pilote d'avion qui monte dans son appareil sans son altimètre. » J'ai aussi eu droit à : « La gastro, c'est comme un train. Quand le train est lancé à pleine vitesse, ça prend beaucoup plus de temps de l'arrêter que lorsqu'il vient de démarrer. » (Une prédiction qui s'est révélée tout à fait pertinente.) Après ça, il m'a expliqué que, vu mon état, il n'y avait qu'une solution : me faire une piqûre de Primpéran pour qu'ensuite je puisse avaler les autres médocs. Là, j'étais contente. Après, il a dit : « Allez, montrez-moi vos fesses. » ALERTE DIGNITÉ ALERTE DIGNITÉ ALERTE DIGNITÉ. Eh oui, rappelez-vous que j'avais passé la journée à me chier dessus. Je passe sous silence les détails de ce moment extrêmement gênant.

Comme j'avais visiblement un TGV de la gastro, j'ai continué de crever pendant tout le week-end.

Mais le plan machiavélique de Têtard ne s'arrêtait pas là.

Dimanche matin, tranquillement allongé dans son petit lit, l'enfant réfléchissait. « Qu'est-ce que je pourrais faire aujourd'hui ? Je me suis encore super-emmerdé hier, parce que maman elle a pas voulu m'emmener à la piscine, cette pute. La maison est morte depuis deux jours... J'ai envie d'ambiancer tout ça. Me mettre dans la machine à laver ? Pfff... déjà fait. Jouer avec les prises électriques ? Trop évident. Ah bah, tiens ! Si je leur cassais les couilles toute la journée sans raison ? T'en penses quoi, Doudou ? Waouh ! Super ! Allez, vendu. »

Et là, Têtard a gonflé tous ses muscles, a fait exploser son body et s'est métamorphosé en *l'abominable Dark Têtard. The Nefarious Tadpole.*

Son super-pouvoir de nuisance : hurler une minute sur deux pendant toute la journée. (Parce que, s'il hurlait en permanence, on pourrait finir par s'y habituer, ça perdrait de son efficacité.) (C'est quand même mon fils, il est supérieurement intelligent.)

Vous allez me dire que j'en rajoute. OK, il a dû être chiant, mais, bon, on connaît les enfants.

Alors je vais vous prouver ma bonne foi. Sachant qu'on habite dans l'appart depuis sa naissance, qu'à cause de son RGO, il criait beaucoup, je vous jure que jamais il n'avait fait ça.

La preuve : à 17 heures, on sonne à la porte. Le Chef, l'enfant dans une main, une bassine de vomi dans l'autre, va ouvrir. C'était le voisin du dessous qui nous a dit : « Excusez-moi, mais j'aimerais savoir s'il y a un problème... ce qu'il se passe... On entend des hurlements de bébé depuis ce matin. On commence à s'inquiéter. » Malaise. Le Chef était un peu décontenancé, et puis il a dit : « Il est juste chiant. » Mais le voisin est resté planté devant nous. Et là, toute son attitude nous racontait les deux dernières heures qu'il avait passées avec sa meuf à faire des conjectures sur le drame qui se déroulait chez nous, sur le fait d'appeler les services sociaux ou pas, sur l'affaire de la petite Marina et la non-assistance aux enfants en danger. Il a décidé d'insister un peu : « On entend vraiment des hurlements depuis ce matin… C'est un seul bébé ou vous en avez un autre ? » Gros gros malaise. Évidemment, pendant tout ça, Têtard n'a pas émis un son. Il s'est contenté de regarder intensément le voisin. Une manière subtile de lui dire : « Regardez, quand ils ne me rouent pas de coups, je suis le plus sage des têtards. »

Enflure d'enfant que j'aime de tout mon cœur.

Les enfants, c'est pas compliqué

En gros : plus un truc est à chier, plus ils aiment.

D'ailleurs, c'est pareil pour la musique. C'est incapable de distinguer une daube d'un bon morceau avant 14 ans. La preuve : à l'âge de 10 ans, ce que ça préfère à la télé, c'est les pubs.

Si vous leur demandez : « Tu préfères lécher la barre du métro ou essayer en avant-première mondiale les lunettes Google qui vont changer notre vie ? », ils choisiront systématiquement le truc nul et dégueu.

Chez les bébés, c'est encore plus simple. Leur échelle de beauté et d'intérêt est inversement proportionnelle à la nôtre.

Là où on voit un vieux mouchoir dégueu plein de morve, ils voient un diamant qui scintille.

Par exemple, Têtard aime : le tambour de la machine à laver, les sacs plastique, les portes, lécher les semelles des chaussures.

Il n'aime pas : la nourriture, porter une couche propre, les jeux intelligents. (Intelligents = mettre des anneaux sur un plot, hein.)

De manière générale, il préfère les gens aux objets. (Encore une preuve de son manque total de discernement.)

Ce qui nous amène au premier Noël de Têtard, autrement dit mon premier Noël de maman. (Putain… Je suis maman… Je m'y fais toujours pas.)

Lettre à M. Playskool

> *M. Playskool,*
>
> *Croyez bien que je suis navrée du courrier que je me vois dans l'obligation de vous faire parvenir. Je respecte profondément votre travail, votre œuvre, oserais-je dire. Sachez cependant que j'ai une réclamation à vous faire concernant l'aéroballes Elefun, également connu sous la désignation d'« Éléphant bleu qui lance des balles et les rattrape avec ses oreilles ». Dans votre réclame télévisée, cet éléphant provoque une joie extatique sur les enfants qui l'essaient. Ils hululent de bon-*

heur et se jettent contre leur maman pour la remercier de ce merveilleux cadeau.

Permettez-moi de vous faire part de ma propre expérience quant à l'éléphant bleu.

Déjà, il n'est pas vendu avec les piles, et vous n'êtes pas sans savoir qu'aller acheter des piles fait partie du top 30 des trucs les plus chiants à faire dans la vie quotidienne. Mais bref, passons sur cette petite pingrerie de votre part. Le véritable problème, c'est que mon enfant ne s'est pas du tout jeté dans mes bras pour m'inonder d'amour et de bisous reconnaissants. Dès que j'ai actionné l'éléphant bleu, il s'est jeté à terre un peu comme si une explosion nucléaire était en train de ravager Paris. Quand j'ai réussi à lui décoller la figure du sol, il était méconnaissable. J'ai constaté que l'angle de sa bouche s'était inversé. Ses yeux étaient à la fois rétrécis et remplis de larmes. Sa bouche s'était déformée pour laisser s'échapper une série de hurlements qui n'étaient pas sans rappeler ceux d'une pompom girl éviscérée dans un film d'horreur.

Je me suis interrogée sur les raisons de cette réaction cataclysmique. Je pense que le système de propulsion d'air intégré à l'éléphant et dont le bruit n'est pas sans rappeler celui d'un Boeing en phase de décollage n'y est pas pour rien. En outre, la solution de vos ingénieurs, qui a consisté à tenter de couvrir le bruit du Boeing avec une musique de cirque Pinder transformé en teknival, n'a pas franchement arrangé les choses.

Vous conviendrez qu'il s'agit d'un échec flagrant. Votre jouet a terrifié un têtard qui, jusqu'à présent, n'avait jamais montré aucun signe de peur. Alors, certes, en un sens, on peut dire que cet éléphant est éducatif, puisqu'il a permis à mon fils d'expérimenter une nouvelle émotion : la panique. Mais était-ce vraiment ce que je souhaitais développer chez lui à l'occasion de son premier Noël ? Je vous le dis tout de go : la réponse est non. De deux choses l'une. Soit mon fils est une grosse lavette. Soit votre éléphant est la réincarnation de Chucky. Évidemment, j'ai été légèrement déroutée par sa réaction. Mais je ne suis pas femme à m'avouer vaincue aussi facilement. J'ai donc cherché le têtard dans tout l'appartement, l'ai sorti de force de dessous le canapé et l'ai recollé devant l'Elefun malgré ses tentatives pour fuir dès qu'il a reconnu l'engin. J'ai relancé l'aéroballes en lui hurlant par-dessus le bruit de l'aéroport et du cirque de cocaïnés : « MAIS C'EST DRÔLE, NON ? TU TROUVES PAS ÇA RIGOLO ? »

Bref, qu'un bébé de 11 mois soit traumatisé et développe à l'âge adulte une phobie des éléphants n'est pas très grave dans la mesure où il n'habite pas dans le sud de l'Inde. Ce que je ne peux vous pardonner, M. Playskool, c'est ma propre déception. Une déception ultime. J'étais toute prête à m'identifier aux mamans de vos réclames, celles avec les cheveux soyeux, les barrettes et les pantalons beiges. Je suis triste, M. Playskool.

P-S : j'ai noté au passage que Brice Nane Teinturier, le chat de la maisonnée, avait eu à peu près la même réaction que l'enfant.

Nouvel An

Le problème quand on radote sa vie depuis quelques années, c'est qu'inévitablement on se répète. Pas par manque d'inventivité, *mais alors vraiment pas du tout pour ça, hein,* mais parce que la vie elle-même se répète. (« C'est pas ma faute, c'est la faute de la vie », allez, c'est cadeau, une excuse qui fonctionne pour à peu près tout.) Par exemple, tous les ans, il y a le Nouvel An. Mais est-ce que, pour autant, tous les ans je vais répéter que je hais le Nouvel An ? Non. En même temps, je vais pas non plus prétendre que j'aime brusquement cette putain de soirée de merde, juste histoire de ne pas radoter.

« Whaou… Une année de moins à vivre !!! GÉNIAL ! »

Du coup, j'ai pris une décision : j'ai éliminé le Nouvel An de ma vie. Cette année, c'est la troisième fois où je ne fais rien. (À part regarder des images qui bougent.) Ça marchait bien jusqu'à ce que mon esprit pervers trouve la faille. Désormais, c'est la veille du réveillon qu'il me force à faire des bilans déprimants. Mais, cette année, il s'est passé un truc assez paradoxal.

Si on résume mon année, le seul truc incroyable que j'ai fait, c'est accoucher. (À mon échelle, je continue à envisager ça comme un exploit personnel et je m'en branle de savoir que des millions de femmes l'ont déjà fait avant moi, et qu'elles l'ont fait sans péridurale.) Mais à part ça, franchement… On va dire que j'ai fait trois ou quatre papiers pas mal. Autant dire la lose. Surtout en comparaison de l'année précédente, qui, forcément, dans mon esprit, est désormais parée de tous les charmes puisque j'avais publié deux livres, écrit 400 papiers dont rétrospectivement je me dis que 380 étaient tout simplement géniaux. (Mon autodévalorisation passe par une certaine tendance à magnifier mes actions passées. C'est une autodévalorisation temporalisée.)

C'est la révélation qui m'a frappée le 30 décembre. Je suis en pleine lose. Plus exactement, je suis de nouveau en pleine lose. Je dois de nouveau écrire un roman, je galère de nouveau, j'ai de nouveau l'impression que je n'arriverai jamais à rien. Je suis de nouveau paniquée par l'avenir.

En un mot, je suis de nouveau moi-même.

Ce constat m'a rassérénée.

Cette fidélité à moi-même m'apparaît comme un élément positif. Si on excepte la période faste 2010-2011 (qui apparaît clairement dans mon parcours comme une scorie, une grosse verrue de réussite), avant on ne peut pas dire que j'avais été d'une productivité dingue. J'avais quand même passé les dix années précédentes à procrastiner sévère. La dernière fois que j'ai été frappée par une telle révélation, je me suis finalement bougé le cul. Donc là, c'est un peu comme si je remontais dans le temps. Donc comme si je rajeunissais. Voire qu'on me rajoutait deux années d'espérance de vie. Il ne me reste donc plus qu'à faire comme il y a quelques années : me mettre au boulot. (Un autre truc qui n'a pas changé : je n'aime pas travailler.)

23 janvier 2013
Anniversaire

Il y a un an, à cette heure-là, j'avais deux perfs dans le bras, mon téléphone à la main, et je live-mailais mon accouchement aux amis. Le Chef était à côté en train de jouer au foot sur l'iPad. Mes copines m'envoyaient des messages et des dessins pour m'encourager et je bénissais l'hôpital public d'avoir de la 3G en salle de travail. C'était un peu comme si elles étaient toutes là, dans la pièce, avec moi. Le matin, dans la salle d'attente des urgences, j'avais essayé de finir un papier sur la fermeture de Megaupload. La mère du Chef m'envoyait des textos pour m'ordonner de lâcher l'ordi parce que, merde, j'allais accoucher et que ce n'était plus le moment de finir un article.

J'avais passé la journée à me présenter, allongée, jambes écartées, la chatte à l'air, au personnel qui prenait son tour de garde. « Enchantée, je suis votre nouvelle-nouvelle sage-femme, tout se passe bien ? Vous n'avez besoin de rien ? — Un verre d'eau, putain… » (Rappelons-nous que péridurale = interdiction de s'hydrater.) Il y a un an, je n'avais aucune idée de ce qu'était un RGO, des dosages d'Inexium et de Mopral, en fait je ne savais même pas combien de temps un nourrisson reste un nourrisson. Mon niveau d'incompétence en la matière était tel que je pensais que le tout petit bébé qu'on tient dans ses bras, ça durait jusqu'à l'âge de 2 ans. Et qu'à 2 ans, brusquement, en un mois, il apprenait à marcher et à parler. En fait, il y a un an, je ne m'étais même jamais posé ces questions. (J'avais préféré me garder la surprise.) (J'avais eu la même politique concernant les cours de préparation à l'accouchement.)

Aujourd'hui, à partir de 11 heures du mat', j'ai été prise de crampes d'estomac à me plier en deux de douleur. J'ai passé la journée à gober des Spasfon en me disant que j'étais quand même sacrément tordue du cerveau. J'ai essayé de faire face en me répétant que c'était son premier anniversaire et que c'était important. Sauf que Têtard n'en avait rien à foutre, il était surtout préoccupé par 1°) faire du charme à une copine, 2°) faire du charme à sa grand-mère, 3°) une sensation désagréable qui s'est trouvée être de la fièvre suite à ses vaccins. Je suis allée lui acheter un cadeau. J'avais pas d'idée. Depuis l'échec de l'*éléphant fun*, j'ai perdu la foi en les jouets pour « tout-petits ». Finalement, je lui ai acheté une poupée. Parce qu'il a déjà des voitures et que j'ai envie qu'il ait le choix. Je ne lui offre pas une poupée, je lui offre un choix. Je me suis dit que c'était mieux. Je me suis aussi dit que La Grande Récré, c'était une boutique de connards.

Je suis fatiguée – normalement, après les crampes d'estomac, demain j'enchaîne sur un simili-baby blues.

Je pense à ces actrices qu'on voit à la télé et qui expliquent avec un regard profond que la maternité les a changées. Ah bon ? Je ne les comprends pas. Elles se présentent comme des incarnations de la Mère. Je n'ai pas l'impression d'être une mère. J'ai l'impression d'être la maman de Têtard, c'est très différent. Je ne connais pas les autres enfants, je n'ai pas une brusque science infuse sur eux, je connais juste Têtard et j'essaie de faire en sorte qu'il soit heureux. Je ne vois pas en quoi ça devrait modifier ma personnalité – à moins d'avoir été un monstre d'égoïsme avant. Mais, dans notre société, l'image de la Mère reste un stéréotype très prégnant (*jeu de mots franco-anglais pourri*). Je comprends bien que la vision qui s'impose à certains est celle d'une mère épanouie, posée, installée dans une vie confortable et sécurisante. Pourtant, ce que je sais, c'est que devenir mère ne marque pas la fin des années galères, ne fait pas brusquement de vous une adulte installée dans une vie confortable et sans heurts.

Certes, je suis sortie des galères de mes 28 ans. J'ai fini un roman et il a été publié, je ne travaille pas dans un bureau, je n'ai pas d'horaire, je fais une sieste tous les jours, je gagne de l'argent, j'ai un grand appart dans lequel je mène une vie de couple heureuse.

J'ai remporté le premier tour de ma partie de poker existentielle.

Et pourtant, j'ai l'impression d'être exactement la même qu'à 25 ans, de me poser les mêmes questions, d'être hantée par les mêmes doutes. D'être toujours aussi insatisfaite de moi. D'avoir envie de déménager tous les trois mois.

Alors ça me fait bizarre de penser que des gens peuvent me percevoir comme une adulte installée. Qu'ils portent sur moi le regard que moi, je porte sur les adultes. Les vrais adultes, eux, ont définitivement remporté leur partie de poker ; ce n'est pas mon cas.

À moins que la vraie différence soit que les adultes ne parlent pas de la vie comme d'une partie de poker.

REMERCIEMENTS

Merci à Diane Lisarelli qui, un soir de février 2008, boulevard Richard-Lenoir, m'a dit « tu devrais vraiment ouvrir un blog ».

Merci aux lecteurs qui ont écrit le blog avec moi en partageant leurs expériences de plans à trois, de phobies sociales, de Linux et de déception amoureuse. Comme vous êtes nombreux, je ne peux citer que les plus assidus. Donc merci à :

nOunOurs, 0101010101, 4ddicted, 909, AAA, Abettik, Abie, Aby, Adeline, aeito, Agathe, Al Goon, Alain, Alex, Alexandre, Alf, Alfie Bronx, AlGoon, Alice, Amélie, AnaÏs, AndroParano, Anmryn, anthon, Anthony, Antoine, Arga, ariane, Arnaud, Arthur, Ash, Audrey, Aurélia, Axel, Axel Nader, Aymeric, B., Baleine des sables, Barja, Bastien, Bayane, BeBop, Ben, Beniche, bertfromsang, bintz, bitox, Blaireauman, Blandine, Bleaker, Bob, boulgrak, britsh, Came ++, camille, Candice Bargain, Capitaine Habblock, Captain Cerveza, CardShark, Caro, carole, Caroline, CCC, Ced, Cédric, Céleste, Charlotte, Chaterton, Chez blogueur, Chinaski, Chloé, Claire, Clare, Clarisse, clem, Clementine, cloporte masqué, Conall, Cora, Corentin, cup kate, Dadark, Daiquiri, david, Dellus, Denis, Depassage, Diabolo, Dimfacion, Dinosaurus, do, doc, docteurmathieu, DonFerdie, Dr blue ++, dragrubis, Earl, Eden Memories, El Grego, Emilie, emmett, Eolune, éric, Erosennin, ersatz, Evangelline, Faarem, Fabien, fanny, FaTras, Floh, Florian p82 des comms le plus de coms ?, Flying Pan, For blood's sake, franciaul, Franco, François, Fred, Fredodido, G, G dog, Gabriel, Gaby, GaelF, Gaëtan, Geekie, Gégé, genevieve, Geofreeze ++ P93, Georges, Géraime, Gilberto, Gina, Glabouni, Guillaume, Gusman, gweltaz, Gwen, Gwendy, Gwyn, Gwynevere, Halmack ++ P101, Haricotrouge, Hélène, Helene dos Santos, Heydjee, Hicham, holden, Homeboy G33k, horkken, Hugo, Hutch, iolo, Iris, Isabelle, Izengabe, j2s ++, jean jacques ganghofer, Jehanne, Jerom, jer_o_me, Jess, Jessica, joe6pack, Jonathan, JS, Julie, Julien, Jungle Ju ++, Juu, jyv, Kalouty, Kaspar, KateB, Kennit, Kevo42, keyser, klorophylle, kolia, Korb, kore, kuri, L, La Danoise pas blonde, La nonne délocalisée, LaLoutre, Lars, laura, Laure, laurent, Le Chez, Le Tchèque, Le Zang, Léa, lehibou, Leo, Leutti (coucou), Lex, lilipop, Lintrus, lionel, ln, lol avec les stars, Louise, LP15, LPG15, Lucie, Lucie J., Lucky, Ludivine, Ludwigwig, Ludovic, lyn, M.688, Macha, Mad, mademoisellep, magui, Mako, Mallorium, Manowen, Manu Bodhissatva, Marc, Marcelline, marcos, Margaux, Marie, Marie le Troll (ui ui, mon vrai surnom), Marino, Mark Harris, Mat, Mathgon, Mathieu, Mathilde, matiu, Matt, Maylala, MdV, Megan Upload, Melitina, Melle Catherine, melopapilles, Menstruel, MG, Michael, Michel, Miley Cirrhose, Milou, Miscellaneous, miss luna, Miss Malice, Mistou, MleL, Momos, Morille, N.B.L., Nana, Nanoushka, Natacha, Nogig Today, Naty Q, Ndjee, Nekkonezumi, nfkb, Nico, Nicolas, nieder, ninjaja, Ninoou, noflash, Nombre Premier, non-y-mousse, Nonorf, nOunOurs, NP, Numa, Oberbaum, odrey, Olivier, OlivierJ, On, ophise, Oriane, oursvertfluo, P. H. Borbon, palleas, pat, Paul B., PaulieAkov, Pauline, Perdita (coucou), Perrine, Peter M Calloway, Pétronille (coucou), Philippe M., Philomenia, philou, Piedo, Pierre, Pierre Bourbon, Pizza Pute, Plunk, Poitrilomirtiop, Popol, Pouyou, Pregunta, Ptera, pticoy, QR, queer, Rachel, Ramsès, Ran, RandomEgo, raph, Rapsodie, Ras, Rayane, Remi, Rémy, resaoulemoipas, Richard, Rico, Romain, Ronan_FR, rootoz, ropib, Roséliande, Sabine, Samantha, Samsam, Sandra, Sarah, Sashimi, scalpel, Screenabuse, seb, secondflore, Seldnor, Sev, Shazam, Shimoo, sigmar, Silenus, Silphi, Sim, siropsport, Sk, skagangamanikoye, Skiant, Slap, Sno, Snorkette, So. (merci pour le fanart), sophie, Spark, Spei, sri, Stéphanie, Stoneaged, Strewth, SuperMachin, supersucker, Suz, Sven, Swan, Sylvain, Tchiki-to, Tenshy, The Uncouth Bear, Thierry, Thomas, Thomas Man, Tiftiff, Timothée Burger, Tinhy, TokyoPowa, tribulat bonhomet, Troll_, tulipe, Turpentine L'Héritière, Typhon, Une Petasse, UneChambreàMoi, viboek, Victoire, Victor von Jul, Vince, Vincent, Vincere, Vinz, Violetta, Void69, wastedtime, XIPANGU, Yab, Yé., yoru, Youkyyy, Youloute, Youpi, Yvan, Zelda, zlatko, zoé, _Nina_

Merci à tous les Anonymous, Anons, Anonymes, Sailor Ripley et Trem_r.

Et un immense merci à Alexandrine Duhin pour son enthousiasme communicatif, sa persévérance, sa finesse et son attention aux autres. Ce livre, c'est aussi le sien.

Titiou Lecoq
dans Le Livre de Poche

Les Morues n° 32962

C'est l'histoire des Morues, trois filles – Ema, Gabrielle et Alice – et un garçon – Fred –, trentenaires féministes pris dans leurs turpitudes amoureuses et professionnelles. Un livre qui commence par un hommage à Kurt Cobain, continue comme un polar, vous happe comme un thriller de journalisme politique, dévoile les dessous de la privatisation des services publics et s'achève finalement sur le roman de comment on s'aime et on se désire, en France, à l'ère de l'Internet. C'est le roman d'une époque, la nôtre.

PAPIER À BASE DE FIBRES CERTIFIÉES

Le Livre de Poche s'engage pour l'environnement en réduisant l'empreinte carbone de ses livres. Celle de cet exemplaire est de :
300 g éq. CO_2
Rendez-vous sur www.livredepoche-durable.fr

Composition réalisée par NORD COMPO

Achevé d'imprimer en mars 2015 en France par
CPI BRODARD ET TAUPIN
La Flèche (Sarthe)
N° d'impression : 3010127
Dépôt légal 1re publication : avril 2015
LIBRAIRIE GÉNÉRALE FRANÇAISE
31, rue de Fleurus – 75278 Paris Cedex 06